CASADA CON UN DRÍADE

Agencia Primaria

REGINE ABEL

ÍNDICE

CASADA CON UN DRÍADE

Él era su pareja perfecta.

Harta de los inútiles y los imbéciles que infestan el mundo de las citas, Maeve acude a la Agencia Primaria con la esperanza de mejorar su suerte. Su temor a acabar junto a un extraño alienígena primitivo se alivia de inmediato cuando la emparejan con un despampanante Edocit. Inteligente, divertido, dulce y tan empeñado como ella en proteger a los débiles y oprimidos, Helio supera todo lo que ella había soñado. Ojalá ella no tuviera que ocultarle tantos secretos.

Helio no había estado buscando activamente una compañera, y menos aún una forastera. Pero en cuanto ve a Maeve, se siente atraído... pero también intimidado. Aparte del choque cultural que supone para ella su emparejamiento, él es un simple cazarrecompensas, mientras que ella es una brillante oficial de alto rango de los Enforcers, las fuerzas de élite intergalácticas para el mantenimiento de la paz. A pesar de sus inseguridades, tienen un gran comienzo... hasta que se desata la tragedia.

Con las vidas de innumerables inocentes en juego, ¿los separará el choque de sus respectivos mundos o superarán la adversidad para prevalecer contra el mal?

DEDICATORIA

A quienes reconocen que la Madre Tierra está sufriendo y que todos debemos poner de nuestra parte para ayudarla a sanar. Fingir que un problema no existe y centrarse en echar culpas no hará que desaparezca.

A quienes dedican su vida a proteger a los demás. A los innumerables héroes anónimos que se enfrentan sin descanso al peligro mientras trabajan en la sombra para frustrar el mal con el fin de mantener a salvo nuestros hogares y a nuestros hijos.

CAPÍTULO 1
MAEVE

De pie y nerviosa frente al despacho provisional de Kayog en la Estación Espacial Persea, levanté una mano para llamar a su puerta. Antes de que mis nudillos hicieran contacto con ella, la voz apagada del Temern surgió de detrás de la puerta y me invitó a entrar. Sorprendida, respiré profundamente y entré.

En cuanto posé mi mirada en su rostro, la irritación se apoderó de mí. A juzgar por la sonrisa divertida que la rigidez de su pico no podía ocultar y el brillo travieso de sus ojos plateados, Kayog claramente sabía lo nerviosa que estaba. No debería sorprenderme, teniendo en cuenta que sus habilidades empáticas eran uno de los rasgos clave que le hacían tan exitoso y popular en su campo.

Me hizo un gesto para que me sentara en la silla de invitados situada al otro lado de la mesa que le servía de escritorio. Cerré la puerta tras de mí y obedecí.

En muchos sentidos, mi comportamiento podía considerarse irracional. No había nada vergonzoso en buscar la ayuda de un agente de apareamiento para encontrar un compañero de vida. Y, sin embargo, había aprovechado que mi equipo patrullaba este sector para buscar los servicios de Kayog durante mi tiempo de descanso en cuanto me enteré de que estaba en la región.

La Estación Espacial Persea era un popular centro de entretenimiento que brindaba servicios a múltiples planetas y lunas menores del sector, con un transporte directo muy asequible para los clientes. Por lo tanto, nadie cuestionaría mis motivos para dirigirme allí durante mi tiempo libre.

—Mi querida Maeve —dijo Kayog en su habitual tono amistoso—. Recibir un mensaje tuyo me ha sorprendido gratamente. ¿En qué puedo ayudarte?

—Bueno, como probablemente puedas adivinar, estoy aquí preguntándome si podrías conseguir el mismo milagro que hiciste con Kaida —dije, sintiéndome una vez más irracionalmente cohibida por estar aquí.

Él movió sus alas granates mientras me sonreía suavemente.

—Por una vez, me temo que tuve poco mérito en lo que respecta a ese emparejamiento. Se conocieron sin mi intervención. Cedros la reconoció como su Ejaya. Yo me limité a convencerla para que intentara un matrimonio de conveniencia.

—Cierto —concedí, asintiendo—. Sin embargo, ya sabía allí mismo que serían la pareja perfecta. Francamente, nunca esperé acudir a ti con la esperanza de encontrar pareja. Pero estoy harta de acabar siempre con vagos, idiotas, infieles e imbéciles pomposos.

Kayog se estremeció y su rostro de plumas adoptó una expresión de simpatía.

—Eso suena como una serie de personajes desagradables.

—Desagradables es quedarse corta —dije abatida—. Lo he intentado durante unos cuantos años a través de sitios de encuentros y agencias de citas. Los buenos candidatos siempre acaban enganchados por alguna otra zorra... perdón por la expresión. Pero los malos son como cucarachas. Si te deshaces de uno, diez más salen de la nada. Tengo treinta y dos. Sí, ya sé que algunos seguirán llamando a eso joven, pero estoy lista para empezar a construir algo sólido y planificar un futuro.

—Una petición justa —dijo Kayog, inclinando la cabeza hacia un lado mientras me lanzaba una mirada evaluadora—. Pero te das cuenta de que estoy especializado en alienígenas primitivos, ¿verdad?

Encogí los hombros y asentí.

—Sí, soy plenamente consciente de ello. No voy a mentir que nunca contemplé a los alienígenas. Quería un humano, como yo. Pero al ver lo feliz que es Kaida con su Dragón, me ha hecho cambiar de opinión. Nunca imaginé que una unión entre dos personas tan diferentes, tanto anatómica como culturalmente, pudiera prosperar de forma tan hermosa. Me he dado cuenta de que puede que haya sido un poco cerrada de mente en mi visión de lo que debe ser una pareja adecuada.

Esta vez, la expresión del Temern adquirió una calidez aprobatoria mientras asentía a mis palabras.

—La gente a menudo pierde grandes oportunidades porque no está lo suficientemente abierta a posibilidades que caen fuera de su zona de confort. Sin embargo, siempre me hace gracia cuando una candidata dice que está abierta a los alienígenas —añadió Kayog con tono divertido—. Para mí, tú eres la alienígena.

Resoplé y asentí en señal de concesión.

—Touché.

Se recostó contra el estrecho respaldo de su silla, un modelo común diseñado específicamente para acomodar a los pájaros y las especies aladas. Me retorcí bajo la intensidad de su mirada. Los Temerns solo podían leer emociones, no mentes. Y sin embargo, en ese instante, me sentí como un libro abierto, desnuda y expuesta.

—Déjame adivinar tus criterios —dijo Kayog de repente—. Quieres un hombre atractivo, inteligente, con sentido del humor, económicamente estable, en buena forma física y bastante activo, sin hijos, sin cargas y sin antecedentes penales.

Arrugué la cara, sintiéndome algo interpelada por la forma en que había enumerado aquella lista de rasgos tan acertada.

—Bueno, sí. Esos rasgos son una buena base —dije, sintiéndome un poco molesta por la actitud defensiva de mi voz.

—Básicamente, todas las cosas aburridas, genéricas e inútiles que no tienen nada que ver con lo que realmente necesitas —dijo Kayog con naturalidad.

El comentario me erizó la piel.

—¿Qué quieres decir? Claro, ser atractivo es un factor superficial. Es simplemente preferible, no obligatorio. Pero el resto...

—El resto es irrelevante —interrumpió Kayog en tono firme —. Quieres a tu alma gemela, no una lista genérica. Quieres a alguien que te complemente, que te eleve, que saque lo mejor que hay en ti y por quien tú puedas hacer lo mismo.

Me removí en el asiento y me mordí el labio inferior, obligada a estar de acuerdo con sus afirmaciones. Sin embargo, en el fondo de mi cabeza, mi voz analítica seguía susurrándome que, a pesar de todo, esto requería que cada miembro de la pareja marcara una serie de casillas de compatibilidad.

—¿Sabes cuál fue mi mejor emparejamiento? —preguntó Kayog, sorprendiéndome.

Negué con la cabeza.

—¿Supongo que no dirás Cedros y Kaida?

Sonrió.

—Aunque son una pareja encantadora, como dije antes, tengo muy poco mérito en esa historia de éxito. Pero no, mi emparejamiento más exitoso fue entre un Andturiano llamado Olix, y una mujer llamada Susan.

Levanté una ceja, sorprendida. Como Enforcer de la fuerza de mantenimiento de la paz de la Organización de los Planetas Unidos, tenía que familiarizarme con la mayoría de las especies cuyos planetas eran miembros de la organización. Cuando se trataba de planetas primitivos aún bajo la protección de la Directiva Primaria, no teníamos que sumergirnos demasiado en su política y su cultura. Como no debíamos interactuar con ellos, nuestro trabajo se limitaba a evitar que otros entraran en su espacio o se metieran con la población local. Las comunicaciones con los habitantes de esos planetas estaban estrictamente controladas y asignadas a enlaces diplomáticos específicos dentro de nuestra organización.

—¿Un Andturiano? ¿No se impuso una prohibición estricta a alguna corporación de desarrollo que intentó colonizar su planeta y expulsar a los lugareños? —pregunté.

—Sí. Y ese emparejamiento evitó este giro de los acontecimientos —dijo Kayog con orgullo—. Verás, Olix estaba arruinado, y su gente estaba a punto de morir de hambre y de perder sus tierras. No era por falta de trabajo duro por su parte. Muchos factores conspiraron contra ellos, y en particular esa corporación. Él no cumplía ninguno de los criterios que Susan había esperado originalmente en un compañero, y desde luego ella no se correspondía con lo que él tenía en mente para su cónyuge. Y, sin embargo, no solo acabaron enamorándose profundamente el uno del otro, sino que Susan contribuyó decisivamente a cambiar su destino respetando el modo de vida de los Andturianos. Además de salvar a su nuevo pueblo, también trajo prosperidad y esperanza a otras mujeres de su mundo natal que se enfrentaban a las mismas dificultades que la habían obligado a contraer este matrimonio concertado.

—Vaya, parece un cuento de hadas perfecto —dije, sintiendo un poco de envidia.

Me había convertido en Enforcer para traer la paz y mejorar la vida de los débiles y los inocentes. ¿Qué mayor bendición y derecho a presumir que la unión con tu alma gemela te convierta también en la heroína de todo un pueblo?

—Lo es —dijo Kayog con convicción—. Olvida los criterios que crees que quieres y abre tu mente a las posibilidades. A menudo, los emparejamientos más improbables son exactamente los que se necesitan.

Volví a removerme en el asiento y me lamí los labios nerviosamente.

—Vale. ¿Eso significa que ya tienes a alguien en mente para mí, pero está en la ruina?

Yo no era rica, pero tenía unos ahorros suficientes para cualquier emergencia. No necesitaba un multimillonario. Mientras fuera tan trabajador como lo había sido Olix, no tendría problemas en mantener al compañero adecuado hasta que se recuperara...

Suponiendo que el hombre que Kayog tiene en mente para mí sea incluso bípedo.

Kayog se echó a reír.

—¿En la ruina? No, o mejor dicho, aún no lo sé. Te estoy evaluando, aunque tengo una sospecha.

—¿Ah? —dije, animándome—. ¿Cómo qué?

—Te lo diré dentro de un minuto, después de que hayamos hablado de un par de cosas más —dijo Kayog, sin dejar de mirarme fijamente.

Me tragué mi impaciencia y asentí con la cabeza.

—Lo primero que tengo que decirte es que, si coincido contigo, lo más probable es que tengas que abandonar a los Enforcers —dijo Kayog sin rodeos.

Mi espalda se puso rígida.

—¿QUÉ? ¿Por qué? ¡No quiero dejar a los Enforcers! Kaida pudo quedarse. ¿Por qué tendría que renunciar a ellos?

—Kaida se casó con uno de los Señores de las Sombras más poderosos de los Derakeens, capaz de abrir portales a cualquier destino de la galaxia —dijo Kayog con voz razonable—. Tu profesión haría extremadamente difícil tener una relación sana con tu pareja, a menos que te siguiera a todas partes. Pero un marido ama de casa no te convendría.

Por mucho que me molestara su comentario, no podía negar

su exactitud. No había nada malo en que un hombre o una mujer se ocupara del hogar. Era mucho trabajo. Sin embargo, no creía que un ama de casa pudiera tener la personalidad aventurera y atrevida que yo quería en una pareja. Me di cuenta entonces de que nunca había verbalizado del todo ese rasgo en mi lista de criterios. Solo mencionaba a alguien en forma y activo.

De repente, me sentí bastante superficial en mis peticiones. No me extrañaba que me salieran imbéciles.

—¿Tengo entendido que eres el hacker de tu equipo? —preguntó Kayog.

La cabeza me dio vueltas ante el repentino cambio de tema.

—No, no soy *hacker*, sino especialista en informática —dije frunciendo el ceño. Siempre me había parecido que hacker tenía una connotación muy negativa, aunque mi equipo solía referirse a mí como tal.

Kayog adoptó una expresión burlona.

—Lo que suele significar piratear sistemas enemigos, apoderarse de ordenadores de naves e infiltrarse en redes, entre otras cosas.

Le fulminé con la mirada.

—Sí, pero solo cuando es necesario. Yo lo hago para salvar vidas. Para...

—¿Por qué tan a la defensiva? —interrumpió Kayog, mientras ladeaba la cabeza como suelen hacer los pájaros.

—No estoy a la defensiva —murmuré, con el rostro acalorado.

El Temern me dirigió una mirada poco impresionada que me hizo retorcerme.

—Te convertiste en Enforcer para satisfacer legalmente tu pasión por la piratería —desafió, como si se dirigiera a un niño travieso que se negara a confesar que se había comido la tarta aunque aún tuviera la cara cubierta de glaseado.

Eso tocó una fibra sensible.

—No es verdad. Solo soy buena en lo que hago.

Lejos de convencerlo, mi vehemente respuesta solo me hizo parecer aún más culpable.

—*Eres* buena, pero en el fondo no eres una Enforcer —dijo Kayog con naturalidad.

Mi espalda se puso rígida y casi me pongo en pie de un salto; apenas pude mantenerme sentada mientras lo miraba con odio.

—Eso me ofende. He dedicado mi vida a los Enforcers. Y he sido una agente ejemplar.

—Lo has sido —concedió Kayog en tono apaciguador—. Pero hacer algo bien no lo convierte en tu vocación. Kaida es una verdadera Enforcer. Tú eres un espíritu libre. Te irritan todas las reglas y restricciones, aunque las sigas.

Quería discutir y preguntarle qué demonios tenía eso que ver con encontrarme un hombre. Pero cada una de sus palabras sonaba a verdad... demasiado.

Kayog sonrió y adoptó una expresión casi paternal.

—Aunque ahora te lo parezca, no te estoy atacando, mi querida Maeve. Tienes un alma hermosa y eres una agente excepcional. No hay nada malo en que te gusten las cosas que haces. Encontraste una forma de dedicarte a tu pasión que es correcta y beneficiosa para la comunidad en general, lo cual es digno de admirar. Pero incluso si dejas los Enforcers, puedes seguir haciendo lo que te gusta sin meterte en problemas legales.

Mi corazón dio un vuelco, la intensidad con la que aquello despertó mi interés delataba lo acertada que había sido su evaluación de mi personalidad.

—¿Qué quieres decir?

—Eres un caso muy interesante, Maeve —dijo Kayog pensativo—. Creo que conozco a tu pareja perfecta, pero debo con él de nuevo para confirmar mis sospechas. Solo he interactuado brevemente con él cuando ayudaba a su tío a gestionar algunos asuntos diplomáticos en Trangor.

—¿Trangor? ¿Crees que mi compañero perfecto es un Ordosiano? —exclamé, sin esperármelo en absoluto.

Kayog se rio y negó con la cabeza.

—No. No es un Ordosiano. Su tío es el Maestro Cazador de la Federación, Bron Kflen.

—¿Bron? ¿La leyenda Edocit? —pregunté, atónita.

Kayog asintió, una extraña chispa iluminando sus ojos.

—¿Un cazador Dríade? —repetí frunciendo el ceño, insegura de lo que sentía al respecto.

Kayog soltó una risita.

—¿Qué? ¿No te gustan los árboles?

Una vez más lo fulminé con la mirada, lo que solo hizo que soltara una risita más fuerte.

—He conocido a algunos Edocit. Son atractivos. Sé muy poco sobre su cultura, salvo que son bastante avanzados y tienen normas muy estrictas sobre los visitantes de su mundo. No tengo ningún problema en aprender una nueva cultura y adaptarme dentro de lo razonable. Pero la parte del cazador me resulta problemática.

Esta vez, el Temern parecía realmente sorprendido.

—¿De verdad? ¿Por qué?

—Al igual que los Enforcers, los Cazadores viajan constantemente para cazar —dije con naturalidad.

—Cierto, pero podrías acompañarnos.

—Claro, pero a la larga me aburriría —dije en tono de disculpa—. No me importa matar bichos de vez en cuando, pero hacerlo todos los días de todos los meses durante el resto de mi vida me parece aburrido, aunque cada criatura sea diferente y requiera tácticas distintas. Me gustan... los rompecabezas, resolver misterios, vencer a los malos en su propio juego, atraparlos y llevarlos ante la justicia.

Kayog asintió con aprobación.

—Por eso, Helio podría ser perfecto para ti. A diferencia de su tío, él no captura criaturas, sino personas.

—¡¿Un cazarrecompensas?! —pregunté, horrorizada—. ¡Eso es aún peor!

—No, querida. Lo que hace es justo lo que buscas. Helio está especializado en misiones de búsqueda y rescate. Se encarga de los casos demasiado pequeños para que los Enforcers se hagan cargo, pero que son demasiado complejos para que las autoridades locales los resuelvan o no tienen suficientes pistas o causa probable para que ninguna agencia oficial de la ley los atienda. Tener a alguien con tus habilidades a su lado sería perfecto para Helio.

—De acuerdo —dije despacio, con la imaginación desbordada por las innumerables posibilidades—. Suena emocionante. Entonces, ¿tendrías que hablar con él para confirmar si somos compatibles?

—Sí, aunque estoy convencido de que son compatibles. Sin embargo, hay algo que debes saber —añadió rápidamente, cuando mi cara se iluminó de emoción.

—¿Qué? —pregunté, con la preocupación asomando en mi voz—. ¿No me digas que puede estar comprometido o casado?

Kayog resopló y negó con la cabeza.

—No. O mejor dicho, es muy poco probable. La última vez que hablamos, no había nadie importante en su vida. El problema es que no cumple los requisitos para el programa AP.

Se me cayó la mandíbula y me quedé mirándole con expresión cabizbaja.

—¿Qué? ¿Por qué?

—Los Edocit no son una especie primitiva ni en peligro de extinción —me explicó—. Como tu unión no beneficiaría a la OPU, ni directa ni remotamente, no puedo inscribirla como matrimonio AP.

—¿Así que no puedes ayudarme? —pregunté incrédula. ¿Acababa de lanzarme la promesa de un "felices para siempre" para gritar "¡Sí!" una vez que me enganchó?

Kayog sonrió con indulgencia, divertido por mi indignación.

—*No* es eso lo que estoy diciendo, Maeve. *Te* ayudaré, pero simplemente como Kayog Voln, no como el Agente Principal de la Agencia Primaria. Eso significa que no recibirás ninguna dote ni disfrutarás de ninguno de los beneficios que suelen concederse a las candidatas. Eso incluye viajar hasta él, o él hasta ti, por cuenta de cada uno de ustedes.

La mitad de la tensión que me apretaba los hombros se aflojó, pero me contuve de gritar victoria todavía.

—Está bien. Si coincidimos, yo puedo llegar hasta él y estoy segura de que él puede llegar hasta mí. Pero, ¿qué significa eso para las demás reglas?

—Como la OPU no asume ninguna de las cargas financieras de tu emparejamiento, técnicamente eres libre de ignorar todas las reglas —respondió Kayog.

—¿Pero? —insistí.

—Pero las hemos establecido por una razón —explicó en tono serio—. Realmente ayudan a las parejas a establecer unos cimientos sólidos desde el principio. Por lo tanto, aunque no puedo exigirte contractualmente que las sigas, te sugiero encarecidamente que lo hagas.

—¿Significa darle a esta relación seis meses de prueba y tener sexo la primera noche? —pregunté.

Kayog sonrió con picardía.

—Sí. No hagas que parezca una carga. Se supone que emparejarte con tu alma gemela es una de las ventajas de cualquier unión.

Se me ruborizó el rostro. Aunque yo había iniciado el tema primero, me resultaba muy incómodo hablar de sexo con Kayog. Era como hablar de los pájaros y las abejas con tu padre o tu abuelo. Y aún así, mi estúpida boca no podía dejarlo pasar.

—Cierto, pero Kaida no se acostó con Cedros de inmediato —desafié.

—Su situación era muy diferente. Kaida había contraído esa unión para evitar un desastre diplomático que podría haber desembocado en una fea guerra. Tú te estás casando voluntariamente con el varón que creo que es tu alma gemela.

—¿Pero y si no funciona? —pregunté.

Kayog adoptó una expresión de suficiencia.

—Cuando se trata de emparejamientos, nunca me equivoco.

—¿Pero y si esta vez sí? —insistí.

El Temern entrecerró los ojos mientras me miraba.

—Después de hablar con Helio y confirmar que efectivamente es tu alma gemela, si tu unión fracasa, pagaré personalmente tu traslado y te encontraré una nueva pareja.

—Me parece justo —dije, complacida por el nivel de confianza que mostraba Kayog. Obviamente, quería que me encontrara la pareja perfecta—. Sin embargo, habré perdido mi trabajo.

—Entonces no renuncies. Cuando haya confirmado que eres compatible, pide un año sabático, si eso te hace sentir mejor. Al final, terminarás renunciando —dijo Kayog con una sonrisa.

No pude evitar sonreír.

—¿Así que un Edocit?

—¡Sí, querida! —dijo el Temern con voz cantarina—. Dame un par de semanas para volver a conocerlo en persona y podré darte un veredicto definitivo.

—¡¿Dos semanas?! ¡Eso es una eternidad! —exclamé.

Kayog se echó a reír.

—Las cosas buenas llegan a los que esperan. Ten paciencia, Maeve. Helio merece la pena.

CAPÍTULO 2
HELIO

Una humana... Kayog me había emparejado con una feroz humana, que además era una luchadora experimentada, una hacker experta y una protectora galáctica. Era como si el Creador la hubiera diseñado específicamente para mí. Y según los Temern, así parecía ser. Estaba emocionado más allá de lo que podía expresar con palabras.

En uno de mis escasos encuentros fortuitos con Kayog, le había insinuado mi posible interés en contratar sus servicios. Oír a mi tío elogiar constantemente a los Temern y a la Agencia Primaria por el increíble trabajo que habían realizado emparejando a Serena con Szaro y evitando un desastre diplomático, me había hecho desear ver si él también podía realizar su magia para mí. Por desgracia, las posibilidades de que encontrara el tipo de pareja que yo quería y necesitaba probablemente no vendrían de una de las especies primitivas con las que trabajaba.

Por eso, recibir un mensaje improvisado en el que me decían que probablemente había encontrado a mi alma gemela me tomó completamente por sorpresa. Nunca pensé que me tendría en cuenta. La gente pagaba fortunas por los servicios de agencias de apareamiento mucho menos confiables. Y, sin embargo, el

Temern nos había ayudado gratuitamente, simplemente por el placer de saber que había ayudado a formar otra pareja feliz.

Me pasé una mano nerviosa por el cabello verde oscuro, ajustando la posición de las pequeñas enredaderas intercaladas entre los mechones. Había querido que las hojas se elevaran con orgullo, lo que me haría más atractivo—al menos para los estándares Edocit. Por desgracia, no tenía control sobre los pequeños brotes que crecían en mis enredaderas. La intensas emociones hacían que florecieran. Eso nos hacía realmente atractivos, sin mencionar las tentadoras esporas que liberaban.

Aún podía controlar mis glándulas sudoríparas. Liberaban una agradable fragancia que podía tener efectos relajantes, seductores o actuar como un afrodisíaco dependiendo de su concentración y de si la mezclaba con otras hormonas.

Segundos después, mi brazal emitió un pitido con un mensaje entrante de Kayog informándome de que estaban llegando. El corazón me dio un vuelco y enderecé mis hombros, tratando de parecer más imponente, pero no intimidante. Liberé una pequeña cantidad de mi seductora fragancia mientras debatía si dejar los brazos colgando a cada lado del cuerpo o sujetar las manos a la espalda. Estaba siendo ridículo y pensándolo todo demasiado. Pero sabía que solo tenía una oportunidad de causar una buena primera impresión.

Como había prometido, un gigantesco portal negro se abrió en medio de mi jardín, a solo unos metros delante de mí. Aunque lo esperaba, no pude evitar sentirme impresionado por esta gran entrada. Kayog atravesó el portal, seguido de tres mujeres humanas y un hombre con aspecto de Dragón, cuya especie creo que se llama Derakeens. En cuanto apareció el hombre, hizo un gesto despectivo con la mano y el portal se cerró.

Aunque sentía curiosidad por mis invitados temporales, no podía apartar la mirada de mi compañera. Era incluso más hermosa en persona que en el holograma tridimensional que Kayog me había mostrado hacía una semana. Tenía el cabello negro más oscuro y sedoso, que le caía hasta la mitad de la espalda, y unos ojos grandes y almendrados del mismo color. Su piel morena compartía el delicado tono de las lujosas esculturas que nuestros artistas tallaban en los árboles de Seilish. Si no fuera por la ausencia de *veris* en su piel y de enredaderas en su pelo, podría haber pasado por una hija de las tribus Seilish.

Para mi deleite, Maeve parecía tan fascinada por mí como yo por ella. La aprobación y el aprecio con que me miraba encendieron un fuego delicioso en la boca de mi estómago. Nuestros ojos se cruzaron y ella me dedicó una tímida sonrisa, a la que yo respondí con la misma sonrisa.

—Es un placer volver a verte, Helio —dijo Kayog, rompiendo la magia.

Aparté la mirada de mi mujer para dar una calurosa bienvenida al Temern.

—Saludos, Maestro Kayog —dije, llevándome la mano derecha al corazón mientras inclinaba ligeramente la cabeza.

Para mi sorpresa, en lugar de mirarme directamente a los ojos, Kayog se quedó mirando mi cabello. Su rígido pico se estiró en una amplia sonrisa.

—¡Has florecido! —exclamó—. Si no te conociera mejor, creería que mi cautivadora presencia suscitó una respuesta tan encantadora por tu parte.

Me reí entre dientes, mi mano derecha voló instintivamente hasta mi pelo y acarició suavemente los suaves pétalos de uno de los pequeños capullos de mis enredaderas que, en efecto, habían florecido.

—Aunque no negaré que me agradas bastante, lamento decir que otra persona despertó en mí emociones tan poderosas para que esto ocurriera —dije burlonamente antes de lanzar una mirada significativa hacia mi compañera.

Ella bajó los ojos tímidamente, pareciendo a la vez halagada y avergonzada, mientras se acomodaba un mechón de su largo cabello negro detrás de la oreja. La joven humana de ascendencia asiática que estaba detrás de ella se apretó contra el Derakeen mientras sonreía alegremente a mi compañera.

—En otras circunstancias, mis sentimientos podrían haberse sentido heridos —dijo Kayog con voz divertida—. Pero en este caso, lo apruebo de todo corazón. Helio, dejame presentarte a la encantadora Maria Maeve Riley, tu novia. Maeve, te presento a tu prometido, Helio Breisa.

—Es un gran honor conocerte, Maeve. Eres aún más hermosa en persona —dije con toda sinceridad—. Estoy impaciente por conocerte mejor. No he oído más que elogios sobre el trabajo de los Enforcers.

—También es un honor conocerte, Helio —dijo Maeve con una voz agradablemente grave—. Por lo que he oído, tú también estás haciendo un trabajo maravilloso protegiendo y rescatando a otros. Yo también estoy deseando conocerte mejor.

—Y esta es Kaida, mi compañera de equipo y amiga de Maeve, y su marido Cedros, que tuvo la amabilidad de proporcionarnos transporte instantáneo hasta aquí —dijo Kayog, rompiendo una vez más la magia.

Aun así, me avergonzaba comportarme como un anfitrión tan pobre. Saludé con la cabeza a la atractiva mujer asiática, de pelo y ojos castaño oscuro, a la que había llamado Kaida, y luego a su marido, el Derakeen.

—Bienvenida a mi casa, Kaida. Y gracias, Cedros, por traerme a mi compañera de una forma tan rápida e impresionante —añadí en tono amistoso.

Para mi sorpresa, mientras Kaida me sonreía amistosamente, su compañero me dirigió una mirada severa y reptiliana. Sus alas oscuras y la mezcla de cuernos dorados y sombríos de su cabeza le daban un aspecto majestuoso e intimidante a la vez. Antes de que pudiera seguir pensando en su fría actitud, Kayog llamó mi atención sobre la tercera hembra humana que atravesaba el portal con ellos.

—Y por último, pero no menos importante, les presento a

Isobel Biondi, la sacerdotisa que presidirá tu unión —dijo Kayog.

Seguía desconcertado por lo que creía que era Cedros actuando como el hermano mayor desaprobador. Él y Maeve claramente no estaban emparentados. Sin embargo, como era amiga íntima de su compañera, entendía por qué podía sentirse sobreprotector con ella. Dejando a un lado esos pensamientos, me volví hacia la sacerdotisa.

Me sonrió. De piel aceitunada y ojos verde oscuro en un rostro ovalado y estrecho, la esbelta mujer se acercó con elegancia mientras se echaba por encima del hombro un mechón de su largo pelo rubio salpicado de mechones plateados.

Kayog soltó una risita, llamando nuestra atención colectiva.

—Mi querida Isobel, creo que esta es una de las raras veces en que no pareces angustiada por un emparejamiento inusual mío —dijo en un tono suavemente burlón.

La sacerdotisa se sonrojó y miró al Temern con timidez.

—Aunque nunca dudo de la exactitud de tus emparejamientos, demostrada innumerables veces por la historia, esta es la primera vez que veo claramente que una pareja es perfecta. No sé cómo lo haces con los otros emparejamientos que realizas, pero en el caso de estos dos, tendrías que ser una máquina para no sentir la química que hay entre ellos.

No pude evitar una sonrisa antes de mirar a mi compañera. Ella también me miraba. Nunca creí en el amor a primera vista. Obviamente, no estaba enamorado de Maeve. Pero la química instantánea y la conexión entre nosotros eran innegables. Solo podía esperar que esa maravillosa energía siguiera creciendo con el paso de los días.

En realidad, me preocupaba que mi apariencia le pareciera poco atractiva. Aunque muchas especies consideraban atractivos a los Edocits, el hecho de que crecieran enredaderas, hojas y flores en diversos lugares de nuestros cuerpos solía molestar a los forasteros. Habían encontrado varias formas semi-diplomáticas de decir que disfrutar de la belleza de un árbol o una planta no significa que quieras acostarte con ellos.

—Helio, Maeve, por favor pónganse cara a cara y tómense de la mano —dijo la sacerdotisa Biondi en tono solemne.

Maeve me recibió a medias. La forma en que me miró me hizo estremecer en todos los lugares correctos. No me consideraba destacable en términos de los estándares de belleza Edocit. Era bastante atractivo, pero no una maravilla. Aun así, parecía que lo que veía le agradaba a Maeve. Y a mí también, por supuesto.

Puso sus manos sobre las mías e instintivamente las apreté un poco. A pesar de su suavidad, sus manos me sujetaban con firmeza. Eso me gustó. La familiar sensación de pellizco me picó en los antebrazos mientras deseaba que mis *veris*—las enredaderas que permanecían latentes bajo mi piel—se desplegaran y extendieran, envolviendo nuestras manos y deteniéndose un poco por encima de las muñecas de Maeve.

Durante una fracción de segundo, contuve la respiración, preocupado por la reacción de mi mujer. Algunos extraterrestres se asustan por nuestras afinidades y rasgos florales. Maeve miró nuestras manos atadas con un aire de sorpresa rápidamente sustituido por uno de asombro. Eso me produjo otra oleada de calor en el pecho, que al instante se tradujo en más capullos floreciendo alrededor de nuestras manos. Los labios de mi compañera se entreabrieron de placer. Sus ojos se clavaron en los míos. La forma en que me miraba como si fuera la mayor maravilla del mundo me puso patas arriba.

—¡Vaya! Qué hermosas —dijo la sacerdotisa Biondi, con los ojos clavados en las flores blancas de nuestras lianas.

Mi rostro se ruborizó.

—Gracias —le respondí.

No dejé de notar la mirada divertida que Kayog dirigía a la sacerdotisa. Al parecer, ella se comportaba de forma diferente a la que él estaba acostumbrado. Pero admitió que éramos la primera pareja que veía claramente que encajaba a la perfección. Sin embargo, mientras Kaida parecía compartir el entusiasmo de la sacerdotisa, el Dragón aún parecía un poco distante, cuando no desconfiado.

—Estamos aquí reunidos para celebrar la unión de esta mujer, Maria Maeve Riley, y este varón Edocit, Helio Breisa, en el sagrado vínculo del matrimonio. Dicha unión debe contraerse libremente, con intenciones honestas, un compromiso genuino, y no con fines económicos o engañosos —dijo la sacerdotisa—. Maria Maeve Riley, ¿aceptas libre y voluntariamente a este varón Edocit, Helio Breisa, como legítimo esposo, en las buenas y en las malas, en la salud y en la enfermedad, hasta que la muerte los separe?

—Sí, acepto —dijo Maeve con voz entrecortada, como si tratara de refrenar una poderosa emoción que amenazaba con desbordarla.

—Helio Breisa, ¿aceptas libremente a esta mujer, Maria Maeve Riley, como tu legítima esposa, en las buenas y en las malas, en la salud y en la enfermedad, hasta que la muerte los separe?

—Desde luego que sí —respondí, con la voz un poco más grave de lo habitual mientras mi mirada permanecía clavada en la de mi compañera.

—Kaida Daigo y Cedros Qhelian, ¿dan fe de que esta hembra humana, Maria Maeve Riley, y este varón Edocit, Helio Breisa, se han comprometido libremente a estar legalmente casados el uno con el otro de acuerdo con las leyes humanas y galácticas?

—Sí —dijo Kaida.

—Sí —repitió Cedros.

—Por el poder que me confieren el Colegio Clerical de la Tierra y la Organización de los Planetas Unidos, los declaro marido y mujer. Helio Breisa, puedes besar a la novia —dijo la Sacerdotisa Biondi.

Desaté nuestras manos para poder acercar a Maeve a mí. Ella se acercó voluntariamente y puso las palmas de las manos sobre mis hombros. El calor de su tacto atravesó la fina tela de mi camisa. Con una mano en su cadera, acaricié su nuca con la otra mientras bajaba la cara hacia la suya. Ella levantó su barbilla y nos encontramos a medio camino.

Una ráfaga de lujuria estalló en la boca de mi estómago en cuanto nuestros labios se tocaron. Me tragué el gemido que quería salir de mi garganta, contuve las ganas de profundizar el beso y controlé las glándulas que querían liberar más feromonas de seducción. Ahora no era el momento. Sin embargo, la forma en que sus dedos se hundían en mis hombros, como si ella también estuviera luchando contra una fuerte respuesta fisiológica a nuestro beso, no hizo más que endurecerlo.

Terminé el beso, pero no solté a Maeve de inmediato. Ella tampoco parecía muy dispuesta a separarse de mí. Pero el estruendo de los aplausos de nuestros testigos nos sacó de nuestro aturdimiento. Me alejé un paso y Maeve se dio la vuelta para sonreír casi tímidamente a nuestros invitados.

Kayog se acercó a nosotros con expresión radiante. No se detuvo a nuestro lado, sino que nos atrajo un poco más lejos, en el jardín. Me hizo sonreír, teniendo en cuenta que la sacerdotisa Biondi probablemente ya sabía lo que tenía que decir, y que Kaida y Cedros habían pasado exactamente por el mismo proceso. Aun así, le agradecí que tratara de darnos un poco de intimidad para hablar de asuntos personales.

—Normalmente, ahora es cuando lanzo amenazas azucaradas a la pareja, advirtiéndoles de que cumplan los términos del contrato por miedo a graves repercusiones. Que luego calmo con promesas de una lujosa dote además de amor eterno —dijo el Temern con autoengaño.

Maeve resopló mientras yo me reía en voz baja.

—¿No hay amenazas para nosotros? —pregunté, fingiendo estar abatido.

—Lo siento, ninguna para ustedes —respondió Kayog con la misma voz divertida—. Ya saben cuáles son las directrices que sigue la AP, pero como no son oficialmente clientes de la agencia, renunciamos a todos los requisitos estándar de vinculación. Procedimos a la boda humana solo porque proporciona varias protecciones para Maeve en caso de que las cosas se pongan feas, además de simplificar las cosas desde el punto de vista de los recursos humanos con los Enforcers. Como una boda Edocit es permanentemente vinculante, habríamos renunciado a ese requisito hasta que pasen los seis meses.

—¿Es eso lo que sugieres? ¿Que esperemos? —preguntó Maeve en tono muy serio.

—Sí, pero solo por el aspecto espiritual y fisiológico de tal enlace —dijo Kayog en tono amable—. No me cabe la menor duda de que son almas gemelas. Así que no se preocupen por si en algún momento se arrepienten de haber realizado la unión de inmediato, en caso de que decidan seguir ese camino. Sin embargo, creo que será mucho más especial si lo dejan para un poco más adelante, una vez que estén verdaderamente enamorados.

—Estoy de acuerdo —dije con voz suave, lo que hizo que Maeve me mirara interrogante—. Los Edocits no solo se casan entre sí, se casan con la tierra y el linaje. Te conviertes en parte de ella tanto como ella se convierte en parte de ti.

—Vale, eso suena un poco intenso —dijo Maeve con cautela.

Resoplé.

—Te enseñaré todo sobre nosotros y sobre tu nuevo mundo, Zailia.

—Lo estoy deseando —dijo Maeve con una sonrisa entusiasta.

—Bueno, con esta nota alegre, me despido y los dejo que se conozcan —dijo Kayog—. Gracias por recordarme lo maravilloso que es simplemente emparejar almas gemelas sin una agenda secundaria.

—¿Cuál es tu agenda habitual? —preguntó Maeve, con su lado Enforcer asomando a la superficie.

El Temern le dirigió una mirada enigmática.

—¿No es obvio? Hacer feliz a la gente y evitar que exploten a los vulnerables.

Maeve resopló.

—Hablas como un verdadero político. Pareces olvidar que trabajo para la OPU. Aunque hacen cosas maravillosas por la alianza galáctica, no son santos.

Kayog sonrió.

—Nadie lo es, querida. Nadie.

Con estas enigmáticas palabras, se dio la vuelta para reunirse con nuestros otros invitados. Le seguimos, deteniéndonos cerca de Kaida y Cedros.

—Aquí tienen un regalito de boda de parte de todos los Enforcers —dijo Kaida mientras extendía una caja bellamente envuelta a mi compañera—. Nos llevó un tiempo averiguar qué podría querer una mujer, que ya lo tiene todo, y su esposo cazarrecompensas. Al final, a Tedrik se le ocurrió esta idea. Vamos, ábrelo.

Sintiendo tanta curiosidad como parecía sentir Maeve, me acerqué un poco más a mi compañera mientras ella arrancaba con bastante brutalidad el papel—que yo le quité. En cuanto abrió la caja, su grito ahogado se hizo eco de mi sorpresa. En su interior, un par de brazales negros a juego brillaban bajo el sol de Zailia. Una mirada bastó para reconocer que habían sido diseñados por Xurgens—la especie más avanzada de la galaxia conocida. Nada superaba la calidad de sus productos de alta tecnología, desde naves espaciales hasta armas, trajes y todo lo demás. Esto era un regalo de reyes.

—¿Me estás tomando el pelo? —Maeve susurró con incredulidad—. ¡Son increíblemente caros!

—¿Insinúas que te mereces menos? —preguntó Kaida en tono burlón—. Todo el mundo colaboró, lo que lo hizo bastante manejable. Además, hemos personalizado el diseño para satisfacer todas tus necesidades mientras corres persiguiendo a los malos. Querrás leer el manual.

—Son increíbles —dijo Maeve, con los ojos empañados.

Las dos mujeres se abrazaron, y mi corazón se derritió ante la hermosa imagen.

—Gracias —dije una vez que se soltaron—. Es un regalo extremadamente generoso.

—Es un placer. Nos aseguramos que nuestra chica esté contenta —dijo Kaida amablemente.

—En efecto —dijo Cedros en un tono ligeramente dudoso. Antes de que pudiera responder, también le tendió una caja a mi compañera—. Esto es un regalo de Kaida y mío. Ábrelo.

—En serio, chicos, después de este primer regalo loco, no necesitaba un segundo —argumentó Maeve, mientras abría la caja con impaciencia.

Me quedé perplejo al ver cuatro hileras de estrechas piedras negras junto a una pequeña herramienta que parecía un cascanueces.

Maeve levantó la cabeza y los miró con incredulidad.

—¡¿Piedras de obsidiana de las sombras?!

Kaida y su compañero asintieron simultáneamente.

—Sí. Las tres primeras filas están marcadas en la terraza de nuestra morada en Dramnac —explicó Cedros—. Las de la última fila abrirán un portal al Cuartel General de los Enforcers. El portal se formará al instante, por si alguna vez lo necesitas. Tu brazal también tiene una línea directa conmigo. Si te encuentras en algún tipo de apuro, no importa lo lejos que estés, la señal viajará a través de cuantos relés sean necesarios para alcanzarme, y acudiré de inmediato.

No pude evitar notar la forma en que sus ojos del Dragón me miraron cuando dijo "cualquier tipo de angustia". ¿Acaso creía que le haría algún daño a mi compañera? No sabía si sentirme ofendido o divertido.

—Gracias, Cedros. Ustedes dos son los mejores —dijo Maeve cariñosamente.

—Bueno, ahora vamos a dejarlos —dijo Kaida cariñosamente—. El equipo no será lo mismo sin ti. No nos olvides.

—No lo haré —prometió Maeve, mientras le daba a su amiga un último abrazo de despedida.

Todo el tiempo, la mirada de Cedros pesaba sobre mí. Una vez más, me mordí las ganas de reprocharle su actitud sospechosa. Armar un escándalo el día de mi boda no me parecía una buena idea. Entonces vi que Kayog se llevaba la mano al pico como hacían a menudo los pájaros, ya fuera en señal de arrepentimiento o para reprimir una carcajada, lo que me dijo que la situación le divertía. Miré fijamente al Temern, al que solo le temblaban los hombros de la risa silenciosa.

—Adiós, Helio. Cuida bien de mi niña —dijo Kaida con voz suave.

—Desde luego que lo haré —respondí en tono amistoso, pero decidido.

Cedros me hizo un gesto brusco con la cabeza y luego agitó la mano. Un enorme portal negro se abrió frente a nosotros con un sonido metálico. Durante medio segundo, las sombras oscuras se arremolinaron antes de que el centro se despejara para mostrar una impresionante terraza en lo que parecía ser el saliente de un acantilado en lo alto de un cielo resplandeciente de color ópalo.

Los invitados entraron en fila. Cedros fue el último en entrar antes de atravesar una plataforma suspendida repleta de cajas que, sin duda, contenían las pertenencias de mi compañera. Segundos después, el portal desapareció. Impresionado por tan increíbles poderes, me quedé mirando el lugar ahora vacío donde había aparecido el portal antes de volver a centrar mi atención en mi compañera. Por la forma en que Maeve me observaba, me di cuenta de que tenía un millón de pensamientos en la cabeza. Por suerte, no parecían de naturaleza negativa.

—Tu amiga Kaida es encantadora —dije en tono de conversación.

—¿Solo Kaida? —preguntó Maeve, enarcando una ceja con un atisbo de desafío.

—Su marido es bastante impresionante —añadí sin comprometerme.

Maeve resopló.

—Parece la respuesta diplomática de un político.

Me reí entre dientes e incliné la cabeza en señal de concesión.

—Tienes razón. ¿Quieres una respuesta contundente?

—Siempre —dijo Maeve en tono firme—. Prefiero una fea verdad a una bonita mentira.

Asentí con aprobación.

—En eso somos iguales. Simplemente descubrí que era demasiado protector contigo y demasiado desconfiado conmigo. Si no hubiera estado apareado, y visiblemente feliz, podría haber pensado que Cedros te quería para él.

Maeve se echó a reír, y su expresión de incredulidad borró cualquier duda que pudiera haberme quedado sobre un posible vínculo entre ellos.

—Casi me ha adoptado como su hermanita, y por eso se muestra tan protector —dijo Maeve, divertida.

—Y esos dones son excepcionales. Tener una forma rápida de salir de un aprieto es muy útil.

—Cierto —concedí—. Nunca podré envidiarte que tengas un amigo tan poderoso.

—Todo eso es gracias a Kaida. Formamos parte del mismo equipo de Enforcers. Kaida es la Ejaya de Cedros. Solo hay una mujer en todo el universo que puede formar este vínculo especial con él. Los Señores de la Sombra como él, que no encuentran a su Ejaya antes de los cincuenta años, suelen volverse locos o morir envenenados por la sangre que solo la presencia de ella podría haber permitido a su cuerpo combatir. Esos dos están tan enamorados que es ridículo. Ver la pareja perfecta que Kayog había hecho para ellos me convenció de acercarme a él para que encontrara a mi pareja perfecta.

—Y sin duda encontró el perfecto para ti —dije con juguetona petulancia mientras señalaba mi cuerpo con la mano.

Maeve se rio mientras me miraba descaradamente.

—No sé si perfecto. Solo el tiempo lo dirá. Pero eres agradable a la vista y claramente seguro de ti mismo.

—Es solo una fachada —dije con toda sinceridad—. Puedo llegar a ser bastante tímido en entornos personales. Solo soy duro y seguro en situaciones de caza o combate. Pero me alegro de que te guste lo que ves. Creo que eres impresionante.

Ella adoptó una expresión avergonzada y bajó los ojos con recato mientras sonreía tímidamente.

—Me halagas.

—Acordamos que solo diría la verdad sin rodeos, ¿recuerdas? —pregunté burlonamente—. Por lo tanto, no es adulación.

Su sonrisa se ensanchó y me miró fijamente.

—Si estás intentando gustarme, has tenido un comienzo excelente.

—Me alegra oírlo. ¿Qué te parece si te enseño tu nueva casa y luego llevamos tus cosas y te instalas? —le pregunté.

—Sería estupendo. Este jardín es increíble —dijo Maeve con entusiasmo—. Debes de dedicarle muchísimo tiempo para que sea tan perfecto.

—En absoluto —dije con una sonrisa divertida—. Cuido el jardín, pero no como tú crees. No tengo que quitar las malas hierbas, ni podar, ni nada por el estilo. Cuando mencioné que casarse con un Edocit también significa casarse con la tierra, era bastante literal. Somos uno con la tierra. Ella nos dice lo que necesita y nosotros se lo proporcionamos.

Maeve frunció el ceño, sorprendida por mi respuesta.

—No sé si entiendo lo que quieres decir. Cuando dices que te dice *lo que necesita*, ¿quieres decir que las plantas te hablan?

Mi sonrisa se amplió y asentí.

—Así es. Puedo comunicarme con cualquier planta, hierba, flor, pero más intensamente con los árboles. No hablamos con palabras, aunque algunas entienden lo que digo. Para los demás, serán mensajes más visuales y sensoriales.

Maeve se quedó boquiabierta. Me miró incrédula durante un segundo antes de observar la flora circundante con una extraña mezcla de asombro y preocupación grabada en su bonito rostro.

—¿Estás diciendo que tus plantas son sensibles? ¿Nos están mirando y escuchando nuestra conversación?

Me echo a reír.

—No, Maeve. O mejor dicho, no de la forma que tú insinúas. La mayoría de las flores, los arbustos, los árboles pequeños y la hierba no son sensibles. No pueden pensar ni mantener conversaciones. Sus comunicaciones conmigo no son más que reacciones instintivas en respuesta a sus necesidades.

Me quité las sandalias para caminar descalzo sobre la hierba. Le hice un gesto a mi compañera para que me siguiera y me acerqué a un macizo de flores junto al estanque.

—Por ejemplo, este arbusto tiene sed. Lo sé por la forma en que las hojas cuelgan en lugar de elevarse. Técnicamente, no debería ser el caso, teniendo en cuenta que el arbusto tiene acceso directo al agua del estanque. Esto me indica que hay un problema con el agua o con el suelo que rodea las raíces de la flor. Si me fijo en las otras flores que la rodean, están bien. Por lo tanto, el agua no tiene la culpa.

Maeve jadeó cuando las "venas" alrededor de mis pies y justo por encima de mis tobillos parecieron hincharse antes de que los tentáculos en forma de enredadera de mis *veris* salieran de mi piel y se enterraran en el suelo.

Estudié sus facciones para ver cómo respondía a esta demostración de una de mis habilidades. Para mi alivio, Maeve no parecía desconcertada, solo atónita.

—Esto me permite comunicarme directamente con la naturaleza en un radio más amplio —expliqué en tono suave—. No necesito excavar para ver lo que ocurre. Mis *veris* me permiten detectar el desequilibrio del pH en esta zona del suelo. Es demasiado alcalino. Pero como esa acidez está localizada de forma casi quirúrgica, me indica que el arbusto de la mora de serpiente está siendo atacado por un parásito. El spoolworm suele ser el culpable, masticando sus raíces profundas, lo que dificulta que el arbusto beba suficiente agua. El suelo alcalino también dificulta que obtenga suficientes nutrientes.

—¡Vaya! ¿Así que tienes que conectarte al suelo regularmente para saber qué planta necesita ayuda?

Negué con la cabeza.

—No. En este caso no tengo nada que hacer. ¿Ves las hierbas pequeñas con cuatro hojas cerca del suelo? —pregunté, señalándolas.

—¿Te refieres a los tréboles? —preguntó.

Yo sonreí.

—Los llamamos kinniks. Aunque se parecen a las hojas del trébol, sirven sobre todo como control natural de plagas. Si te fijas bien, verás pequeños bulbos debajo de las hojas. Liberan esporas que atraen a los burnums.

—¿Burnums? —Maeve preguntó.

—Mmhmm. Son nuestra versión de un topo. Lo más parecido a lo que podría compararlos es a una foca terrestre en miniatura con seis pequeñas patas. Tienen garras viciosas que les permiten excavar en el suelo y cazar presas. Su manjar favorito es el spoolworm.

Los ojos de Maeve se abrieron en señal de comprensión.

—¿Los kinniks llaman a los pequeños topos al rescate?

—Sí —dije con una sonrisa—. En cuanto perciben la angustia de la baya serpiente, liberan sus esporas. El suelo está casi saturado de ellas. Los burnums no tardarán en llegar. Un jardín bien diseñado es un ecosistema autosuficiente donde cada planta sirve para algo, con interdependencias que las obligan a protegerse mutuamente.

—Vaya, qué ingenioso. Pero, ¿cómo se benefician los kinniks de ayudar a las bayas serpiente? —preguntó mi compañera con curiosidad.

Le dediqué una sonrisa de aprobación, complacido por su aparente interés genuino.

—De las bayas se alimentan diversas criaturas pequeñas, sobre todo insectos y algunos pájaros. A la leecha, que podría compararse con un primo lejano de los cercopidaes terrestres, le encantan las bayas. Después de comer, se esconden bajo los kinniks y escupen la piel de la baya en una espuma rosada, ya que no pueden digerirla. Esa espuma rebosa nutrientes para los kinniks, y el ácido digestivo que contiene mata cualquier mala hierba que pudiera intentar crecer en esa zona.

—¡Eso es jodidamente brillante! —exclamó Maeve, mirando el jardín con nuevos ojos.

—Me llevaría demasiado tiempo repasar cómo funciona cada planta y árbol en simbiosis. Pero tenemos toda una vida para que aprendas —dije con una sonrisa—. Ten la seguridad de que todo lo que hay aquí es seguro para tocarlo, comerlo o dormir junto a él.

Entrecerró los ojos.

—¿Quiere decir que las plantas de otros lugares podrían ser peligrosas?

Me reí entre dientes.

—La mitad del planeta intentará matarte o comerte, a menos que sepas mantenerte alejada de los problemas.

Aunque me miró con el ceño fruncido, Maeve no pareció asustarse por mi atrevida afirmación, lo que me alegró enormemente. Miró a su alrededor, alzó la vista al cielo y volvió a mirarme con expresión traviesa.

—Si no fuera por las dos lunas que hay ahí arriba, me habría preguntado si Cedros no nos habría traído accidentalmente a Australia en lugar de Zailia —dijo Maeve burlonamente.

—¿Australia? —pregunté, confuso.

—Un país de la Tierra donde absolutamente todas las criaturas se empeñan en matarte de alguna manera —respondió en tono divertido.

—Suena como mi tipo de lugar —dije antes de señalar el estanque—. Se puede nadar en el estanque. Contiene agua dulce. Verás pequeños agujeros en algunos bordes y en el fondo.

—Déjame adivinar... ¿Pececillos viven ahí dentro y mantienen el pH del agua?

Me reí.

—Peces no, sino crustáceos —corregí—. Solo salen por la noche, y también se comen cualquier insecto u otros restos biológicos que puedan ensuciar el agua.

—¡Qué eficaz!

—Demasiado —dije asintiendo—. Ahora, antes de entrar, me gustaría enseñarte el Árbol Madre —dije, señalando con un gesto orgulloso el magnífico árbol que había en el centro del jardín y caminé hacia él—. Es un árbol fenora, fácilmente reconocible por sus enormes, pero estrechas raíces que se extienden a lo largo y ancho por encima del suelo, así como por su tronco trenzado y su inusual nudo. Nos referimos a ella simplemente como Myma.

—¿Myma? ¿Ella? ¿Tiene nombre? Hablas del árbol como si fuera una persona —dijo Maeve.

—Porque lo es —respondí con naturalidad—. No es una persona como tú y como yo, pero es sensible. Myma no puede mantener una conversación ni pensar en patrones complejos como nosotros. Sus comunicaciones son más básicas. Sin embargo, siente alegría, tristeza, dolor y rabia, entre otras cosas. Te consolará, cuidará y curará si lo necesitas.

—¡Vaya! —susurró Maeve cuando algunas de las enmarañadas raíces del árbol se movieron para abrirnos paso.

Mi compañera me siguió con cautela hasta que llegamos al árbol. Puse la mano sobre la corteza lisa, del mismo color marrón suave que mi piel. Inmediatamente sentí un hormigueo en la palma cuando Myma me saludó. Múltiples *veris* salieron del dorso de mi mano y se entrelazaron con las lianas que se enredaban perezosamente en las trenzas de la corteza. Una sonrisa afectuosa se dibujó en mis labios cuando el amor puro se filtró en mi interior a través de nuestra conexión.

Me volví hacia mi mujer y la rodeé con el brazo libre, atrayéndola a mi lado.

—Myma, te presento a mi compañera, Maeve. Maeve, te presento a Myma.

Mi pobre mujer parecía un poco insegura sobre cómo reaccionar ante lo que tenía que ser la presentación más extraña. Me dirigió una mirada insegura antes de volver a centrar su atención en el árbol. En ese instante, me di cuenta de que Maeve se preguntaba si le estaba tomando el pelo haciéndola hablar con un árbol. Para mi alegría, me siguió el juego.

—Es un placer conocerte, Myma —dijo Maeve con la deferencia apropiada para una suegra.

Lo cual, en muchos sentidos, es el caso.

Myma emitió un sonido profundo y retumbante, sobresaltando a mi mujer. Luego agitó sus hojas, haciéndolas silbar en un canto alegre mientras sus capullos florecían con las mismas flores blancas que adornaban mi pelo cada vez que me invadían poderosas emociones positivas. Se me encogió el corazón al ver que Myma expresaba tan sonoramente su aprobación.

—Le agradas —dije con una sonrisa orgullosa—. Pon tu mano sobre su corteza. Deja que te abrace.

Asombrada y un poco intimidada, Maeve obedeció. Sus labios se separaron con sorpresa al sentir el saludo de Myma, segundos antes de que sus lianas envolvieran la mano de Maeve como lo habían hecho con la mía.

—Vaya, ¿qué estoy sintiendo? —preguntó Maeve con aire de asombro.

—El amor y el afecto de Myma —dije con voz suave—. Te está reclamando como su hija.

—¿Hija? ¿También te reclama como su hijo? —preguntó Maeve.

—*Soy* su hijo —dije con calma—. Aunque, técnicamente, podría decirse que soy el hijo de su madre.

Maeve se quedó paralizada, su mente pareció quedarse en blanco por un momento mientras procesaba mis palabras.

—¿Qué quieres decir con eso? Por lo que sé, los Edocits tienen padres como los humanos, un macho y una hembra que se juntan para hacer un bebé. No estarás diciendo que la madre de este árbol te parió a ti, ¿verdad?

Mi sonrisa se ensanchó.

—Digo sí y sí tanto a tu afirmación como a tu pregunta —respondí burlonamente—. Tengo una madre y un padre Edocit, a quienes conocerás pronto. Pero su Myma, mi Nyna, me dio a luz definitivamente. Los Edocits solo pasan las primeras ocho semanas de gestación dentro del vientre de su madre.

Al sentir mi deseo, Myma desenrolló sus lianas alrededor de mi mano y la liberó. Pasé los dedos por el artístico enredo natural de la corteza alrededor de su nudo.

—Necesitamos un contacto profundo con la tierra y la naturaleza para desarrollarnos adecuadamente —le expliqué—. Sin él, no habría poseído algunas de las habilidades que me verás desplegar en los próximos días. Incluso la forma en que extiendo mis *veris* para evaluar las necesidades de la planta se habría atrofiado.

Maeve tragó saliva, mostrando por primera vez cierta inquietud por mi naturaleza.

—¿Y cómo pasa exactamente el feto del vientre de la madre al nudo del árbol? —preguntó con voz preocupada.

Me quedé mirándola un momento, con mi necesidad ocasionalmente irracional de burlarme de ella y molestarla.

—¿Te estás preguntando si tengo un pene raro con una punta que se abre como una flor, agarra el embrión de tu vientre como un garfio y luego lo vuelve a sacar?

Mi intento de mantenerme serio fracasó estrepitosamente al ver su expresión de horror. Me eché a reír.

—No, Maeve. No tienes que preocuparte de que meta mis partes íntimas dentro de un árbol y así tener descendencia —dije burlonamente—. Tampoco tienes que preocuparte de que te salgan enredaderas extrañas cuando el pequeño esté listo para salir.

—Si estás tratando de traumatizarme y hacer que llame a Cedros para que me saque de aquí lo antes posible, seguro que estás haciendo un buen trabajo —dijo mi compañera, mirándome fijamente, aunque sin ira genuina—. Ahora deja de tomarme el pelo. ¿Qué sucede realmente?

—A las ocho semanas, te pondrás de parto —le expliqué en un tono más serio—. No se parece en nada al parto humano. No sentirás dolor y tu parte habrá terminado en muy poco tiempo. El trabajo real es para el retoño. Aunque Myma ofrecerá a nuestro retoño un poco de ayuda, el retoño debe hacer la mayor parte del esfuerzo para trepar hasta el nudo de maduración.

—¿Nuestro bebé caminará y trepará con tan solo ocho semanas de gestación? —preguntó Maeve con aire de incredulidad.

—Sí —dije, divertido—. Muchas especies nacen con la capacidad de andar a los pocos segundos de nacer. ¿Acaso los humanos no tienen criaturas que nacen solo parcialmente formadas y dependen de su madre para que las cuide mientras atraviesan su segunda fase?

Maeve frunció los labios mientras asentía lentamente al reflexionar sobre mis palabras.

—Ahora que lo dices, muchos pájaros nacen a medio formar.

Sus padres deben mantenerlos calientes mientras les crecen las plumas y alimentarlos hasta que maduran lo suficiente para volar. Pero lo que describes suena casi como los canguros y los koalas. Sus crías salen casi en estado embrionario y luego se meten en la bolsa de su madre, donde terminan de crecer. Tu planeta se parece cada vez más a Australia.

Aunque me reí entre dientes, seguí estudiando sus facciones para hacerme una mejor idea de cómo se sentía al respecto.

—¿Te molesta?

—¿Que si me molesta? No, es un término demasiado fuerte. Sin embargo, admito que no me lo había imaginado en absoluto. Tengo sentimientos encontrados al respecto. Una parte de mí piensa que es estupendo que no vaya a tener la hinchazón, el dolor de espalda, las molestias y un parto muy largo y doloroso. La otra parte se pregunta si no me sentiré engañada por haber tenido tan poco tiempo para establecer un vínculo con mi hijo, y si el niño me considerará a mí o al árbol como su madre. Y la última parte de mí se preocupa por la seguridad del feto dentro de un árbol. Si hay peligro, una inundación, un incendio o cualquier otro desastre natural, como mujer embarazada puedo salir de allí y encontrar refugio. Pero, ¿qué puede hacer un árbol?

Sonreí.

—En primer lugar, me alivia que tu comentario inicial no fuera para decir que no quieres tener hijos. En segundo lugar, el hecho de que no lleves al niño durante el resto del periodo de gestación no significa que no puedas establecer un vínculo con él. Puedes interactuar con el feto del mismo modo que lo hacen los padres en la mayoría de las especies. Y en cuanto al peligro, nuestra futura descendencia no puede tener un protector más poderoso que una fenora. Todo el jardín posee su propio sistema de defensa. Y a medida que un niño Edocit se vincule con la tierra, tendrá aún más protectores a su disposición si alguna vez los necesita.

A pesar de su expresión ligeramente dubitativa, Maeve asintió. A su debido tiempo, no había duda de que discutiríamos el asunto más a fondo. Pero habría muchas oportunidades para ello en el futuro. Por ahora, mi intención era pasar los próximos meses asegurándome de que mi mujer se enamorara perdidamente de mí y yo de ella.

—Así que naciste de un árbol como ella, pero no de ella. ¿Correcto? —preguntó Maeve.

Asentí con la cabeza.

—Correcto. Myma creció de un retoño de Nyna, el Árbol Madre que me dio a luz. Aún voy a verla de vez en cuando al jardín de mis padres. Pero ven, mi compañera. Déjame mostrarte el interior de la casa. Tendremos tiempo de sobra para seguir hablando de la descendencia cuando llegue el momento adecuado para ambos —dije, dándole a Myma una última caricia antes de ordenar al aerotransporte que me siguiera.

Maeve lanzó una mirada insegura a Myma, claramente insegura de cómo despedirse correctamente de un árbol. Me mordí el interior de las mejillas para ocultar mi diversión, no quería que pensara que me estaba burlando de ella. Tenía que ser extraño tener que tratar de repente como a una persona a algo que habías considerado una forma de vida inanimada—o al menos no sensible—durante toda tu existencia. Imitándome, mi compañera le dio a Myma una suave caricia con una sonrisa de despedida.

Siguiéndome, se quedó mirando con curiosidad y asombro no disimulados la gran estructura de nuestra vivienda.

—Tu casa es preciosa. Coincide con lo que me imaginaba de la casa de un elfo del bosque. Bueno, excepto que tus plantas son mucho más exóticas, y algo extrañamente luminosas.

Hinché el pecho con orgullo.

—No eres el primer humano que se refiere a nuestra arquitectura como de estilo élfico. Eso me llevó a buscar algunas ilustraciones. No podía creer que fueran una especie mítica, teniendo en cuenta lo elaboradamente que se han definido su tradición y su cultura.

—No es realmente sorprendente, ya que son extremadamente populares en la narrativa fantástica y paranormal. Cuando la humanidad consiguió por fin realizar viajes interestelares, descubrimos que muchas especies extraterrestres compartían muchos de esos rasgos. Todavía me sorprende cada vez que encuentro una nueva cultura.

—Pues estás a punto de sorprenderte porque nuestra morada solo comparte partes de su estética con los elfos de la tradición humana —dije misteriosamente. Señalé las grandes puertas ornamentadas en forma de arco—. Todas las casas de Zailia están construidas con madera cambiante.

—¿Madera cambiante? —repitió—. Creía que era una especie de plastilina o arcilla para modelar, no madera de verdad.

Me reí entre dientes mientras negaba con la cabeza.

—Es un malentendido muy común. La madera cambiante es un tipo especial de madera que recogemos de los árboles nuveos. Se dobla y cambia de forma según nuestra voluntad. Se necesita mucha persuasión, que se hace mucho más fácil mediante la vinculación. Los Edocits se funden con la madera. Yo incrusté parte de mi ADN en las paredes.

—Vaya. ¿Así que supongo que te comunicas con ella de la misma forma que lo haces con las plantas, con esas enredaderas que llamas *veris*? —preguntó Maeve.

—Sí, aunque es sobre todo para curar, o si quiero usar algunas de las características más complejas de este vínculo. La casa está viva. Sabrá si estoy herido y protegerá a la gente que quiero de los intrusos.

Maeve se quedó inmóvil y recorrió la casa con la misma expresión de inquietud que tenía cuando le hablé de Myma. Por primera vez, lamenté la poca información que compartíamos públicamente sobre nuestra especie y cultura. Pero había buenas razones para ello. Aunque no tuviéramos enemigos galácticos reales, compartir con extraterrestres el alcance de nuestra cercanía a la tierra—cuando no nuestra dependencia de ella—

podría dejarnos extremadamente vulnerables a una guerra biológica.

—¿Cómo de viva está la casa? ¿Es tan sensible como tu madre árbol? —preguntó Maeve.

Me reí y negué con la cabeza.

—La casa no es tan sensible como Myma —expliqué con suavidad—. No puede escucharnos ni espiar nuestra intimidad, si es eso lo que te preocupa. La madera cambiante es el equivalente a una casa inteligente y actúa del mismo modo que la inteligencia artificial integrada en las viviendas que construyes con diversos materiales y componentes electrónicos. Nosotros cultivamos la nuestra durante años junto a nuestro árbol madre y nuestro jardín.

—Así que supongo que no se mudan mucho, ¿verdad? —preguntó Maeve.

Resoplé.

—No lo hacemos. Pasamos décadas construyendo nuestro hogar. Es en gran medida nuestro hogar para siempre, que uno de tus vástagos heredará y remodelará como mejor le parezca. Los demás empezarán a cultivar la suya propia a partir de los ocho años.

—¿Ocho años? ¿No es demasiado joven para tener una casa?

—No se convierte en una casa hasta al menos en una década —respondí tranquilizador—. Es algo a lo que dedican unas horas a la semana, el resto del tiempo lo pasan siendo niños normales. Ven, vamos dentro.

CAPÍTULO 3

MAEVE

Decir que estaba sufriendo un choque cultural sería quedarse corto. No diría que había entrado en una pesadilla del mundo real, pero el cuento de hadas inicial de mi boda con Helio estaba perdiendo rápidamente parte de su brillo de ensueño. ¿Nos habíamos precipitado demasiado en este matrimonio? Dado que las normas de la AP no se aplicaban a nosotros, ¿deberíamos haber tenido una primera cita a la manera tradicional?

Kayog nunca se equivoca en sus emparejamientos. ¿Por qué castigarnos retrasándolo innecesariamente?

Mi esposo era guapo, encantador y parecía tener una personalidad traviesa que me gustaba bastante. Sin embargo, no esperaba que hubiera diferencias culturales tan importantes entre nosotros. Me había topado con tantos Edocit en el desempeño de mis funciones como Enforcer, todos ellos viviendo sin problemas de una manera similar a la nuestra, que siempre supuse que su estilo de vida y la sociedad en general funcionaban de la misma manera que la nuestra.

No me costaba adaptarme a las cosas nuevas, pero sospechaba que muchas de ellas estaban a punto de llegarme de golpe.

El asunto del bebé y el árbol se me metió en la cabeza. Demasiados pensamientos y emociones se agolpaban en mi interior ante aquella perspectiva. Al final, quería tener hijos, pero no me lo había imaginado así. De todos modos, darle vueltas ahora no servía de nada. Como dijo Helio, teníamos mucho tiempo para decidir cruzar ese puente en el futuro.

Las imponentes puertas ornamentadas que se abrían ante nosotros disiparon esas preocupaciones y la gran sala me dejó sin aliento.

Una vez más, tuve la poderosa impresión de haber entrado en el mundo mágico de los elfos. El color beige claro de la madera pulida hacía que el concepto abierto de la sala pareciera espacioso y luminoso. En lugares estratégicos aparecían dibujos ondulados tallados directamente en la madera, pero sospeché que aquellos adornos habían sido "cultivados" o "engatusados" por la voluntad de Helio. Algunas enredaderas y flores recorrían ciertas paredes. Daban un encantador aire natural a nuestro entorno sin dar la impresión de estar dentro de una jungla.

—Estas flores son preciosas —dije sinceramente—. Creo que son las mismas que te florecieron antes. ¿El agradable aroma que hay en la casa viene de ellas?

Helio sonrió orgulloso, con sus profundos ojos verdes—casi negros—desprovistos de esclerótica, admirando el adorno floral de su casa.

—Así es. Y sí, lo son. Es uno de los signos visibles de mi ADN en la casa.

—Cierto —dije, intentando acallar mi malestar ante aquel concepto de casa viviente.

Al final, lo que decía Helio de que no era diferente de la inteligencia artificial de nuestras viviendas tenía todo el sentido del mundo. Sin embargo, se podía desconectar la inteligencia artificial de una casa inteligente si alguna vez se volvía loca. No se podía hacer lo mismo con una entidad "viva" a menos que la mataras o la drogaras.

Fruncí el ceño al pensar en otra cosa.

—Con tantas flores fragantes, ¿entran abejas y otros bichos en la casa?

Helio rio en voz baja.

—Abejas, no. Pero las flores atraen a otro tipo de bichos, si se me permite el término.

—Eso parece un problema —dije, con mi preocupación subiendo otro peldaño.

—No lo es —respondió tranquilizador—. Las alibelias son más hadas semisentimentales que insectos. El néctar de las flores es un manjar maravilloso para ellas. En otras circunstancias, estas flores serían consideradas parásitos, ya que yo no las puse allí ni las planté en la pared —explicó Helio—. Aparecen por su propia voluntad en el patrón que desean. Pero no dañan la madera del turno, sino que actúan en simbiosis con ella. Crecen allí donde la estructura necesita más magia de alibelia, que obtienen automáticamente cuando aparecen.

—Ya veo —respondí, no solo aliviada, sino ahora bastante curiosa por ver una de esas pequeñas hadas.

—Como ventaja adicional, la fragancia de las flores se comporta en realidad como un repelente de insectos —dijo Helio.

—Eso sí que es una ventaja —dije con una sonrisa.

Para mi deleite, los muebles estándar llenaban el salón y el comedor compartiendo el amplio espacio. Como era de esperar, todos eran de madera ornamentada, con coloridos cojines de felpa encima. Me encantó lo fácil, tranquila y relajante que resultaba la decoración. Después de tanto tiempo viajando a bordo de las naves espaciales de los Enforcers, con sus aburridas paredes grises y suelos oscuros, un poco de color era más que bienvenido.

Helio me llevó a la siguiente habitación, contigua a la sala de estar y el comedor.

—Vaya. Es un jardín interior precioso —susurré, asombrada.

—En realidad, es una sala de curación —me dijo Helio con su voz sexy—. Como cualquier jardín, diseñamos la sala de curación de modo que la mezcla de plantas garantice la salud de las demás. Sin embargo, estas grandes cápsulas junto a las paredes son equivalentes a tus cápsulas médicas. Te tumbas dentro y te medio entierran en la tierra mientras atienden cualquier herida o enfermedad.

De color verde oscuro, casi negro, con estrechas hojas arremolinadas en los bordes, me recordaba vagamente a una planta carnívora gigante.

—Espera, he visto estas cápsulas antes —exclamé mientras buscaba en mi memoria—. Pero creo recordar que la gente las usa para rejuvenecer en balnearios de lujo.

Mi compañero resopló.

—Cierto. Algunos forasteros han estado reproduciendo nuestras cápsulas curativas por esas propiedades. Los no-Edocits obtendrán algunos beneficios, pero ni de lejos tanto como nosotros.

—¿Es esto lo que mantiene a tu especie con un aspecto tan increíblemente joven incluso cuando tienes cien años? —pregunté, fascinada.

Asintió con la cabeza.

—Así es. Sin embargo, no lo utilizamos por ese motivo. Es solo un efecto secundario beneficioso. Una vez que nos hayamos unido por completo, te transmitiré algunas de mis habilidades. Las cápsulas curativas funcionarán en ti como lo hacen con nosotros. Así que espera tener el mismo aspecto que tienes ahora, hasta bien entrados los noventa años.

—¡Guau! Me tomaré una ración entera de eso —dije con avidez.

Helio soltó una carcajada antes de acariciarme la mejilla con el dorso de la mano. El gesto tierno y la mirada cariñosa de sus ojos me agradaron. Demasiado pronto, retiró la mano y señaló uno de los tres amplios bancos empotrados en la pared.

—Son asientos de concentración —me explicó Helio—. Nos sentamos ahí para meditar, para comulgar con la tierra o para proyectar telepáticamente nuestra conciencia. Nos permite ver a lo largo y ancho de la tierra sin tener que estar físicamente allí. Te lo mostraré más tarde.

—¿Hay que estar en esta habitación para usar esas habilidades telepáticas? —pregunté, más que intrigada.

Negó con la cabeza.

—No. Sin embargo, la visión remota nos deja en una posición vulnerable. Por eso es preferible hacerlo en la seguridad de la sala de curación, o con alguien que nos vigile cuando estemos en la naturaleza para evitar sorpresas desagradables.

—Parece una habilidad fantástica. Me muero de ganas de verte ponerla en práctica —dije, sin hacer ningún esfuerzo por ocultar mi curiosidad mientras mi mente bullía con un millón de aplicaciones potenciales.

—Pronto, mi compañera —respondió, llevándome a la habitación contigua.

Mi sonrisa de nostalgia se desvaneció al ver al menos tres docenas de estatuas de animales de tamaño natural.

—¿Una sala de trofeos? —pregunté, confusa—. Kayog dijo que eras un *cazarrecompensas*, no un cazador.

—Tiene razón. No disfruto cazando criaturas, aunque participé en algunas cacerías con mi tío para proteger un ecosistema que estaban poniendo en peligro —dijo Helio—. Pero estos no son los restos disecados de criaturas que maté, sino réplicas realistas de criaturas que recuperé o ayudé a rescatar.

—¡Oh! ¿Eran mascotas? —pregunté, y mi disgusto inicial se desvaneció al mirar a las criaturas con ojos nuevos.

—Algunas son mascotas, otras son criaturas valiosas o peligrosas robadas por cazadores furtivos o contrabandistas. Cada una posee una historia única que resonó en mí, y por eso las inmortalicé aquí. Mi tío, Bron Kflen, intentó que siguiera sus pasos como cazador. Pero matar criaturas no es para mí.

—Puedes ganarte la vida muy cómodamente como cazador de la Federación —argumenté, a pesar de mi alivio al ver que estábamos de acuerdo en lo que a la caza se refería.

—Cierto, pero yo no persigo la riqueza. Me gano la vida cómodamente haciendo lo que hago, y a la larga me resulta mucho más gratificante —explicó Helio—. La mayoría de mis recompensas son rescates privados. Muchas de las familias a las que ayudo me dan lo que pueden pagar. Algunas no pueden permitirse nada, pero no les niego la ayuda porque no puedan pagarme. Sin embargo, las recompensas establecidas por funcionarios del gobierno, fuerzas del orden o grandes empresas compensan con creces esas otras cacerías.

Sonreí con aprobación.

—Eso me gusta. La justicia para todos no debería tener precio.

—Me alegro de que lo apruebes, mi compañera. Pero no temas, gano más que suficiente para que nosotros y nuestra futura familia vivamos cómodamente. Nunca nos faltará de nada.

Resoplé.

—Por si lo has olvidado, tengo mi propia carrera. Yo también puedo trabajar para ayudar a cubrir las necesidades de nuestro hogar.

Sonrió.

—Sí, puedes. Pero espero que prefieras trabajar conmigo. Hace tiempo que necesito alguien de confianza. Y tú, mi querida esposa, pareces poseer exactamente el tipo de habilidades necesarias.

—Estoy bastante segura de que sí —dije con suficiencia—. Tienes unos meses para convencerme.

—¡Entonces lo haré! —respondió con una confianza que me pareció súper sexy—. Vamos a la siguiente habitación.

Las puertas se abrieron en lo que reconocí al instante como el dormitorio principal. Para mi alivio, al fondo de la habitación había una cama de matrimonio con dosel. Una serie de enredaderas de color verde pálido servían de cortinas en lugar de las tradicionales. Como en todas las habitaciones que habíamos visitado hasta entonces, las grandes ventanas dejaban entrar mucha luz natural. Aparte de las mesas de noche, un espejo de pie y una cómoda, la habitación no tenía la zona de estar o la mesa de desayuno que suelo ver en algunas suites. Eso no me molestaba, ya que solo utilizo mi dormitorio para dormir.

Mi mirada se detuvo en los exquisitos muebles, todos tallados en madera. Me mordí el labio inferior, pensando en cómo formular con diplomacia la pregunta que me venía a la cabeza.

—Me he dado cuenta de que todos tus muebles son de madera... —dije con cuidado.

—¿Y te preguntas cómo un hombre árbol puede talar árboles? —preguntó en tono burlón.

Respondí con una risa nerviosa y luego asentí tímidamente, aliviada de que no pareciera ofendido por la pregunta.

—La mayoría de los muebles los tallamos con madera muerta o a la deriva. El resto lo cultivamos con árboles jóvenes nuveanos, el mismo tipo de madera que usamos para construir nuestras casas —explicó en tono amable—. Pero de vez en cuando talamos árboles si su crecimiento crea un desequilibrio en su ecosistema, o si están demasiado enfermos para ser curados y corren el riesgo de infectar a otros árboles. Sin embargo, si son semisensibles, los arrancamos y reubicamos.

—Eso tiene sentido —dije con una sonrisa—. Así que supongo que eres un firme defensor del medio ambiente, ¿verdad?

—Por supuesto —dijo con una sonrisa—. No encontrarás mayores defensores de los árboles que nosotros.

Me reí entre dientes.

—No es solo una opción moral —continuó en un tono más serio—. Los Edocits dependen literalmente de la salud de nuestro mundo. Si la tierra de nuestros árboles madre está enferma, cualquier toxina o enfermedad se transferirá a nuestra descendencia durante su gestación. También enraizamos con regularidad, lo que me viste hacer antes cuando hundí mi *veris* en la tierra. Hacerlo con tierra enferma también nos enfermaría a nosotros.

Se dio la vuelta e hizo un gesto hacia la cama.

—Cuando me despierto por la mañana, o a veces justo antes de irme a dormir, echo raíces en la cama. Fuera, lo hacía simplemente para comprobar el estado de mi jardín. Aquí, lo uso más como lo que los humanos llaman Internet. Me da información sobre la salud del planeta, me permite vislumbrar lo que ocurre en otras regiones y me da acceso a las últimas noticias.

—Eso suena muy bien —dije, realmente impresionada—. Pero debo admitir que no entiendo muy bien cómo funciona.

—A diferencia de cuando accedemos a redes globales a través de un ordenador o un dispositivo conectado, no estoy descargando información, sino que estoy proyectando mi conciencia hacia el exterior para poder ver, oír o sentir directamente las cosas que ocurren en ese lugar determinado.

—¡Oh, vaya! ¿Entonces es algo parecido a una proyección astral?

Helio asintió.

—Sí. Sería una comparación adecuada. Por eso evitamos hacerlo en la naturaleza, ya que nuestro cuerpo permanece vulnerable durante ese tiempo. Mientras haya una planta natural sana en esa zona, podemos proyectarnos hacia ella.

—¿Solo sana? —repetí—. ¿No funciona con las enfermas?

—Funcionaría, pero podríamos volver con un virus, igual que cuando accedes a un lugar infectado —respondió.

—Ya veo —respondí asintiendo lentamente—. Así que

mantener tu mundo lo más sano posible reduce los riesgos de que te proyectes directamente a algún problema.

—Entre otras cosas —respondió con una sonrisa—. Ahora déjame enseñarte el resto de la casa.

Después de la introducción inicial al árbol madre y a la casa viviente, me esperaba un montón de habitaciones extrañas con rasgos raros que me harían correr hacia la salida. Me había preocupado innecesariamente. Al igual que el dormitorio principal, las demás habitaciones eran muy parecidas a las viviendas humanas, con otros cuatro dormitorios, tres cuartos de aseo—cuatro si se incluye el cuarto de baño del dormitorio principal—y una cocina gourmet en la que podía imaginarme a mí misma dando rienda suelta a mi creatividad.

Una vez terminada la visita, Helio me llevó a la habitación y me ayudó a deshacer las maletas. Me había dado la mitad de su espacioso vestidor. Los pocos trajes de civil que tenía para colgar allí me hacían sentir ligeramente avergonzada.

Hasta ahora no me había dado cuenta de lo poco que socializaba. Dedicaba la mayor parte de mi tiempo a los Enforcers. Las pocas veces que había salido con alguien, había reutilizado mis cinco atuendos favoritos, teniendo en cuenta que la mayoría de los hombres que conocía rara vez merecían más de un par de citas para que yo supiera que no merecían mi tiempo. Por lo tanto, no sentía ninguna necesidad real de llenar mi armario.

—Quiero llevarte a la plaza del pueblo —dijo Helio de repente, en cuanto terminamos de desempacar mis cosas—. Pero primero, quiero echar un vistazo al clima y a la actividad que hay allí. Será solo un momento.

La picardía con que pronunció esas palabras me hizo sospechar al instante. Entonces se me desencajó la mandíbula cuando se quitó la camisa holgada y mi sangre se calentó al ver su musculoso pecho.

Como la mayoría de los Edocits, Helio no tenía la forma voluminosa y musculosa de un culturista. Era más bien esbelto, con los músculos definidos de un nadador o un modelo fitness. En el pecho y los costados, la piel parecía tener grabados hermosos dibujos en forma de remolino. En los brazos, unas venas gruesas y rugosas casi daban la impresión de ser raíces que asomaban a la superficie.

Por la forma petulante y burlona en que estiraba los labios, mi flamante esposo se había dado cuenta de que yo disfrutaba de la vista. Debería haberme avergonzado que me sorprendiera mirándole descaradamente, pero no sentí vergüenza alguna. De todos modos, estaba claro que lo había preparado todo, sin duda para provocar esa reacción específica en mí. Por una razón que no podía explicar, se había formado instantáneamente entre nosotros una conexión anormalmente fuerte.

Para mi sorpresa, Helio se acercó a la cama y se tumbó en el lado izquierdo antes de extender los brazos. Mis labios se separaron en una mezcla de sorpresa y asombro cuando las lianas que colgaban como cortinas de los carteles de la cama empezaron a estirarse hacia mi esposo. De las venas de sus brazos y pies, que parecían raíces, salían *veris* que conectaban con las lianas. Pero las que se enredaban con las lianas de su cabello me dejaron sin habla.

Su rostro se desencajó. Contrariamente a lo que esperaba, no cerró los ojos. Solo tomaron ese aire lejano que se tiene cuando se sueña despierto. Para mi vergüenza, mi sucia mente se fijó inmediatamente en el hecho de que parecía atado a la cama. Decir que me excitaba sería quedarme corta. Me encantaría hacer lo que quisiera con él mientras estuviera así de indefenso. Y aunque no me consideraba sumisa en lo más mínimo, la idea de que pudiera inmovilizarme de forma similar con sus *veris* mientras se excitaba me producía un cosquilleo en todos los lugares adecuados.

La sonrisa de suficiencia volvió a su rostro, pero esta vez con un toque sensual.

—¿Disfrutas de la vista, querida? —preguntó con voz grave y retumbante.

Apenas pude reprimir una expresión de sorpresa.

—Creía que habías perdido el conocimiento.

—No has respondido a mi pregunta —replicó burlón.

—Sí, sin duda eres agradable a la vista. Y hay algo muy sexy en que estés atado de esta manera —respondí de la misma manera burlona.

—Será aún más sexy cuando *te* tenga atada así —susurró, bajando la voz.

Mis ovarios dieron una voltereta y un rayo de fuego estalló en mi zona íntima. Me moví sobre mis pies y apreté las piernas para acallar el sordo latido que sus palabras habían despertado. Buscaba una respuesta inteligente, pero fracasé estrepitosamente. Por suerte, Helio me libró cambiando de tema.

—Para responder a *tu* pregunta, parte de mi conciencia se ha ido. La plaza bulle de actividad, pero no hay demasiada gente. Te va a encantar.

—Espera, ¿puedes ver la plaza ahora mismo? —pregunté, desconcertada.

—Sí —respondió, con el habla un poco más lenta, sin llegar a arrastrar las palabras—. Proyecto mi conciencia a través de los árboles de la plaza. Mientras tengamos contacto con el suelo, podemos comunicarnos y ver a lo lejos, sentir el aire a través de él. Así que también puedo decirte exactamente qué clima hace allí, hasta la calidad del aire.

—Por lo que has dicho antes, creía que eras ciego a lo que le pasaba a tu cuerpo y a su entorno —dije, confusa.

—Eso es cierto si nos adentramos mucho, o si nos proyectamos a una distancia muy grande. Por lo demás, somos conscientes de lo que nos rodea. Sin embargo, cuanto más nos alejamos, más tardamos en volver y recuperar el control total de nuestro cuerpo. Por lo tanto, debemos hacerlo en un entorno seguro. Si una bestia salvaje viniera hacia mí, para cuando volviera, y suponiendo que no me estuviera descuartizando ya, probablemente estaría demasiado atontado para defenderme adecuadamente durante los primeros momentos críticos.

Me acerqué a la cama y me senté en el borde para observar cerca cómo las lianas estaban conectadas con mi marido.

—Puedes tocar —susurró Helio.

Le dediqué una tímida sonrisa, pero no vacilé. Pasé cuidadosamente mis dedos por las venas rugosas de su antebrazo, donde los zarcillos se conectaban a las lianas.

—Esta parte es casi como la corteza de un árbol —dije con voz suave, como si hablara conmigo misma—. Pero el resto de tu piel es muy suave. ¿Te duele?

Sacudió la cabeza, con movimientos lentos, como si estuviera medio dormido.

—No. Mis conductos radiculares solo están duros ahora porque estoy parcialmente desplazado para hacer la conexión. Una vez que me desconecte, se ablandarán como el resto de mi piel.

Mientras Helio hablaba, las lianas que lo ataban se desprendieron de su *veris*, que se retrajo hacia su piel. Observé el fenómeno con asombro.

—Me encanta sentir tu tacto en mí —susurró, y la ternura con que lo dijo me excitó mucho más que si lo hubiera hecho de forma lujuriosa.

Sentí que me sonrojaba, sonreí y aparté la mano. Me miró un momento con expresión indescifrable antes de sentarse en el borde de la cama, a mi lado. Se detuvo allí un segundo, como hace uno después de despertarse por la mañana mientras intenta orientarse.

Entonces se me ocurrió otra idea.

—Así que podías ver todo lo que pasaba a través de los árboles —dije pensativa—. Eso significa que cualquier otro Edocit podría hacer lo mismo. ¿Cómo te aseguras de que nadie invada tu intimidad? ¿No facilita eso que cualquiera pueda espiar a otro? Este planeta tiene vegetación por todas partes.

Sonrió mientras se levantaba con cuidado. Le imité.

—Haces una pregunta válida. Pero no, la privacidad no es un problema cuando se está en casa. Recuerda que infundí mi casa y mi jardín con mi ADN. El suelo impedirá el acceso a intrusos o a cualquiera con malas intenciones. Es difícil expresarlo con palabras, pero los árboles y las plantas deben consentir en ser utilizados. Se cerrarán a la energía negativa como la que emana de la gente malintencionada.

—Bueno, eso es un alivio. Pero eso sigue significando que tienes que comportarte en los espacios públicos o arriesgarte a que alguien tropiece contigo en un momento inoportuno —dije, todavía deleitando mis ojos con los de mi marido.

Me dedicó esa sonrisa juvenil cargada de una picardía subyacente que me hizo estremecerme de nuevo.

—No temas, querida. El día que decida juguetear contigo al aire libre, te prometo que nadie podrá espiarnos.

Resoplé, tanto para divertirme como para ocultar mi vergüenza.

—Me alegra oírlo —bromeé—. Eres todo un galán.

Para mi sorpresa, la piel morena de Helio se oscureció, un fenómeno fascinante. Aunque yo era mestiza, nacida de madre negra cubana y padre blanco irlandés, había adoptado el tono más oscuro de mi madre. Aunque sentía que se me calentaban las mejillas cuando me sonrojaba, el enrojecimiento no se me notaba en la piel. Sin embargo, todo el torso superior y la cara de Helio se oscurecieron un par de tonos durante unos segundos. Estaba demasiado asombrada para reaccionar de otro modo.

—En realidad, soy bastante tímido —dijo mientras se rascaba la nuca de la forma más entrañable—. Y sin embargo, por alguna razón, no me siento así a tu lado.

—Bien. Tampoco deberías —le respondí con una sonrisa antes de señalarle el pecho con la barbilla—. Tus marcas son realmente hermosas. ¿Son tatuajes de escarificación? —le pregunté.

Helio se miró. Luego volvió a mirarme y negó con la cabeza.

—No, no son tatuajes. Se llaman yevins y son naturales. Nacemos con ellos, pero se hacen más visibles con la edad. Son como las huellas dactilares. El patrón es único para cada Edocit, pero algunos segmentos son comunes a todos los miembros de una determinada línea de sangre. Si sabes leerlas, también revelan la edad de la persona.

Mis ojos se abrieron de par en par cuando me cogió la mano y la colocó sobre sus yevins. No me aparté y tracé los patrones arremolinados con un movimiento lento. Me observó en silencio, con una sonrisa de Mona Lisa en los labios. Mis dedos siguieron recorriendo los tatuajes en relieve de su piel mientras levantaba la cabeza para estudiar sus rasgos. Nuestros ojos se cruzaron y me sostuvo la mirada sin inmutarse.

Tras una última caricia sobre sus marcas, solté la mano y negué con la cabeza.

—No eres tímido. Atrevido te sienta mejor.

La misma expresión ilegible se dibujó en su atractivo rostro.

—¿Demasiado atrevido? —preguntó, con una pizca de preocupación apenas perceptible en la voz.

Volví a negar con la cabeza.

—No, no demasiado atrevido. Eres atrevido de una manera sexy. La timidez no va con tu personalidad, al menos en mi humilde opinión —incliné la cabeza hacia un lado mientras seguíamos mirándonos fijamente, pasando entre nosotros una comunicación indefinible—. Es muy extraño. Acabamos de conocernos y, sin embargo, siento como si te conociera de siempre.

Su rostro se derritió en la expresión más dulce que me hizo desear acortar la corta distancia que nos separaba y acurrucarme.

—Yo siento lo mismo.

Sentí pena cuando empezó a ponerse la camiseta.

—Ven, querida. Vamos a la plaza antes de que me vuelva demasiado atrevido —dijo, con ese brillo travieso volviendo a sus ojos—. Quiero que descubras tu nuevo hogar.

—Te sigo, mi esposo.

Se rio entre dientes, me cogió de la mano y me llevó fuera de la casa.

CAPÍTULO 4
HELIO

Me detuve delante de mi transbordador personal, en la pequeña pista de aterrizaje del lado este del jardín. La mirada impresionada de mi compañera hizo que mi pecho se hinchara de orgullo. Maeve me soltó la mano para acercarse a la nave y pasar delicadamente los dedos por el casco.

—Este modelo es un Esquife —le expliqué mientras ella seguía examinándolo.

—¿De qué material es? —preguntó Maeve.

—Madera —dije, divirtiéndome de inmediato por su expresión de asombro—. Es madera mirdiana. Es muy ligera, pero se vuelve tan dura como el titanio una vez tratada adecuadamente. La cola en abanico de la parte trasera y estos adornos junto a la nariz son en realidad hojas de onoya.

—Espera, ¿como los paneles solares onoya? —preguntó Maeve, incrédula.

Me reí entre dientes y asentí.

—Sí. Los anuncios no mienten cuando dicen que son los paneles solares más limpios que se pueden conseguir en cualquier parte. Son, literalmente, hojas de árbol. La onoya se desprende de ellas dos veces al año. Es entonces cuando están maduras para usarlas como paneles solares. Cuando se quita la piel exterior de la hoja, un poco como la capa de una cebolla, se encuentra una capa translúcida justo debajo. Son las células epidérmicas de la hoja de onoya. Una vez que se expone directamente al oxígeno y la luz, hay una reacción química que endurece la hoja, que luego absorbe con avidez la energía de la luz solar.

—Y la convierte en cargas eléctricas —Maeve terminó para mí.

—Exactamente. Todo en esta nave es de origen orgánico. Cuando la retiramos, reciclamos o compostamos cada una de sus partes.

Me dedicó una sonrisa burlona.

—No discutiré que pocos planetas son tan limpios y conscientes con el medio ambiente como el tuyo. Ya veo por qué tus productos ecológicos son tan lujosos y costosos.

—Tenemos los mejores productos vegetales y orgánicos de la galaxia. Son nuestros principales oficios. Todo nuestro ecosistema está diseñado para evitar la necesidad de pesticidas o fertilizantes artificiales —expliqué mientras abría el transbordador.

Estaba lo suficientemente bajo en el suelo como para que no necesitáramos escalones para subir. El limitado espacio solo contaba con dos asientos, y una pequeña zona detrás de ellos para guardar bolsas o algunos recipientes de tamaño mediano. Cuando terminamos de ponernos los cinturones, arranqué el esquife y despegué.

—Pareces una gran conocedora y apasionada de las plantas y la flora —dijo Maeve mientras estudiaba mis facciones—. ¿Cómo acabaste de cazarrecompensas en vez de seguir una de las carreras más tradicionales para un Edocit?

Sonreí.

—A mi madre le encantaba culpar a su hermano de mi comportamiento aberrante. De niño, el tío Bron era mi héroe.

—Cierto, el Maestro Cazador de la Federación Galáctica de

Cazadores —dijo ella—. Ese es un papel y un título prestigiosos. Pero entonces era una leyenda cuando cazaba activamente.

—Lo era —dije con orgullo—. La única razón por la que sé tanto sobre las hojas de onoya como paneles solares es porque es el negocio familiar por parte de mi madre. Cuando eran adolescentes, el tío Bron y mi madre ayudaban a sus padres a recoger hojas caídas para los paneles. Un día, una yegua harstag salvaje estaba siendo atacada por un Sayeef mientras daba a luz.

—¿Un Sayeef? —repitió Maeve interrogante.

—Es lo que los humanos llamarían un doppelgänger o un imitador —expliqué en tono serio—. Los Sayeefs pueden adoptar casi cualquier apariencia, aunque nada que aumente o reduzca significativamente su masa natural. Tienen una capacidad de habla limitada cuando adoptan la forma de un ser sensible.

—¿Entonces son inteligentes, no monstruos? —preguntó Maeve.

—No, definitivamente son monstruos. Repiten como loros algunas frases, siempre las mismas cosas en bucle. Suelen ser las palabras de sus últimas víctimas pidiendo ayuda. Y cuando vas a ayudarles, te matan y luego te comen.

—¡Vaya! ¿Tienen muchos de estos merodeando por ahí? —preguntó Maeve con una expresión poco impresionada y carente de miedo real.

—Afortunadamente no. Son raros. Hay un aumento de avistamientos de Sayeef cada vez que ocurre una tragedia importante en una zona determinada —dije—. Cuando los Edocits sufren heridas graves, son sometidos a torturas o están muy angustiados, podemos proyectar nuestra conciencia en los árboles o en ciertas plantas. Esto ayuda a amortiguar el dolor y ralentiza nuestras funciones vitales para dar a nuestros cuerpos una oportunidad de sobrevivir más tiempo o hasta que llegue la ayuda. Pero si la ayuda nunca llega o llega demasiado tarde, puede estallar un Sayeef.

—¡Oh, Dios! —susurró Maeve con compasión—. ¿Sería el espíritu del muerto resucitando de esa manera?

—No —dije, negando con la cabeza—. O mejor dicho, no lo creemos. Nuestros científicos han estudiado el fenómeno y creen que se trata más bien de energía residual, no del alma del difunto. Esa teoría se ha visto reforzada por la aparición de Sayeefs en zonas donde no murió ningún Edocit, pero los lugareños soportaron un dolor y un trauma extremos durante un trágico suceso.

—Cielos. Al menos me alegra saber a qué atenerme —dijo Maeve—. Pero siento interrumpir tu historia. ¿Así que tu tío se encargó de ese Sayeef?

Sonreí.

—No te disculpes. Me encanta contarte cosas de mi mundo. Y sí, el tío Bron luchó contra ese Sayeef sin ningún arma. Esas criaturas son feroces. Mi tío venció, pero por poco. Pasó una semana entera en una cápsula de curación. Cuando por fin salió, la harstag y su cría le estaban esperando para darle las gracias fuera de su jardín.

—¡Oh, vaya! ¿Conocía a la madre? —preguntó Maeve, atónita.

Me reí entre dientes.

—No. Pero los harstag, y muchas otras criaturas de Zailia, pueden echar raíces como nosotros. Ella lo encontró así. Sus intenciones eran buenas, así que su jardín respondió a sus llamadas y la condujo hasta él.

—¡Es increíble! Pero ahora, puedes adivinar mi siguiente pregunta. ¿Qué es un harstag? —preguntó Maeve tímidamente.

Yo me reí.

—Son criaturas hermosas, más o menos un cruce entre un caballo del bosque y un reno. Son monturas con un nivel de inteligencia ligeramente superior al de los perros de la Tierra. Pensaba llevarte a montar en uno de ellos.

—¡Sería fantástico! Me encanta montar, y esos harstag suenan de maravilla —contestó Maeve, radiante.

Me encantaba cómo le brillaba la cara cuando estaba contenta. Mi compañera era realmente hermosa.

—¿Supongo que ese incidente hizo que tu tío decidiera convertirse en cazador? —preguntó.

—Sí y no. Fue más bien el incidente desencadenante. Si hubiera fracasado, no solo habrían muerto esa yegua y sus crías, sino que lo más probable es que también lo hubieran hecho él y mi madre —le expliqué—. Él no quería volver a estar tan indefenso, así que aprendió a cazar y desarrolló el gusto por ello. Para un Edocit, era una aberración.

—¿Cómo es eso?

—Nosotros apreciamos y protegemos la vida. Matar, especialmente por deporte, es antitético a nuestra naturaleza. Cuando le pregunté a mi tío, me dijo que no cazaba por el placer de matar, sino por todos los harstags del mundo.

Los ojos de Maeve se abrieron en señal de comprensión.

—Mata para proteger.

Asentí.

—Por eso se unió a la Federación Galáctica de Cazadores. No cazan por deporte. Todas sus cacerías son para reubicar a depredadores feroces que vagaban fuera de sus territorios, o para sacrificar a la población excesiva de depredadores que amenazan el equilibrio del ecosistema.

—Como esas cacerías en Trangor —dijo Maeve comprendiendo.

—Correcto.

—¿Y cómo te convirtió eso en cazarrecompensas? —preguntó.

Sonreí.

—El tío Bron era mi héroe. Cada vez que venía de visita, lo acosaba con un millón de preguntas sobre sus aventuras y rescates heroicos. Verlo ascender en el escalafón y ganarse una reputación intergaláctica como el mejor cazador de nuestros tiempos no hizo más que endiosarlo aún más a mis ojos. Así que seguí sus pasos, pero me di cuenta de que no me gustaba matar monstruos, ni siquiera por una buena causa. En ese momento, estaba completamente perdido en cuanto a lo que quería hacer con mi vida. Me había entrenado en caza y rastreo. Eso no me dejaba demasiadas opciones a menos que volviera a la escuela.

—Vaya. Debió de ser difícil —dijo Maeve con conmiseración.

—Lo fue, sobre todo con mis padres constantemente en mis oídos, diciéndome que volviera a casa. Mamá quería que me uniera a su negocio familiar, y Papá quería que trabajara con él como escultor de madera nuvea. Según él, estoy dotado para doblar la madera a mi voluntad —dije con una gran dosis de autodesprecio.

—Bueno, teniendo en cuenta cómo has dado forma a tu casa, yo estaría de acuerdo con tu padre —dijo Maeve en voz baja.

—*Nuestra* casa —corregí suavemente.

Ella sonrió.

—Entonces, ¿cómo acabaste convirtiéndote en cazarrecompensas?

—Las circunstancias. El hijo de un amigo de la familia desapareció —dije con el ceño fruncido, recordando—. No es raro que los Edocits juveniles se escapen en el momento álgido de su transición hormonal. Corrección, no es tanto que huyan, sino más bien que deambulan en un trance aturdido durante un breve lapso de tiempo.

—¿Qué causa eso? —preguntó Maeve, confusa.

—Las mismas hormonas que hacen que sus hojas de plumón crezcan en grandes cantidades en su pelo también inundan su sistema. Esencialmente están casi constantemente colocadas durante ese periodo —expliqué.

—¡Oh, vaya! Sabía que las hojas que crecen en las enredaderas del pelo de un adolescente Edocit eran una droga potente.

Perseguimos constantemente a los piratas que trafican con ellas. Pero no sabía que también corría por su sangre.

—Mantenemos esa parte lo más en secreto posible, o nuestras crías podrían ser perseguidas aún más furiosamente de lo que ya están —dije con disgusto—. Nuestras fuerzas del orden dejaron de buscarlo al cabo de una semana, dejándolo como caso sin resolver al no encontrarlo. Como yo tenía formación en rastreo, sus padres me pidieron ayuda. Tardé un tiempo en descubrir que se lo había llevado del mundo un visitante. Para cuando pude localizarlos, el chico no era más que una sombra de sí mismo. Entre que le cosechaban las hojas y le drenaban la sangre, nunca se recuperó del todo. Es más joven que yo, pero parece tener el doble de la edad de mi tío.

—¡Oh, Dios! Eso es terrible —dijo Maeve, con una mezcla de simpatía y rabia ante tal injusticia guerreando en sus hermosas facciones.

—Liberarlo y llevar a sus secuestradores ante la justicia fue la mejor sensación del mundo. Desde entonces, el objetivo de mi vida ha sido ocuparme de los casos que las fuerzas del orden no quieren o han abandonado —dije con franqueza.

—Es muy loable. Me veo ayudándote en esa tarea —dijo Maeve, mirándome con algo parecido al respeto que me conmovió profundamente.

—Me encantaría —respondí con una sonrisa.

En ese instante, odié la distancia que nos separaba. Si no hubiéramos volado, la habría abrazado y la habría besado.

—Sigo parloteando sobre mí en lugar de señalar las bellezas de tu nuevo mundo mientras lo sobrevolamos —dije en tono avergonzado.

Ella se rio.

—No te preocupes, he estado echando miradas al paisaje. Zailia es realmente hermosa. Sin embargo, me he fijado en un gran grupo de flores gigantes, como del tamaño de un edificio.

—No son flores gigantes, en realidad son edificios —dije,

divertido—. Más concretamente, son viviendas. Algunos pueblos construyen casas en forma de flor, cada una temática en torno a una especie específica de flores. Esta era la arquitectura estándar de nuestros antepasados y aún lo es para ciertas tribus Edocit. La gente de mi generación construye viviendas más modernas. Pero te llevaré a visitar uno de esos pueblos.

—¡Lo estoy deseando! —dijo Maeve con entusiasmo.

Seguimos charlando amistosamente hasta que aparecieron por delante las altas murallas de Veloya, la capital y principal ciudad de Zailia. Maeve se quedó boquiabierta al ver los gigantescos pilares curvándose suavemente unos hacia otros para unirse en una cúpula de malla suelta sobre la ciudad.

—Bienvenida a Veloya, mi compañera —le dije—. Estas columnas gigantes son árboles nuveos.

—¡Dios mío! ¿Tan altos? —exclamó.

Resoplé.

—Sí, los árboles nuveos pueden crecer hasta quince metros de altura. Solo los maestros podían doblegar a su voluntad árboles tan antiguos. Ahora mismo, los espacios entre los árboles están abiertos —añadí mientras volábamos por tal abertura hacia la torre del aparcamiento—. Si te fijas bien, verás unos discretos generadores a los lados de cada pilar. Cuando llueve o nieva, los generadores crean campos de energía para sellar esas aberturas y mantener los elementos fuera.

—Eso es inteligente —dijo Maeve con aprobación mientras acomodaba nuestro transbordador dentro de una de las ranuras de estacionamiento de la alta torre anexa a la ciudad.

Desembarcamos y tomamos un ascensor hasta el suelo.

Una vez más, se me llenó el pecho de felicidad al ver la cara de asombro de Maeve al contemplar la ciudad. Al igual que mi hogar, la mayoría de los edificios y estructuras estaban construidos con madera nuvea viva. Sus paredes se curvaban en impresionantes diseños orgánicos antes de volver a conectarse a la perfección. Sus profundas raíces garantizaban la longevidad de cada edificio, siempre que la tierra se mantuviera sana. Del tejado de muchos de ellos crecían ramas que se extendían hacia el cielo y cuyas hojas susurraban con la suave brisa. Algunas de ellas ostentaban capullos florecidos, haciendo que parecieran coronas de flores de colores que las adornaban.

—Esto es impresionante —susurró Maeve mientras contemplaba lo que nos rodeaba.

Una sonrisa de orgullo se dibujó en mis labios.

—Me alegro de que te guste. Quiero que te enamores de tu nuevo mundo.

—No creo que nadie pueda evitar enamorarse de Zailia. Todo es tan hermoso, tan armonioso, que parece que estoy paseando por una obra de arte viviente —dijo Maeve.

—Nos gusta pensar que Zailia es una obra de arte viviente —repliqué.

Cogiéndola de la mano, la conduje por uno de los muchos caminos de la ciudad, algunos de los cuales estaban bordeados de arbustos y matas en flor.

—Nuestra ciudad cambia constantemente —continué—. Obviamente, las estaciones juegan un papel importante, pero también la fauna que se refugia en ella. Esas esculturas ligeramente brillantes en esas ramas de ahí son en realidad nidos de pájaros.

—¡Oh, vaya! Así que ese es todo el piar que estoy oyendo ahora mismo.

Asentí.

—En unas dos o tres semanas más, todas las crías habrán abandonado sus nidos. Entonces los padres las abandonarán para que se alimenten de una raza de orugas.

—¡Oh, no! ¡Son tan hermosas! —dijo Maeve con expresión apenada.

Me reí entre dientes.

—No estés triste. El año que viene construirán otras nuevas. Pero las orugas nos hacen un favor. Esos nidos son ricos en proteínas y contienen todos los nutrientes que las orugas necesitan antes de formar sus capullos. Si no fuera por ellas, tendríamos que trepar y quitar todos esos nidos antes de que empezaran a pudrirse. El hedor sería horrible.

Maeve arrugó la cara.

—Vale, quizá sea algo bueno, después de todo.

—¡Lo es! Las crisálidas son preciosas, sobre todo al anochecer. Cuelgan como esos adornos largos que los humanos ponen en los árboles de Navidad, y brillan desde dentro.

—¡¿Brillan?!

—Sí. Por la noche son el escenario más romántico. Por eso se ven tantas terrazas construidas a poca distancia de esos árboles. Y cuando las crisálidas eclosionan, salen pequeñas alibelias. Lo convertimos en un acontecimiento, con nuestras crías corriendo con palos cubiertos de bocanadas de miel especiada para alimentarlas.

—Eso suena mágico. Estoy deseando verlo —dijo Maeve con entusiasmo mientras rodeábamos la gran fuente del centro de la ciudad.

—Será dentro de un mes y durará dos o tres días. Yo te llevaré —le dije, dándole un suave apretón en la mano.

Recorrimos las calles de Veloya, parando en varios puestos del mercado al aire libre y entrando en algunas tiendas por el camino. Para mi sorpresa, Maeve parecía especialmente interesada en las tiendas de ropa.

—Mi guardarropa es limitado —dijo Maeve con timidez—. Principalmente tengo ropa adecuada para el trabajo o las misiones encubiertas, y muy pocos conjuntos informales, femeninos o elegantes. Nunca me ha gustado la ropa colorida, pero la moda Edocit me ha hecho replanteármelo todo. Esos maxi vestidos que llevan sus mujeres son preciosos. Me recuerdan a una mezcla de caftanes marroquíes y los pareos que llevan las mujeres indias asiáticas en la Tierra.

—Nos encantan nuestros colores. Nuestros vestidos te quedarán preciosos —dije sinceramente.

Al final nos instalamos en una terraza para una cena romántica mientras el sol se ponía en el horizonte. Desde el elevado estrado de la terraza, teníamos una vista perfecta de la plaza. Aparte de los otros clientes que también cenaban en esta terraza o en las de los restaurantes vecinos, se había reunido una multitud alrededor de la plaza, algunas personas estaban sentadas directamente en el suelo.

—¿Qué está pasando? —preguntó Maeve.

—Van a actuar bailarines de las tribus Utzac —dije con emoción en la voz—. Son una raza Edocit diferente a la mía. Verás las diferencias anatómicas en cuanto salgan. Debería ser en cualquier momento.

Como convocado por aquel comentario, el martilleo de los tambores resonó sobre la plaza, acompañado por el inquietante sonido de una flauta. Entonces la pareja salió de una tienda camuflada por una cortina de las ramas caídas y frondosas de un árbol yaster.

Típica de su raza, la pareja Utzac tenía la piel muy oscura, como los árboles sombríos de los que, según nuestro folclore, habían surgido los primeros de su especie. La hembra tenía el pelo verde azulado, a juego con las largas hojas que formaban una amplia cola a modo de falda alrededor de sus piernas. El macho tenía una melena naranja rojiza y una falda de hojas más corta para cubrir su pudor.

—¡Son magníficos! No puedo decidir si su falda me recuerda más a la cola de un pavo real o a la falda de un can-can francés —dijo Maeve, con los ojos clavados en la hembra Utzac.

—Un pavo real es una comparación adecuada —dije, impresionado—. No es una falda artesanal. El vestido, como lo llamamos, es una extensión de ella. Esas hojas crecen de forma natural en los Utzacs, igual que las enredaderas en mi pelo. Los pequeños cuernos de su cabeza, y los más grandes del macho, también son parte integrante de su anatomía. Pero al contrario que tus pavos reales, las hembras Utzac tienen la "cola" más grande en forma de bata. El color de sus hojas constituye una parte importante de su atractivo.

—¡Es asombroso! ¿Y qué hay del macho? —preguntó Maeve.

—Como puedes ver, su bata es bastante corta, apenas un taparrabos. Pero el tamaño y la forma de su cornamenta lo hacen más atractivo.

—¡Es verdad! —dijo Maeve con demasiado entusiasmo—. ¿No te importa si admiro la vista?

Me quedé boquiabierto, solo por verla pellizcarse los labios en un intento fallido de reprimir una sonrisa. Fruncí el ceño ante la pícara mirada de reojo que me dirigía.

—Mocosa —murmuré—. Ya verás. Me vengaré.

Se rio entre dientes antes de beber un sorbo de vino mientras volvía a centrar su atención en los artistas. Me maravillé ante las impresionantes danzas Utzac. Con movimientos poderosos, pasos atrevidos y movimientos decididos de los brazos al compás de la música, el macho pretendía mostrar fuerza y virilidad. La mujer intercalaba sus movimientos fluidos y elegantes con movimientos bruscos de las manos seguidos de gestos seductores que representaban a la vez la seducción y la gracia. Los dos se movían en perfecta sincronía, su intrincado juego de pies parecía no requerir esfuerzo mientras sus cuerpos contaban una historia de amor y pasión.

Embelesados por su actuación, apenas nos dimos cuenta de que el camarero nos traía la comida. Un estruendo de aplausos saludó a los bailarines cuando terminaron su primera coreografía. Nos zampamos la comida antes de que empezaran su segunda actuación.

—Sé que es una tontería, pero me preguntaba cuánta carne iba a encontrar en Zailia, teniendo en cuenta lo respetuoso que es tu pueblo con el medio ambiente —dijo Maeve tímidamente mientras cortaba un trozo del jugoso filete que tenía delante—. Soy toda una amante de la carne.

Me reí.

—Nosotros también somos muy omnívoros. Aunque, en condiciones duras, podemos echar raíces y sobrevivir durante largos periodos de tiempo gracias a los nutrientes y la humedad del suelo, y a los rayos del sol.

—Ustedes son increíbles —dijo Maeve, impresionada.

—Lo somos —dije con suficiencia—. Pero no criamos ni sacrificamos animales para nuestra carne. La gran mayoría es carne celular, cultivada y criada en cubas gigantes. Es ambientalmente limpia y sin ningún tipo de crueldad. Dicho esto, hay una cantidad mínima de caza y pesca permitida, bajo cuotas muy estrictas y solo para mantener el equilibrio en ciertas poblaciones que de otro modo podrían amenazar su ecosistema. Solemos reservar la caza a tribus específicas.

—Bueno, desde luego es la carne de laboratorio más sabrosa que he probado nunca —dijo Maeve antes de dar otro gran bocado a su filete.

Terminamos nuestra comida conversando amigablemente unos minutos después de que las bailarinas terminaran su presentación. Cogidos de la mano, nos dirigimos de nuevo hacia la torre del transbordador y nos cruzamos con un grupo de jóvenes que estaban colgados junto a la fuente de la plaza. Nos lanzaron besos burlones, y los jóvenes se agitaban el pelo y adoptaban poses seductoras para Maeve.

Los miré con ira fingida, sabiendo que solo estaban jugando. Mi compañera soltó una carcajada y miró al joven atrevido.

—Eres muy guapo, pero los arbolitos demasiado verdes no me llaman la atención. Me gustan los machos maduros —dijo Maeve con voz coqueta mientras se apretaba contra mí.

Sonreí con suficiencia ante el joven y, soltando la mano de Maeve, rodeé su cintura con un brazo posesivo. Sus amigos se rieron, algunos haciéndole ruidos burlones por haber sido rechazado. Se llevó una mano al pecho como si le hubieran clavado una flecha en el corazón.

—¡Me has herido! —dijo en un tono exageradamente dramático que nos hizo reír de nuevo a los dos—. Pero muy bien. Si no quieres tenerme, oh, la más bella de las flores, al menos acepta esta muestra de mi afecto.

El pequeño desgraciado arrancó entonces una gran hoja de las enredaderas que se entretejían en su cabellera. Con una floritura, extendió la hoja hacia mi compañera. Incluso desde mi posición, pude ver lo sana y potente que era la hoja. Al menos otras cincuenta hojas de este tipo ondeaban suavemente al viento alrededor de su rostro—una fortuna considerable en el mercado negro, y aún más en las barcazas de recreo que permitían su comercio.

Maeve se puso rígida ante la inesperada oferta. Le miró atónita durante un segundo antes de dirigirme una mirada insegura. Sonreí y asentí animándola. Aunque sorprendida y algo confusa, cogió la hoja con una tímida sonrisa de agradecimiento.

—¿Y yo qué? —le pregunté al árbol con fingida indignación —. Has ofendido mi honor coqueteando con mi compañera.

—Mis disculpas. Su belleza me hizo olvidar mis modales — dijo el mocoso con la más insincera expresión de arrepentimiento.

No pude evitar una carcajada, secundada por Maeve, cuando volvió a hacer el espectáculo de arrancarse otra hoja del pelo y dármela. Sus amigos se rieron cuando se la quité.

—Te perdono por esta vez. Pero procura portarte bien en el futuro —dije, guiñándole un ojo al joven mientras reanudaba la marcha.

Todavía sonriente, Maeve saludó a los jóvenes, que nos devolvieron el saludo.

—Son todos tan hermosos —exclamó con asombro—. Los Edocits son una especie impresionante.

Sonreí.

—Gracias, compañera. Sí, son preciosos. Los jóvenes alcanzan la cima de su belleza durante la pubertad. Son una delicia para la vista.

Maeve resopló y puso cara de abatimiento.

—Pues los humanos somos todo lo contrario. Nuestros brazos y piernas parecen demasiado largos para nuestros cuerpos. Nos salen granos en la cara. Empezamos a tener esos desagradables y sudorosos olores corporales. Las chicas reciben la inoportuna llegada de la regla. Las hormonas nos hacen comportarnos de todas las maneras posibles... Básicamente, no todo es bueno.

Me reí con simpatía.

—Vaya, nada de eso suena agradable. Pero, ¿qué quieres decir con que reciben la regla? ¿Tienen que medir algo?

—Es un nombre alternativo para los ciclos menstruales de las mujeres —dijo Maeve con una expresión que no dejaba traslucir lo que pensaba de ese fenómeno fisiológico.

—Ah, claro —dije con aún más simpatía—. Nuestras hembras no tienen eso. El principal cambio para nuestras jóvenes es que están básicamente drogadas durante toda su pubertad. El punto álgido se produce más o menos a la edad de los arbolitos que acabamos de conocer: entre quince y dieciséis años. Se desvanecerá gradualmente cuando tengan diecinueve o veinte años.

—¿Por eso eran tan joviales? —preguntó Maeve con curiosidad mientras seguíamos el camino hacia la torre.

Asentí con la cabeza.

—¿Notaste que tenían los ojos ligeramente vidriosos?

—No —dijo Maeve sacudiendo la cabeza—. Pero me pregunté si estarían un poco achispados.

—No es de extrañar —dije con indulgencia—. No tenemos iris ni pupilas como los humanos. Por eso es más difícil que la gente se dé cuenta, ya que no se ven las pupilas dilatadas. Y nuestros arbolitos no consumen alcohol. No es necesario. Ya pasan su adolescencia en un estado de euforia inducido de forma natural.

—¿Los conoces? —preguntó Maeve mientras lanzaba una mirada a la hoja que aún sostenía entre los dedos—. Eran encantadores.

—No. Los he visto por aquí algunas veces, pero no sé sus nombres. Nuestra gente es amistosa por naturaleza, y más aún los jóvenes que atraviesan la pubertad —le expliqué—. No es raro que regalen una o dos de sus hojas de plumón a los adultos. Es un gesto de amistad y, en tu caso, de bienvenida a nuestro mundo.

—Ha sido súper amable por parte de ellos —dijo Maeve, con cara de emoción mientras entrábamos en el ascensor de la torre —. No sabía muy bien cómo reaccionar, teniendo en cuenta cómo se aprovechan de ello.

—Solo es inapropiado preguntar cuando a uno no se lo han ofrecido —dije, lo que la hizo fruncir el ceño, confundida—. Solo pregunté porque él te ofreció uno —añadí con una risita, adivinando el motivo de su reacción—. Me habría dado uno de todos modos, porque no hacerlo habría sido considerado una grosería. Pero estábamos jugando. Esperaba que yo se lo pidiera.

—Vaya, esto parece un poco complejo. Voy a tenerte a mi lado mientras aprendo las formas de tu mundo para no meter la pata —dijo Maeve.

Yo me reí.

—Apruebo esta forma de proceder.

La forma en que sonreía me hacía cosas extrañas.

—Entonces, ¿se supone que debemos drogarnos con hojas de jóvenes Edocit? —preguntó Maeve en tono dudoso mientras levantaba la hoja para mirarla de cerca.

—No —dije en un tono que no admitía discusión antes de arrebatársela.

Me la metí en el bolsillo junto con la hoja que me había dado el joven.

—¡Oye! ¡Es mía! —exclamó.

—Sí, lo es. Pero no la vas a consumir ahora —le dije antes de besarle la punta de la nariz—. Vamos de camino a casa a pasar la noche. Y quiero que tengas las ideas claras cuando decidas cómo quieres pasar el resto de la noche.

Los ojos de Maeve se abrieron de par en par y sus labios se entreabrieron en señal de comprensión. Luego, una extraña mezcla de lujuria y timidez se apoderó de sus facciones. La potente oleada de deseo que me recorrió me dejó tambaleándome. No sabía qué expresión había adoptado mi rostro, pero fuera cual fuese, hizo que los ojos oscuros de Maeve ardieran.

Mi compañera se lamió los labios con nerviosismo y se recogió el pelo detrás de la oreja.

—Cierto. Bien pensado —dijo.

La apertura de las puertas del ascensor amortiguó la abrumadora tensión sexual que había surgido entre nosotros. Le puse la mano en la espalda para empujarla hacia delante mientras salíamos del ascensor. La respiración entrecortada de Maeve hizo que la sangre se me agolpara en las entrañas.

Creador, esta mujer tiene demasiado poder sobre mí.

CAPÍTULO 5
MAEVE

El viaje de vuelta a casa se me hizo eterno, o eso me pareció. Apenas me di cuenta de la belleza de Zailia por la noche. Y, sin embargo, era magnífica. En realidad, apenas podía concentrarme en la conversación informal que Helio tenía. Decir que estaba emocionada y excitada sería la madre de todas las subestimaciones.

La forma en que había dicho que quería que tuviera la mente despejada para decidir cómo quería pasar el resto de la noche dejaba poco a la imaginación. Obviamente, agradecí su consideración.

Por primera vez, me molestó que no nos rigiéramos por las estrictas normas de la AP. Todas las demás parejas no tenían que tomar una decisión sobre lo que ocurriría en su noche de bodas. Estaban obligados por contrato a consumar su unión. Helio y yo no teníamos esa obligación. Podíamos esperar una semana, un mes o incluso un maldito año si queríamos.

Mi marido estaba buenísimo y yo tenía muchas ganas de revolcarme con él. No tenía ningún problema en abrazar mi sexualidad, pero tampoco era de las que se metían en la cama con alguien en la primera cita. Sin embargo, no era una primera cita, era nuestra noche de bodas. Técnicamente, nada nos impedía entregarnos a nuestros deseos. La química entre nosotros era innegable. Por la forma en que Helio me miraba, cualquiera diría que quería devorarme—cosa que yo agradecería.

¡Deja de darle vueltas a todo!

Sí, mis encuentros anteriores con las agencias de citas populares me habían dejado algunas cicatrices. Necesitaba recordarme a mí misma que no se trataba de un emparejamiento al azar con un tipo de mala muerte que buscaba mojarse la polla o una pieza secundaria. Se trataba del hombre que el infalible Kayog había considerado mi alma gemela.

La vista de nuestro jardín acalló temporalmente las emociones conflictivas que bullían en mi interior. Cuando empezamos a descender, innumerables lucecitas mágicas flotaban alrededor de la vegetación. Grandes bombillas luminosas colgaban de los árboles, como bolas de Navidad resplandecientes. Me quedé sin habla mientras Helio aterrizaba el esquife en la plataforma.

Bajé de la nave, paralizada.

—Parece como si acabara de entrar en un cuento de hadas —susurré, temiendo que hablar demasiado alto ahuyentara a las lucecitas que ahora podía ver que parecían una especie de dragones en miniatura.

Solo tenían dos patas delanteras unidas a la parte superior de un cuerpo regordete, sin patas traseras. Su larga cola terminaba en otra esfera luminosa. Sorprendentemente, la mayor parte de la luz que emanaba de ellas procedía de sus alas diáfanas, cuyas formas no podía definir. No eran dracónicas, pero tampoco insectoides.

—Bueno, tú eres mi princesa. Así que supongo que estamos viviendo un cuento de hadas en la vida real —dijo Helio con voz suave mientras deslizaba su brazo alrededor de mi cintura en una suave caricia.

La forma en que me miraba me perturbaba seriamente. No

era la lujuria desnuda que había mostrado antes en el ascensor, sino un orgullo posesivo, lleno de esperanza y asombro que me hizo sentir más deseada que nunca.

Un pequeño dragón hada se acercó zumbando a nuestras caras. No, zumbido no era una descripción exacta del sonido de sus alas. Era más bien un suave susurro, casi como el sonido de la brisa contra una tela sedosa. Helio levantó una mano y la diminuta criatura, del tamaño de un bálsamo labial, se posó en el dedo índice de mi marido. Se aferró con sus pequeñas manos y sus grandes ojos brillantes me examinaron.

—Esto es una alibelia —dijo Helio con voz casi susurrante —. Están aquí para darte la bienvenida.

—¿Darme la bienvenida? —pregunté con curiosidad, en el mismo tono susurrado.

—Mmhmm. Myma les habló de ti —dijo, acercando la criatura a mí—. Sus oídos son muy sensibles, así que evitamos hablar demasiado alto en su presencia.

Asentí, agradecida por aquella información mientras acercaba mi mano a la suya. La alibelia batió inmediatamente sus largas alas para posarse en mi mano. Al parecer, las innumerables alibelias que volaban por el jardín consideraron que era una invitación abierta y acudieron en tropel hacia mí. Si se hubieran abalanzado sobre mí como un enjambre de langostas, probablemente habría huido gritando. Pero descendieron lentamente sobre mí como plumas, algunas se posaron en mis brazos y hombros, y otras se colgaron de mi pelo. Tenía que ser todo un espectáculo, iluminada como un árbol de Navidad.

Cuando miré a Helio para decirle lo mágico que era, su mirada me dejó sin aliento.

—Mi hermosa compañera, la tierra te da la bienvenida. Estás en casa. Ahora eres parte de nosotros —susurró con tanto afecto que se me puso la piel de gallina.

Con cuidado de no golpear a ninguna de las pequeñas hadas dragón, me cogió las mejillas con ambas manos y se inclinó para besarme. Sentí como si me hubiera caído un rayo encima y me hubiera abrasado todo el cuerpo. Gemí y mis manos se posaron en sus hombros mientras él profundizaba el beso. Las alibelias alzaron el vuelo, pero no desaparecieron. Al contrario, se arremolinaron a nuestro alrededor en un vórtice luminoso mientras Helio me acercaba más a su firme cuerpo.

El sordo palpitar que se había atenuado al entrar en aquel jardín mágico volvió con toda su fuerza. Envolví a Helio con mis brazos mientras nuestras lenguas bailaban entre sí. En respuesta, mi marido empezó a acariciarme con una intensidad que denotaba una urgencia reprimida.

Por primera vez, se atrevió a tocarme. Una de sus manos se posó en mi trasero, apretándome contra su pelvis, mientras la otra se deslizaba por mi espalda hasta posarse en mi nuca. Un profundo gemido retumbó en su pecho mientras su beso se volvía aún más apasionado. Sentía los pechos pesados y los pezones doloridos cuando su longitud se endureció contra mi vientre.

¡Dios mío! Incluso a través de la tela de sus pantalones y de mi vestido, notaba lo bien dotado que estaba. En lugar de asustarme, mis paredes internas se contraían de anticipación mientras la humedad se acumulaba entre mis muslos.

Jadeé cuando Helio me agarró el pelo por la nuca y tiró de él hacia atrás, sujetándome firmemente para que no pudiera apartarme. Sus ojos verde bosque, sin pupilas ni esclerótica, parecían brillar suavemente mientras me miraba a la cara con algo parecido a un hambre feroz. Mi estómago dio una serie de volteretas mientras me ahogaba en la infinita profundidad de sus ojos.

No necesitó hablar para que yo entendiera su pregunta silenciosa. Todos mis pensamientos anteriores de "deberíamos o no deberíamos" parecían ahora completamente tontos. Era mi marido. Yo lo deseaba, y él me deseaba tanto como yo. Sonreí, mis manos se deslizaron hacia abajo para acariciar los redondos globos de su firme trasero y apreté mi pelvis contra la suya.

Helio inhaló agudamente entre los dientes, y sus caninos se alargaron hasta formar unos colmillos que ni siquiera sabía que poseía. Eso y el siseo que había emitido resonaron directamente en mi región inferior. Volví a jadear cuando me levantó, mis piernas rodearon instintivamente su cintura y mis brazos su cuello.

Siguió mirándome como un lobo a su presa mientras me llevaba a la casa. Por encima de nuestras cabezas, como un millón de luciérnagas, bailaban las alibelias y las hojas del árbol madre susurraban en un silbido casi melódico. Este nivel de sensibilidad debería haberme asustado, pero no fue así.

La tierra celebraba nuestra unión.

Mi marido besándome vorazmente reclamó toda mi atención. Nunca había besado a alguien con colmillos. Sus afiladas puntas rozaron los lados de mi lengua y un escalofrío recorrió mi espina dorsal. Apenas oí cómo se abría la puerta de mi habitación, demasiado ocupada saboreando el dulce sabor de mi hombre, que me recordaba vagamente al del vino caliente.

Me estremecí cuando su mano derecha, que sujetaba la parte posterior de uno de mis muslos, se deslizó bajo mi falda y se deslizó por mi espalda desnuda mientras me ponía de pie. Helio rompió el beso y terminó de pasarme el vestido por la cabeza. Otro escalofrío me recorrió mientras permanecía desnuda a excepción de mi lencería sexy y mis sandalias de tacón medio.

Me sentía cómoda con mi cuerpo. El entrenamiento regular como Enforcer me mantenía en forma. Claro que, como todo el mundo, tenía algunos defectos, pero nada que me hiciera retorcerme bajo su mirada. Al ser una copa B, mis pechos siempre me parecieron un poco demasiado humildes, y mi cintura no tenía una caída lo bastante acentuada antes de ese ensanchamiento femenino en las caderas que daba a las mujeres esa forma sexy de reloj de arena. Pero la mirada de Helio me recorría con una lujuria posesiva que me hacía sentir como la mismísima Afrodita.

—Eres impresionante, compañera —susurró Helio, con una voz tan cargada de deseo que parecía un gruñido.

Mis pezones se endurecieron contra el tejido de encaje de los pequeños triángulos de mi sujetador transparente. Envalentonada, le saqué la camisa de los pantalones y le acaricié los abdominales bien definidos mientras le levantaba la camisa. Levantó los brazos para facilitarme la tarea.

Nunca terminé de librarle de la prenda.

La visión de los tatuajes en relieve de su pecho—en bellos remolinos más claros que el resto de su piel—me hizo la boca agua. Cuando terminó de quitarse la camisa y la tiró en algún lugar de la habitación, me di cuenta vagamente de que sus axilas eran tan suaves y sin vello como el resto de su cuerpo actualmente expuesto.

Apreté los labios contra su pecho y los rocé suavemente sobre las protuberancias tatuadas. Incapaz de resistirme, saqué la lengua para trazar los remolinos mientras le acariciaba los costados. Para mi sorpresa, su piel no tenía el sabor salado que mi cerebro esperaba. Tenía el mismo sabor dulce y picante que cuando lo besé, pero con un toque de canela.

El pecho de Helio vibró con un ronroneo mientras lamía los pequeños brotes de su pezón izquierdo. El calor de sus palmas exploró mi espalda antes de desabrocharme el sujetador. Dejé de acariciarlo solo el tiempo suficiente para dejar que la prenda se deslizara por mis brazos. Acariciándome la nuca, mi compañero me obligó a levantar la cabeza para reclamar mis labios y me atrajo contra él.

Un gemido brotó de mi garganta al sentir el calor abrasador de su pecho desnudo contra el mío. Sin interrumpir el beso, Helio volvió a levantarme y me llevó en brazos hasta nuestra enorme cama. Me quité las sandalias momentos antes de que me tumbara en el colchón más divino. Empecé a retroceder, pero me agarró del tobillo y me detuvo mientras se subía a la cama.

Volvió a besarme, empujándome suavemente contra el

colchón. En cuanto estuve completamente tumbada, me levantó las muñecas por encima de la cabeza mientras nuestras lenguas seguían mezclándose. Las manos de Helio acariciaron suavemente la cara interna de mis brazos mientras se deslizaban hacia mis hombros. Deseosa de tocarle también a él, moví las manos, pero él volvió a sujetármelas inmediatamente contra la cama. Rompió el beso para dirigirme una mirada severa que dejaba claro que debía permanecer quieta.

Yo no era sumisa y, sin embargo, aquello resonó directamente en mi interior y empecé a sentir un hormigueo en todos los lugares adecuados. Aparentemente satisfecho de que me comportara, Helio volvió a bajar la cabeza, pero no para reclamar mi boca. En su lugar, sus labios recorrieron mi rostro, trazando cada uno de mis rasgos como un ciego vería con sus manos. Me estremecí cuando llegaron a mi cuello, siempre tan sensible, y se separaron para que sus colmillos pudieran rozar mi piel.

Un rayo de deseo estalló en mis entrañas y me llevé las manos a la cabeza para no alcanzarlo. Como muchas mujeres, siempre había fantaseado con ser mordida por un vampiro. Había algo tan primitivo y sensual en ello. ¿Qué se sentiría si me clavara los colmillos en el cuello mientras me penetraba?

Gemí y me mordí el labio inferior mientras él seguía bajando hacia mi pecho. Mi estómago se estremeció cuando su lengua acarició mi areola. Dios, cómo me gustaba la forma en que acariciaba mi cuerpo, su tacto tan increíblemente sedoso. Estaba tan acostumbrada a que los hombres tuvieran manos callosas que nunca esperé disfrutar de aquella suavidad. Mientras me amasaba el pecho izquierdo con una mano y me acariciaba el capullo endurecido con el pulgar, Helio me mordisqueó el otro pezón antes de aliviar el escozor con la lengua.

Palpitante y dolorida por la necesidad, casi contengo la respiración cuando su mano sobrante se desplaza finalmente hacia el sur. Mis músculos abdominales se contrajeron cuando sus dedos rozaron el pequeño triángulo de mi tanga. Un espasmo me sacudió las piernas y se me escapó un gemido frustrado cuando continuó recorriendo la costura de mi sexo por encima de la fina tela, con un tacto tan suave que parecía una simple brisa burlándose de mí.

Helio se rio mientras me chupaba el pezón. Levantó la cabeza y la soltó con un chasquido para mirarme con expresión burlona. ¿Quería que se lo suplicara? Estaba tan caliente y excitada que, si seguía provocándome así, no tendría reparos en suplicarle. Necesitada de una fricción adecuada, levanté la pelvis para lograr un mayor contacto con su mano. Para mi sorpresa, en lugar de apartarse como esperaba, Helio presionó su palma sobre mi sexo y me frotó lentamente unas cuantas veces por encima del tanga.

—Por favor —susurré mientras mis abdominales se contraían dolorosamente.

Me dedicó una sonrisa depredadora, con los colmillos asomando entre sus labios. El fuego que ardía en la boca de mi estómago aumentó aún más. Sus ojos verde oscuro, que ahora parecían casi negros como la brea, permanecieron fijos en los míos cuando por fin deslizó una mano dentro de mi ropa interior. Mi espalda se arqueó y grité cuando por fin me tocó el clítoris. Después de la provocación inicial, esperaba que me torturara un poco más, pero Helio se puso a trabajar de inmediato, masajeando mi clítoris como debía.

Me tuvo al borde del abismo en un santiamén. Para mi consternación, se detuvo bruscamente. Levanté la cabeza para mirarle con incredulidad. Antes de que pudiera decir una palabra, me bajó el tanga de un tirón y su boca continuó donde sus dedos habían estado antes.

El siguiente sonido que salió de mí fue un grito de éxtasis cuando llegué al clímax. Mientras volaba por los aires, Helio lamía y chupaba mi clítoris con fervor mientras dos de sus dedos se movían dentro de mí. Justo cuando estaba volviendo a la realidad, mi marido curvó sus dedos, centrándose repetidamente en mi punto dulce con una precisión mortal. Otro orgasmo me arrasó.

Mareada, con el cuerpo tembloroso por las oleadas de felicidad, tardé un momento en darme cuenta de que Helio ya no me tocaba. Abrí los párpados, con la habitación girando ligeramente ante mis ojos, y vi a Helio de pie a los pies de la cama.

Parecía un dios pagano con las enredaderas enredadas en el pelo, y el leve brillo de sus ojos verde oscuro daba a su rostro un aura aún más sobrenatural. Mi marido, que respiraba entreabriendo los labios y mostrando las puntas de los colmillos, parecía a punto de perder el control sobre la pasión que se desataba en su interior. Las delicadas lianas que recorrían sus hombros y sus brazos parecían más gruesas y largas. Pero fueron sus manos las que lo desprendieron de sus pantalones lo que atrajo mi atención.

Se me cortó la respiración cuando se los bajó. Al igual que el resto de su cuerpo, no había ningún rastro de felicidad u otra forma de pilosidad alrededor de su región inferior o bajando por sus piernas. Apenas me fijé en las estrechas lianas que se arremolinaban a los lados de sus muslos y bajaban hasta sus tobillos. Su gruesa polla, orgullosamente erecta, me cautivó.

Tenía dos testículos, como los humanos. Aunque la forma general del tronco guardaba similitudes, la mitad inferior tenía una serie de protuberancias en la parte inferior que prometían sensaciones inusuales. La mitad superior parecía cubierta de largas crestas hasta la base de la cabeza, que a su vez tenía la forma vaga del capullo cerrado de una flor. A pesar de ello, no había enredaderas en esa zona. Su polla parecía completamente de carne.

Me lamí los labios con nerviosismo mientras Helio volvía a subirse a la cama, ahora completamente desnudo. Se me aceleró el pulso y respiré entrecortadamente mientras él se acomodaba entre mis muslos. Mis paredes internas se contrajeron por la expectación y el miedo. Con lo mojada que me había puesto mi marido, iba a estar muy apretada.

Para mi alivio, no me la metió de inmediato. Volvió a besarme e intercambiamos tiernas caricias, que pronto se hicieron más urgentes. Cuando empezó a frotar su miembro contra mi cuerpo, supe que había llegado el momento.

Aunque alineó su punta con mi abertura, aún no me penetró. Helio hizo una pausa y me miró fijamente. Una vez más, no necesité que hablara para saber qué pregunta me estaba haciendo. Sonreí y abrí más las piernas para dejar más claro mi consentimiento. Él me devolvió la sonrisa y su hermoso rostro adoptó una expresión tan tierna que casi pude sentir cómo me envolvía en un cálido capullo de afecto infinito.

—Mi compañera... —susurró contra mis labios.

Reclamó mi boca al mismo tiempo que empezaba a empujar suavemente dentro de mí. Como era de esperar, mi cuerpo se resistió a su invasión. Para mi agradable sorpresa, no me dolía ni me ardía mientras Helio se movía con cuidadosos y superficiales empujones. Sin embargo, sentí una extraña sensación cuando, a mitad de camino, la punta de su polla parecía estrecharse cada vez que él sacaba, y se abría justo cuando terminaba de empujar, como para impulsarse más adentro. Todo el tiempo, Helio me besaba y acariciaba, susurrándome dulces palabras de afecto y aliento.

Demasiado concentrada en intentar comprender las extrañas sensaciones de mi interior, casi me sentí engañada cuando mi cuerpo cedió por fin—y demasiado pronto. Helio exhaló un suspiro y me apretó con más fuerza. Con los ojos cerrados y la frente apoyada en la mía, se quedó quieto para que pudiera adaptarme a su grosor. La forma en que sus músculos se contraían bajo mi contacto revelaba el intenso esfuerzo que estaba haciendo para contenerse.

Por fin abrió los ojos y me miró con un deseo tan ardiente que se me curvaron los dedos de los pies al instante.

—¿Tienes idea de lo bien que te sientes? —susurró con voz gutural.

No tuve oportunidad de responderle porque Helio me besó posesivamente y empezó a entrar y salir lentamente de mí. ¡Dios todopoderoso! Había estado tan concentrada en la forma en que su glande se abría y cerraba dentro de mí mientras él se introducía que apenas había prestado atención a las crestas y protuberancias que cubrían la longitud de su pene.

¡Ahora sí!

Cada caricia me ahogaba en demasiadas sensaciones para mi mente. Una cadena interminable de gemidos brotó de mi garganta, la mitad de ellos tragados por los besos voraces de Helio. Aumentó el ritmo, frotándose contra mi punto más dulce con una implacabilidad que me hizo ver las estrellas.

Grité, mis paredes internas se contrajeron en torno a su longitud y mis uñas se clavaron en la parte baja de su espalda. En respuesta, Helio echó la cabeza hacia atrás y gritó. En mi feliz aturdimiento, pensé que él también había llegado al clímax, pero pronto me di cuenta de mi error. Al parecer, algo se había roto en su interior y mi marido desató su pasión sobre mí.

Abriéndome más las piernas, empezó a penetrarme más rápido, más profundo y más fuerte. Un volcán se desataba en mi interior, y cada golpe me hacía volar aún más alto en las alas del éxtasis. Las manos de Helio estaban por todas partes, acariciándome y conteniéndome mientras su polla me destrozaba. Cuando otro orgasmo se abalanzó sobre mí, mi marido unió por fin su voz a la mía mientras su propio clímax lo arrasaba.

Gritó mi nombre y me la metió hasta el fondo, apretándome la cintura con sus manos. Sentí cómo su semilla salía disparada dentro de mí en un potente chorro. Con los labios entreabiertos y los ojos cerrados en un estado de pura felicidad casi demasiado doloroso de soportar, mi compañero tenía un aspecto magnífico. Los capullos de su pelo florecieron y un violento escalofrío sacudió su cuerpo.

Volvió a mirarme y sacudió las caderas un par de veces más antes de bajar de nuevo sobre mí. Atrapó mis labios con algo parecido a la adoración. Sin dejar de penetrarme, me dio la vuelta para que yo descansara sobre él. Sintiéndome a la vez destrozada y maravillosamente saciada, apoyé la cabeza en los remolinos que adornaban su pecho. Escuché el atronador sonido de su corazón mientras me rodeaba con sus brazos protectores.

—Soy tuyo, mi compañera —susurró Helio.

Sonreí.

CAPÍTULO 6
MAEVE

Me desperté sintiéndome maravillosamente dolorida, no de una forma dolorosa, sino del tipo "he tenido la noche más loca y salvaje". Helio sin duda merecía la insignia del mejor amante del universo. No solo su cuerpo era una obra de arte, sino que también sabía cómo utilizarlo para hacer elevar al mío. Tuvimos algunos retozos más durante la noche. No me habría importado tener otro esta mañana, pero mi marido ya se había ido.

Me estiré, disfrutando de la caricia de las sedosas mantas sobre mi piel desnuda. El delicioso aroma que se filtraba en la habitación revelaba que Helio probablemente nos estaba preparando el desayuno. Salté de la cama y me dirigí al cuarto de aseo.

Como todo lo demás en esta casa, Helio había diseñado esta habitación para dar la impresión de que la naturaleza nos rodeaba. La ducha separada parecía una cascada natural encerrada en paredes de piedra marrón. La bañera, tallada directamente en el suelo, podría haber pasado por una fuente termal. En otras circunstancias, habría ido directamente a por ella. Me encantaba demorarme en un baño caliente mientras leía un libro.

Esta mañana, sin embargo, estaba demasiado impaciente por

volver a ver a mi marido. Me metí en la ducha y me lavé rápidamente. El agua que caía sobre mi cuerpo me recordaba demasiado bien la forma experta en que Helio me había tocado. Y pensar que había estado tan preocupada por este emparejamiento.

Una parte de mí temía que fuera un cuento de hadas y demasiado bueno para ser verdad. Aunque Kayog tenía un historial impecable, y a pesar de la perfecta felicidad de la que ahora disfrutaban mi amiga Kaida y Cedros, ¿no debería haber algunos retos y roces iniciales? Helio y yo habíamos congeniado tan bien desde el principio que aún no podía creer que todo fuera tan perfecto hasta ahora.

Sin duda, me costaría acostumbrarme a algunas partes de su cultura, pero nada del otro mundo. Había interactuado con suficientes especies alienígenas como para que me pusieran nervioso o me asustaran. Además, los Edocits eran una especie avanzada, muy querida y respetada por los demás miembros de la alianza galáctica. Quizá eso explicara en parte por qué no me había enfrentado a tantos choques culturales como Kaida.

Deja de compararte con los demás y de buscar problemas donde no los hay.

Nunca me había considerado una pesimista desagradable ni una profeta del desastre. Sin embargo, había tenido tan mala suerte en el mundo de las citas que me costaba conciliar el hecho de que esto estuviera resultando tan fácil hasta el momento. Sin bromas espeluznantes, malos modales, comentarios misóginos ni comportamientos... Helio había sido la cita perfecta, el amante perfecto y un compañero maravilloso en todos los sentidos. Podía verme enamorándome fuerte y súbitamente de este macho. Y me avergonzaba admitir que eso asustaba a la fanática del control que había en mí.

Desechando esos pensamientos, me sequé apresuradamente, me cepillé el pelo, dejándolo todavía un poco húmedo, y me apresuré a volver a nuestra habitación. Sintiéndome un poco traviesa, me puse un tanga, pero sin sujetador, debajo de mi vestido corto de verano de tirantes. A pesar de que me quejaba de mis humildes pechos, me enorgullecía de su forma redonda y turgente. Una mirada a mi reflejo en el espejo me dibujó una sonrisa traviesa en los labios. La ligera tela del vestido amarillo era lo bastante opaca como para no resultar demasiado reveladora, pero lo bastante fina como para mostrar un atisbo de mis pezones asomándose.

Nunca me había gustado maquillarme, en gran parte porque no tenía sentido en mi trabajo. Pero también quería que Helio se enamorara de mi yo natural. Además, por lo que había observado en la ciudad la noche anterior, las mujeres Edocit no utilizaban ninguno de esos artificios para realzar su belleza. Me calcé unas sandalias de punta abierta y fui a buscar a mi hombre.

Como era de esperar, lo encontré en la cocina. Sin camiseta, descalzo y con solo unos pantalones cortos negros, mi marido era un regalo para la vista. Estaba dando los últimos toques a un desayuno bastante abundante. En la mesa del comedor, se me hacía la boca agua con pequeñas cantidades de diversas pastas para untar, finas lonchas de carne cocinada, panes, frutas cortadas y otras cosas que no podía identificar.

—¡Ahí está! —exclamó Helio en cuanto me vio.

La forma en que su rostro se iluminó con genuina felicidad y ver florecer los capullos de su pelo a mi llegada me derritió por dentro. Joder, era agradable sentirse tan deseada por un macho tan guapo. La ternura de sus ojos dio paso rápidamente a una expresión ardiente cuando vio mi aspecto. Mis partes femeninas se estremecieron al instante.

Dejó una jarra que contenía un líquido rojizo que supuse que era zumo y rodeó el mostrador para acercarse a mí.

—Eres preciosa —me dijo, como si no pudiera creerse que yo fuera real.

Se me aceleró ligeramente el pulso cuando me atrajo hacia sí. Levanté la cara para recibir su beso. Fue breve y tierno.

—¿Has dormido bien?

A pesar de la delicadeza y la modestia con que me lo preguntó, la intensidad de su mirada me dijo lo que realmente quería saber.

—He pasado una noche mágica y he dormido como un bebé —dije apretándome contra él.

Helio me devolvió la sonrisa, con una pizca de alivio recorriendo sus facciones. Que pudiera pensar que yo no había disfrutado de nuestra noche juntos me dejó atónita. Me abrazó con más fuerza y volvió a besarme, esta vez con una pizca de pasión contenida. Sus palmas se deslizaron por mi espalda y su pulgar rozó la zona donde debería haber estado el broche de mi sujetador bajo el vestido. Un ronroneo de aprobación retumbó en su pecho. Rompió el beso y me miró a la cara con aire de promesa.

—Alguien está siendo tentadora esta mañana —susurró burlonamente.

—Puede ser —respondí en el mismo tono.

—Lo apruebo —dijo.

Me besó los labios por última vez, rozó su nariz con la mía y me cogió de la mano para llevarme a la mesa.

—Antes de dejarte caer en la tentación, déjame *tentarte* con unas cuantas delicias locales, en esta versión Edocit de brunch.

—Todo tiene muy buena pinta —dije mientras me acomodaba en la silla que me había preparado.

—¡Claro que sí! —dijo convencido—. Estos son algunos de mis platos favoritos. Espero que tú sientas lo mismo.

—Estoy segura de que sí —dije mientras miraba con avidez el manjar que tenía ante mí.

Trajo los últimos platos y los dejó sobre la mesa. Durante la hora siguiente, me llevó a una deliciosa experiencia culinaria con muestras de desayunos tradicionales Edocit, dulces y salados.

Cuando terminamos, me sentía demasiado llena. Francamente, no podía creer lo mucho que había comido.

—Guapo, inteligente, divertido, un amante fantástico y un cocinero increíble —enumeré mientras le dirigía una mirada seductora—. ¿Tienes algún defecto?

—Ninguno en absoluto —respondió Helio con suficiencia.

Me reí entre dientes y le di un golpecito juguetón. Sin embargo, no me pasó desapercibida la forma en que su piel se había oscurecido ligeramente por la vergüenza ante el cumplido.

—Hoy quiero llevarte a dar un paseo con un harstag por el bosque. Luego podríamos parar en el río para bañarnos y hacer un picnic —me ofreció Helio.

—Me parece un buen plan. Ayer me intrigaste mucho con la historia del harstag que salvó tu tío —dije con entusiasmo.

—¡Bien! Porque montaremos específicamente a ese joven harstag, ahora adulto, y a su pareja —respondió con una sonrisa.

—¡Estupendo! —exclamé antes de mirar mi vestido—. Probablemente debería ponerme unos pantalones.

—¡Claro que no! —dijo Helio en un tono que no admitía discusión—. Estás absolutamente perfecta tal y como estás.

La forma en que me desnudó con sus ojos, y especialmente cómo su mirada se detuvo en mi pecho, hizo que mis dedos de los pies se curvaran de nuevo.

—¿Estás seguro? —le pregunté—. No quisiera escandalizar a la población local.

Resopló.

—Tu atuendo no es escandaloso, solo seductoramente sexy. Los Edocits no llevan muchas capas de ropa. No es raro que tanto hombres como mujeres vayan por ahí sin camiseta, y a menudo solo llevan algún tipo de taparrabos o pantalones cortos. Nos vestimos más en la ciudad, donde los forasteros pueden ir y venir a su antojo. Pero en nuestros pueblos y zonas residenciales, somos mucho más relajados.

—Si vamos a nadar, al menos debería comprarme un bañador —insistí.

Su mirada se encendió.

—¿Para qué? Estaremos solos, y ya hemos pasado el punto de tener verguenza el uno con el otro.

—Pues muy bien —dije, excitada ante la perspectiva de nuestra pequeña aventura.

Para mi sorpresa, cuando terminamos de guardar la comida que quedaba y de limpiar la cocina, Helio no se puso ningún zapato. Cogió una cesta mediana de la nevera y me llevó al jardín.

Mi mirada se centró inmediatamente en las criaturas mágicas que pastaban junto a Myma.

—¡Dios mío! Son magníficas —susurré.

—Ven a saludarlas —dijo Helio con una sonrisa en la voz.

Dejé que me guiara hasta los dos harstags. Parecían hijos de un caballo y un ciervo. Por encima del corto pelaje que les cubría casi todo el cuerpo, un pelaje esponjoso les trepaba por el cuello y formaba una tupida melena a los lados de la cara. Una impresionante cornamenta se recortaba sobre la cabeza del macho, mientras que otra más pequeña y delicada adornaba a su compañera. Lo que al principio me parecieron pequeñas hojas en los costados de las mejillas, los hombros y los flancos resultaron ser pequeñas escamas verdes intercaladas alrededor de las estrechas lianas que se arremolinaban en torno a sus hombros y a lo largo de sus patas.

Emitieron un relincho de saludo cuando nos acercamos. Sin mostrarse intimidados ni recelosos en absoluto, ambos se acercaron audazmente a nosotros. La hembra tenía un lustroso pelaje marrón con tonos beige claro y amarillo, mientras que el macho era de color carbón con crines rojizas y amarillas. Levanté una mano hacia la cara de la hembra. Ella apretó el hocico contra mi palma, mientras que el macho hizo lo mismo con Helio.

—Maeve, te presento a Sefa y Laros —dijo Helio, mostrando a la hembra y luego al macho—. Amigos míos, les presento a mi compañera, Maeve.

Me pasó el brazo por la cintura, atrayéndome contra él mientras pronunciaba esas palabras.

—Son tan hermosos los dos —dije con asombro—. Es un honor conocerlos.

Laros chocó suavemente su hocico contra mi hombro. Dios, ¡eran preciosos! No sabía hasta qué punto entendían mis palabras, ya que Helio había comparado su nivel de inteligencia con el de un perro. Pero su cálida acogida era innegable.

Mis ojos se abrieron de par en par, sorprendidos, cuando Helio apoyó la palma de la mano en el hombro de Laros y las lianas de sus antebrazos se entrelazaron con las del harstag. Laros asintió con un suave relincho, como si reconociera la comunicación que habían mantenido. Miré a Helio inquisitivamente.

Él sonrió.

—Le estoy mostrando el camino por el que me gustaría que nos llevara —explicó, con la voz un poco arrastrada, como cuando había proyectado su conciencia desde nuestra cama a la ciudad la noche anterior.

Su *veris* se separó de la de Laros, y sus ojos perdieron esa cualidad vidriosa. Para mi sorpresa, fue el turno de Laros de extruir su *veris*, pero esta vez desde los tobillos hasta el suelo.

—¡Vaya! ¿También tienen esa raíz? —pregunté, atónita.

Helio se rio y asintió.

—Sí. La mayoría de las formas de vida de Zailia la tienen. Aquí todo y todos están ligados a la tierra. La mayoría de las excepciones son ciertos insectos y peces. Pero todos los mamíferos acuáticos la tienen. Laros está explorando el camino antes de irnos. Él nos llevará a la zona donde tendremos más privacidad.

—Claro... Ustedes pueden ver todos los rincones, siempre que haya un árbol —dije, arrugando la cara.

Se echó a reír.

—Sé lo que estás pensando, pero no, no ocurrirá. Si ya hay

una pareja o un grupo realizando actividades que requieran intimidad, habrán solicitado a la fauna local que disuada a cualquiera que pretenda asomarse a la zona.

—¿Disuadirlos cómo? —pregunté, aún desconfiada.

—Les cerrarán el paso —respondió Helio con naturalidad—. Es como si empujaras contra algo hecho de goma. Se doblará un poco, pero no cederá. Entonces sabrás que ya está ocupado por gente que necesita intimidad.

—Ah, vale. Entonces no está tan mal —dije, con la mente todavía en blanco.

—No está tan mal, pero... —preguntó Helio—. Parece que algo te preocupa.

Le dirigí una mirada tímida y asentí.

—Sí, hay algo. El Enforcer que hay en mí no puede evitar pensar en cómo la gente podría aprovecharse fácilmente de esto para ocultar actividades delictivas.

Sonrió y negó con la cabeza.

—No sería así. Si recuerdas lo que te decía ayer, a menos que la flora comparta tu ADN, como toda la vegetación de este jardín conmigo, no te responderá si percibe intenciones negativas por tu parte. E incluso cuando forma parte de ti, puede desafiarte. Todos los árboles, plantas y arbustos de la naturaleza son tierra neutral. Nunca me ayudarán a hacer el mal. Pero resguardarán mi intimidad con mi compañera.

—Bueno, eso es un alivio. Y lo siento, trabajar en mi campo durante tanto tiempo me ha hecho desconfiar bastante de cualquier resquicio potencial.

—No te disculpes, compañera. No es un defecto. Simplemente te hace ser precavida, algo que te resultará muy útil cuando te conviertas en mi compañera a tiempo completo en la caza de recompensas.

Me reí ante esta atrevida afirmación, pero por lo demás no respondí. Si las cosas seguían yendo tan bien como hasta ahora, me veía dejando oficialmente a los Enforcers para convertirme en su compañera de labores también.

—Si estás lista, podemos irnos —dijo Helio.

Asentí con la cabeza y le vi asegurar nuestra cesta de picnic a Laros.

—¿Sin monturas? —pregunté.

Helio frunció el ceño.

—No, nunca las hemos usado. Irritan la espalda de los harstags. ¿Es un problema para ti?

Sacudí la cabeza.

—Estoy acostumbrada a no usar montura —respondí con suficiencia.

—Buena chica —dijo Helio—. A diferencia de los caballos, los harstags tienen un acolchado natural por encima de la columna vertebral. Así que los huesos de tu precioso trasero no les causarán ninguna molestia.

Se inclinó hacia mí y me besó. Casi gimo de frustración cuando terminó demasiado pronto. Cuando me siguió al ir a colocarme al lado de Sefa como para ayudarme a subirme a ella, le dirigí una mirada de "¿Me estás tomando el pelo?" que le hizo levantar las palmas de las manos en señal de rendición con expresión de disculpa.

Sí, estaba presumiendo un poco al subirme sin esfuerzo a la espalda de la harstag hembra. Ciertamente era alta, pero algo más baja que un caballo. Sonreí con suficiencia a mi marido, que se inclinó con una floritura en reconocimiento de mi habilidad. Me reí entre dientes cuando fue a subir a su propia montura.

Para mi sorpresa, las lianas de los hombros de Sefa se extendían hacia el centro, anudándose en una especie de rienda. No era muy larga. De hecho, un asa habría sido una descripción más precisa, como las de las cuerdas de toro que usaban los vaqueros en la época en que los rodeos aún eran legales.

—El asa de liana es solo para ayudarte a mantener el equilibrio si es necesario, sobre todo si empieza a galopar, o si quieres hacer que se detenga. Si no, déjala ir. Ella conoce el camino —explicó Helio.

—Entendido —dije.

Y sin más, nos pusimos en marcha. No bromeaba cuando dijo que la espalda de Sefa estaba acolchada de forma natural. Era como sentarse en un cómodo cojín. Cuando nos acercamos a lo que parecía una versión frondosa de un seto de cedro de tres metros de altura que cercaba el enorme patio trasero, una gran parte del seto se partió por la mitad. Me quedé boquiabierta cuando dos paneles se abrieron como enormes puertas, permitiéndonos salir del patio.

Helio se echó a reír.

—No, cariño, los setos no se han movido solos. Se asientan sobre una plataforma pivotante. Las ramas caídas ocultan la gran jardinera que hay debajo. El sistema de seguridad los activa automáticamente mediante el sistema de reconocimiento facial.

—Vale, eso es un alivio. Sé que tus plantas son parcialmente sensibles, pero verlas levantarse y caminar es un paso demasiado grande para mí —dije, aún recuperándome de la impresión.

—¿Qué dirás el día que veas un arzig? —preguntó Helio con un brillo travieso en los ojos.

—¿Un qué? —le pregunté.

—Un arzig —repitió con una risita—. Es una planta carnívora que literalmente se levanta en dos patas y camina hacia un nuevo lugar si las presas son demasiado escasas donde está.

Se echó a reír cuando me quedé boquiabierta.

—No temas, mi compañera. Aunque son pequeñas cosas desagradables, no persiguen a la gente. Somos demasiado grandes para ellas. Los más jóvenes van a por insectos y pequeños roedores. Los maduros podrían ir tras algo tan grande como un cachorro o los conejos de la Tierra.

—Caray, cada vez me gusta menos tu planeta —dije con un exagerado aire de angustia, lo que le hizo reír aún más.

Entendió perfectamente que me estaba burlando de él. No me

asustaba fácilmente. Dios sabía que había luchado contra algunas locuras en acto de servicio. Pero el día que conocimos a Cedros y a las criaturas de las sombras que habían invadido el laboratorio de investigación seguía siendo uno de los más extraños.

Mientras cabalgábamos por el bosque, la belleza que había admirado desde lejos mientras volábamos hacia la ciudad me revelaba ahora su verdadero rostro. Todo parecía más vivo, los colores bastante parecidos a los de la flora terrestre y, sin embargo, más vibrantes, más saturados.

Helio señaló los diversos árboles y plantas exóticas que nos rodeaban. Algunos tenían troncos gruesos como los baobabs y otros eran estrechos pero imponentes, con sus ramas extendiéndose hacia el cielo. Entre estas maravillas, un árbol me dejó sin aliento. Lo llamaba Hada Llorona. El tronco tenía realmente la seductora forma de una mujer, con un conjunto de extremidades levantadas como los brazos de una mujer invocando clemencia a los dioses. Un puñado de hojas muy largas colgaba de las puntas de esas dos extremidades, casi como un ramo caído de largas plumas. En la base, una red de raíces se retorcía y giraba en intrincados patrones que casi parecían diseñados en lugar de aleatorios. Y sobre esas raíces y en la base del tronco, que se iba desvaneciendo poco a poco, el musgo más singular brillaba a la luz del sol como incontables diamantes.

—Es el polen que cae de esas hojas tupidas de la parte superior lo que crea esas perlas brillantes una vez que absorben algo de humedad —explicó Helio.

—De ahí las lágrimas de hada que le dieron este nombre —dije comprendiendo.

—Exacto.

Los dulces aromas de las flores, tanto en el suelo como en los árboles, llenaban el aire a nuestro alrededor. Podría pasarme días contemplando la perfección de este mundo. Mi marido fue el guía por excelencia, señalándonos las distintas frutas y bayas que encontrábamos, la mayoría de las cuales, sorprendentemente, eran comestibles. Tenía anécdotas divertidísimas sobre casi todas ellas, desde experiencias personales durante su juventud hasta leyendas y folclore de su pueblo.

Entre tanto, me maravillaban las criaturas insólitas que correteaban por allí. Muchas de ellas compartían similitudes con las criaturas del bosque de mi mundo natal. Pero era como si las hubieran metido en una batidora y las hubieran emparejado según una combinación diferente. Desde pájaros con alas de mariposa hasta conejos con cabeza de búho que ponían huevos, Zailia era un tesoro de lo mágico e inusual.

La espesura del bosque acabó por ralear y los árboles se separaron para revelar un vasto claro que descendía hasta un ancho río. Desmontamos cerca de la línea de árboles. Helio, que seguía descalzo, se detuvo en seco y sus ojos verde bosque brillaron ligeramente al oscurecerse. Su rostro se desencajó durante unos segundos.

Cuando volvió a mirarme, una sonrisa depredadora se dibujó en sus labios.

—Ahora eres toda mía. Nadie nos molestará.

CAPÍTULO 7
HELIO

Por el Creador, no podía apartar los ojos de ella. Acabábamos de conocernos, pero estaba completamente obsesionado. Era tan hermosa, tan perfecta. Y el miserable vestidito de Maeve estaba haciendo todo lo que estaba en su mano para quebrar la fuerza de voluntad que aún poseía y que me impedía lanzarme sobre ella.

Aunque siempre había tenido un saludable apetito sexual, nunca había estado tan hambriento de alguien como lo estaba de mi compañera. Pensar en nuestra primera noche juntos hizo que la sangre se me agolpara en la ingle. Quería tirar a Maeve al suelo, atarla con lianas y hacer lo que quisiera con ella.

Sin embargo, el ardiente deseo que me torturaba en ese momento tenía que pasar a un segundo plano. Quería que Maeve se enamorara de mí. Tenía que saber que mi atracción por ella iba mucho más allá de la simple lujuria. Por supuesto, parecía agradecer mis atenciones. El tentador atuendo que había elegido, por no hablar de su deliberada decisión de no llevar sujetador, daban a entender que intentaba seducirme. Aun así, necesitábamos pasar más tiempo conociéndonos mejor, y no solo en el sentido físico.

Le señalé un barquito enorme con forma de hoja que había junto a la orilla.

—Espero que no te marees. Nuestro transporte nos espera.

Maeve se puso a mi lado y empezamos a bajar la pequeña pendiente hacia la orilla.

—Así que realmente es un barco —dijo Maeve con la misma curiosidad entusiasta que había mostrado desde su llegada aquí—. Desde donde yo estaba, parecía una hoja gigante.

—Porque lo es —dije con una sonrisa.

Maeve me miró con desconfianza, pasando la vista de un lado a otro entre el barco y yo.

—No sé si me estás tomando el pelo o lo dices en serio. Lo próximo que me dirás es que en realidad es una criatura con pequeñas patas palmeadas que remará para nosotros.

Me eché a reír.

—Efectivamente, esto podría haber sido lo que yo había dicho. Tenemos criaturas parecidas a tortugas que nos sirven de paseo entre la región de las Mil Islas. En lugar de tener el lomo en forma de cúpula, se parece más a un cuenco en el que suelen llevar a sus crías. Pero esta pequeña embarcación es realmente una hoja. Se ha diseñado biológicamente para que pueda crecer con esa forma específica. También tiene una sencilla inteligencia artificial orgánica que le permite seguir un camino directo entre aquí y la cala oculta.

—Bueno, eso está bien —dijo Maeve con aprobación—. ¿Qué tipo de sistema de propulsión utiliza?

Me reí entre dientes.

—No está remando con piececitos debajo, sino que tiene una larga cola para impulsarse hacia delante como un pez.

Maeve estiró el cuello para mirar la parte trasera de la barca, impresionada por la larga hoja en forma de aspa que, efectivamente, podía ver bajo el agua detrás de ella.

—Todos a bordo —dije, extendiendo una mano hacia ella.

—Probablemente sea la hoja más gruesa y resistente que he

visto nunca —dijo Maeve pensativa mientras me daba la mano mientras la ayudaba a subir.

Nos acomodamos una junto a la otra en uno de los dos largos bancos hechos con las mismas hojas gruesas. Eran lo bastante cómodos para un viaje breve. Pero para distancias mucho más largas, los viajeros solían utilizar cojines.

—Supongo que este no es tu barco —me preguntó.

Negué con la cabeza.

—No. Es propiedad pública. Hay muchos de ellos esparcidos por el río, cada uno situado en un camino específico. Si llegas a la orilla y ya no está, entonces sabes que alguien ya ha reclamado la zona privada que podrías haber estado codiciando. Cualquiera que se proyecte aquí sabrá enseguida que el barco no está. Eso no les impide venir aquí, pero es menos probable que lo hagan si necesitan intimidad. No les haría ninguna gracia que volviéramos justo en medio de sus travesuras.

Maeve se rio, su cara adoptaba esa expresión traviesa que me encantaba.

—Eso sería definitivamente incómodo.

Le aparté el pelo de la cara a mi compañera, empujándoselo por encima del hombro. Después de besarle la frente, le rodeé la cintura con el brazo. Se apoyó en mí con un suspiro de satisfacción.

—Me he pasado todo el día de ayer hablándote de Zailia y de la extraña cultura y mundo Edocit. Me encantaría saber un poco más sobre ti, Maeve Riley. ¿Cómo te hiciste hacker y Enforcer?

Maeve frunció el ceño y abrió la boca para responder. Pero antes de que pudiera pronunciar una sola palabra, sonó una notificación en su comunicador. Atónita, bajó la mirada hacia su brazal y sus ojos se abrieron de par en par con incredulidad antes de echarse a reír.

—¿Qué pasa? —le pregunté cuando sacudió la cabeza con una sonrisa indulgente.

—Es de Cedros —dijo riendo—. Me está controlando para asegurarse de que estoy bien.

Me quedé boquiabierto y la miré fijamente, ligeramente indignado.

—¿Qué coño? ¿Por qué no ibas a estarlo?

Maeve sonrió y me frotó el pecho de forma apaciguadora.

—No te enfades. Me parece súper dulce. ¿No te gustaría saber si tu hermanita está bien después de haberla dejado a años luz en el regazo de un desconocido?

Hice una mueca como si hubiera comido algo asqueroso. Sí, probablemente sí. Por mucho que me molestara la desconfianza implícita del Dragón, no podía enfadarme con él por proteger a mi mujer. Me tranquilizaba saber que tenía a alguien tan poderoso para cuidarla en caso de que me pasara algo.

—Cierto —concedí en tono malhumorado.

Maeve soltó una risita y me besó suavemente. Incapaz de mantener una cara de disgusto, sonreí y le acaricié el pelo. Rápidamente le devolvió el mensaje diciendo que estaba bien, aunque probablemente tardaría en llegarle a través de la gran distancia que nos separaba.

—Para responder a tu pregunta, sí, soy hacker, pero no me gusta que me llamen así —dijo Maeve encogiéndose de hombros —. Siempre he sido extremadamente curiosa. La mejor forma de obligarme a hacer algo que no debería es prohibírmelo —añadió con una sonrisa tímida.

Me eché a reír.

—Parece un hábito poco saludable.

Hizo una mueca y asintió.

—Sí, ya lo sé. Que conste que soy testaruda, pero no imprudente. Mis padres siempre fueron reservados con todo. Era muy molesto. Así que sí, fisgoneaba porque sabía que me mentían en muchas cosas.

Fruncí el ceño, me picaba la curiosidad al tratar de averiguar qué podía haber motivado semejante comportamiento por parte de sus padres.

—¿Estaban haciendo cosas ilegales? —pregunté con voz suave y desprovista de condena.

Maeve negó con la cabeza.

—Resulta que mi padre era espía. Le hirieron gravemente durante una misión y descubrieron su identidad. Aunque escapó, le obligaron a retirarse. Además, tuvo que cambiarse la cara y el nombre.

—¡Vaya! Supongo que eso significaba romper todos los lazos que tenía con cualquier persona que hubiera conocido, incluidos sus parientes —dije en tono comprensivo.

Ella asintió.

—La única constante en su vida era mi madre. Era su encargada. Dimitió después de todo este lío y se casaron.

—Y de esta unión nació una preciosa niña llamada Maeve —dije mientras le acariciaba la mejilla.

—Una niña mocosa y entrometida, querrás decir —replicó con autodesprecio—. El caso es que vivíamos demasiado cómodamente, siendo mi padre contable y mi madre secretaria. Los pocos amigos que venían de visita parecían más Soldados de la Marina u Hombres de Negro que el típico trabajador de cuello blanco. Tampoco ayudaba que siempre tuvieran largas reuniones a puerta cerrada. ¿Por qué ibas a tener reuniones privadas cuando se supone que estás pasando el rato con tus amigos? ¿Por qué no esperar a volver al trabajo?

—No pareces tan entrometida, más bien observadora y con una gran mente analítica —dije con admiración—. ¿Cuántos años tenías?

Sonrió agradecida, como hace uno cuando cree que la persona solo le está haciendo un cumplido por educación.

—No puedo negar que era realmente observadora para tener doce años. Me encantan los ordenadores. Como hija única, no tenía nada mejor que hacer que hurgar donde no debía. Así que, como puedes suponer, empecé a husmear y descubrí que ambos seguían trabajando para el gobierno. No eran cosas altamente clasificadas, pero eran contactos para otros agentes de niveles de seguridad más bajos que pasaban por la zona.

—Supongo que no tardaron mucho en pillarte —dije en tono comprensivo mientras nuestro barco doblaba la esquina de la formación rocosa que enmarcaba la entrada de la gran cala que teníamos delante.

—No mucho es quedarse corto. Más bien enseguida —dijo Maeve con expresión traumatizada.

—Pero el sistema no me mostró que me habían descubierto. Así que, despistada, seguí curioseando hasta que mi padre irrumpió en la habitación. Se puso furioso. Era la primera vez que se ponía así conmigo. Pensé que iba a pegarme, cosa que nunca había hecho.

Fruncí el ceño.

—Pero no te pegó, ¿verdad?

Ella negó con la cabeza.

—No. Pero eso probablemente me habría dolido menos que el hecho de que me dijera que había perdido toda la confianza y el respeto que alguna vez me tuvo.

Me estremecí, imaginando lo hondas que debían de ser esas palabras para ella, que era la única hija pequeña de su padre.

—¿Así que lo dejaste estar, esperando volver a caerle en gracia?

—¡Claro que no! —respondió Maeve, mirándome como si hubiera dicho algo absurdo—. Me dolió muchísimo, pero también me hizo sospechar aún más. ¿Por qué se enfadó tanto por un simple fisgoneo? ¿Qué ocultaba? Empecé a imaginarme las peores cosas.

Incliné la cabeza hacia un lado, mirándola con indisimulada curiosidad.

—¿Como qué?

—Todas las teorías más locas que se te pudieran ocurrir —

dijo Maeve con autodesprecio—. Obviamente, pensé que eran criminales. Luego me pregunté si yo no era su hija. ¿Y si me habían secuestrado? Claro, tenía la piel más oscura de mi madre. Pero no me parecía a ella, y menos a mi padre.

—Cierto —dije, asintiendo lentamente—. Habían cambiado por completo su aspecto.

—Sí. Pedí ayuda a mis amigos hackers. Resulta que eran todos teóricos de la conspiración —dijo mi compañera, con la rabia filtrándose en su voz—. Al principio me resistí a sus sugerencias. Pero al final me convencieron para que les dejara ayudarme a entrar en los ordenadores de mis padres.

—¡No! —exclamé, horrorizado.

—Sí —dijo ella, con cara de abatimiento—. Por suerte para mi estúpido culo, Papá ya les había tendido una trampa. Sabía mucho más de lo que yo tramaba de lo que jamás imaginé.

—Tiene sentido para una espía profesional —dije en tono conmiserativo.

Ella asintió.

—Al contrario de lo que me habían hecho creer, mis supuestos amigos no eran niños de doce años como yo. Eran adultos cuyo trabajo consistía en reclutar y entrenar a jóvenes ingenuos como yo para que hicieran su trabajo sucio.

—Joder... —susurré, con la ira creciendo en mi interior—. Espero que recibieran su merecido.

Muchas de las recompensas en las que acabé trabajando provenían de este tipo de gente sin escrúpulos que se aprovechaba de la inocencia y la confianza de los demás.

Maeve resopló.

—Seguro que lo hicieron, y algo más. Mi pequeña hazaña ayudó involuntariamente a que arrestaran a muchos miembros de aquel grupo clandestino. Fue entonces cuando mis padres por fin me dijeron la verdad. Papá dijo que vidas importantes dependían de los secretos que él y mamá guardaban. Necesitaban poder confiar en que no pondría en peligro la vida de esas personas y la nuestra propia fisgoneando donde no debía.

—Uf, hablando de una carga pesada sobre los hombros de una niña tan pequeña —dije con simpatía mientras le acariciaba la espalda de forma tranquilizadora.

—Era *mucho*. Me sentía perdida y confusa. Aunque me había estado cuestionando la realidad de mi vida, esto superaba con creces todo lo que hubiera podido imaginar. Aun así, me sentí muy bien sabiendo que realmente eran mis padres, y que no eran villanos sino héroes.

—Me lo imagino. ¿Y cómo te llevó eso por el camino de convertirte en hacker? —pregunté con auténtica curiosidad—. Habría pensado que esta tragedia cercana te habría desviado de este camino.

—Honestamente, podría haberlo hecho si no fuera por la forma en que mis padres manejaron la situación —dijo Maeve pensativa—. Primero, prometieron no mentirme más. Si no podían compartir ciertas cosas, simplemente lo decían. En segundo lugar, se ofrecieron a que alguien de su confianza me formara como hacker, siempre y cuando no lo utilizara para hacer nada ilegal. También me hicieron prometer que nunca les traicionaría.

Fruncí los labios mientras reflexionaba sobre el enfoque que habían elegido sus padres.

—Aunque al principio me sorprendió, veo la lógica de su planteamiento. Si estabas decidida a seguir desarrollando tus habilidades como hacker, las posibilidades de que volvieras a relacionarte con gente peligrosa o desagradable serían demasiado altas. Al prohibírtelo, se arriesgaban a que volvieras a hacerlo y siguieras un camino aún más oscuro que el que has estado recorriendo.

—Exacto. De este modo, controlaban lo que hacía mientras me mantenían a mí y a todos los de su organización a salvo —dijo Maeve—. Y así me convertí en hacker.

—Está claro que lo disfrutaste.

—¡Claro que sí! —dijo con una sonrisa casi maliciosa—. Fue muy divertido ayudar a irrumpir en grupos de odio, desenmascarar subastas ilegales de comerciantes de carne y descubrir planes terroristas antes de que pudieran llevarlos a cabo. Sin embargo, este tipo de trabajo tenía demasiadas restricciones.

—¿Qué quieres decir?

—Quería ir a por todas haciendo lo que hago, legalmente. Mi trabajo no era ilegal, pero era todo encubierto, cosa que odiaba. Mi madre fue la que me sugirió que me uniera a los Enforcers. Quiero a mis padres, y ellos me quieren a mí. Pero una vida secreta no es para mí. No quiero vivir con un nombre falso, verme obligada a limitar mi número de amigos o mentir a todo el mundo sobre quién soy realmente. Quiero hablar abiertamente de mi carrera y no tener para los hijos que espero tener algún día los secretos que mis padres tuvieron que tener conmigo.

—¿Sigues en contacto con tus padres? —le pregunté.

Ella asintió.

—Sí. Hablamos de vez en cuando. Sin embargo, nuestras videoconferencias son pocas y limitadas por necesidad.

Estuve a punto de decir que, aunque no pudiera pasar mucho tiempo con sus padres, los míos la recibirían con los brazos abiertos. Y era cierto—les encantaría. Sin embargo, me parecía un poco insensible sacar el tema ahora. Aun así, estaba reconsiderando mi plan inicial de esperar un par de semanas para conocernos mejor antes de presentársela a mi familia.

Asentí y le dediqué una sonrisa comprensiva.

—Sí, ya lo veo. Siento que sea así. No obstante, debes estar muy orgullosa de los sacrificios que hacen para mantener a salvo a los demás.

Ella sonrió con expresión melancólica.

—Lo estoy. Ellos me convirtieron en lo que soy y me enseñaron que algunos de los mayores héroes son en realidad los que permanecen en la sombra.

—No podría estar más de acuerdo —dije con entusiasmo—. Pero la única sombra con la que trataremos hoy es la que está bajo el árbol cuando hagamos nuestro pequeño picnic. Por ahora, ¡contempla la Cala de Sanya!

Maeve miró a su alrededor, a la paradisíaca playa que se extendía ante nosotros. Gruesos árboles bordeaban la playa, rodeada por una alta formación rocosa que nos proporcionaba total intimidad. Unos cuantos pájaros gorjearon entre los árboles, elevando sus voces por encima del alegre canto de la estrecha cascada.

Finalmente, la pequeña embarcación se detuvo junto a la roca plana que servía de muelle. Nada más desembarcar, Maeve lanzó una mirada preocupada a nuestro paseo.

Sonreí y le pasé un brazo posesivo por la cintura.

—No te preocupes, compañera. No se irá sin nosotros. Es hora de ir a nadar. Pero antes, quitemos de en medio los problemas de intimidad.

Cogiendo a mi compañera de la mano, me acerqué a la zona de hierba más cercana a los árboles. Una vez en posición, empecé a sacar mis *veris* para poder enraizar. Los ojos de Maeve bajaron inmediatamente para mirar mis pies. Como de costumbre, estudié su expresión en busca de cualquier signo de inquietud. Teniendo en cuenta que nunca había mostrado asco las veces anteriores que lo había hecho, no debería sentirme tan aliviado por el mero hecho de que mostrara curiosidad.

Como no quería quedarme aquí más tiempo del necesario, me apresuré a transmitir la petición de intimidad a la flora local.

—Ya está. Si alguien intenta asomarse a esta zona, será rechazado. Solo yo puedo disfrutar de tu belleza —dije provocativamente mientras me quitaba los calzoncillos.

Para mi deleite, Maeve sonrió, sus ojos estaban ardientes mientras se desnudaba inmediatamente. Creador, ¡mi hembra era la perfección! Nos desnudamos por completo, colocando nuestros brazales encima de la ropa. Cogidos de nuevo de la mano, corrimos hacia el agua, riendo como niños.

A pesar del deseo que ardía en mi interior, en realidad no nos pusimos traviesos en el agua. En lugar de eso, empezamos a jugar persiguiéndonos el uno al otro. Al ser una Enforcer, sabía que Maeve estaría en forma y sería una gran nadadora. Sin embargo, no esperaba que fuera tan rápida ni tan ágil. Cada vez que creía que la había atrapado, Maeve se zafaba con la rapidez y facilidad de una experta en lucha libre o combate cuerpo a cuerpo. Y, sin embargo, ni una sola vez utilizó nada que ni remotamente coqueteara con la violencia.

Además de aumentar aún más mi admiración por mi mujer, reforzó mi convicción de que sería mi compañera perfecta como cazarrecompensas. Alguien tan competente y bien entrenada era una verdadera bendición del Creador.

No recordaba la última vez que me había divertido tanto o me había sentido tan despreocupado. Todo era tan natural con Maeve. Pero aún era nuestra luna de miel. Nuestra primera pelea revelaría hasta qué punto eran sólidos los cimientos que estábamos sentando. Con suerte, no ocurriría pronto.

Cada vez más falto de aliento y decidido a capturar a mi sirenita, nadé con todas mis fuerzas después de que se me escapara una vez más. Segundos antes de alcanzarla, extrudí mis *veris*, manteniéndolos preparados. Maeve había estado jugando conmigo con astuta inteligencia, haciéndome realizar esfuerzos innecesarios y utilizando mi fuerza en mi contra para liberarme.

En cuanto le agarré la pierna, mi compañera se zambulló y se hizo un ovillo, sabiendo que yo la seguiría. Había utilizado esa táctica un par de veces antes, con una ligera variación que siempre terminaba con ella usando mi pecho como trampolín para impulsarse hacia adelante. Ya sin aliento por la persecución, la presión sobre mi pecho agotó sistemáticamente mis reservas de oxígeno, obligándome a volver a la superficie antes de poder darle caza de nuevo. Naturalmente, para entonces ya hacía tiempo que se había ido.

Pero esta vez no.

En lugar de seguirla, en cuanto mi mano se cerró sobre su tobillo, rodeé su espinilla con mi *veris*. Pateando hacia la superficie, tiré de su pierna, atrayéndola tras de mí. Al darse cuenta de que la había atrapado, no se resistió y vino hacia mí antes de tirar de sus piernas hacia abajo para obligarme a sumergir la parte superior de mi cuerpo. Pero me había preparado para eso. Le solté el tobillo, le rodeé la cintura con el otro brazo y la estreché contra mi cuerpo. Antes de que se diera cuenta, Maeve estaba atrapada en mi *veris*, con mis dos brazos envolviéndonos por la cintura y uniéndonos.

—¡Tramposo! —exclamó Maeve, nuestras piernas moviéndose bajo el agua para mantenernos a flote.

—¡Claro que no! No dijiste ninguna regla antes de nuestro pequeño juego —dije con suficiencia.

—¡¿Qué?! No tendría que haberlo hecho. ¡Debería haber sido obvio! —exclamó Maeve, como si no pudiera decidir si estaba más divertida que indignada por mi desvergüenza.

—No, no, Señorita Enforcer. Tú, mejor que nadie, sabe que a menos que una regla haya sido escrita o declarada verbalmente y reconocida por todas las partes implicadas, entonces se considera inexistente —dije con una suficiencia insufrible.

Mientras me rodeaba el cuello con los brazos, Maeve frunció el ceño.

—Oh, ya veo cómo es. Recuerda que tú empezaste esto. Cuando te dé tu inminente revancha, no quiero oír lloriqueos.

Me reí entre dientes y froté mi nariz contra la suya.

—Reto aceptado, compañera. Estoy deseando que me azotes.

—El placer será mío, no tuyo —dijo amenazadoramente, aunque su voz se volvió seductora mientras su mirada bajaba hasta mis labios.

—Mentiras —susurré antes de reclamar su boca.

Un rayo de lujuria hizo arder mis entrañas. La acalorada respuesta de mi compañera casi me hizo perder el control, pero antes tenía otros planes para nosotros. Me obligué a romper el beso, solté las lianas que nos unían y la liberé.

—Salgamos del agua —dije.

Mi compañera asintió con la mirada encendida de deseo insaciable. Nadando uno al lado del otro, volvimos a la orilla.

CAPÍTULO 8
HELIO

El hambre que me había atormentado durante todo el día y que se había calmado temporalmente durante nuestro juego, ahora rugía con toda su fuerza en mi interior. Por la forma en que Maeve me miraba, estaba totalmente dispuesta. Pero una vez más me contuve. En cuanto salimos del agua, la cogí de la mano y la guié hacia los árboles de phyre, a poca distancia de donde habíamos dejado la ropa y la cesta de picnic. Me reí de su confusión cuando no volví a abrazarla.

—Quiero que pruebes algo —dije como única explicación cuando nos detuvimos bajo el alto árbol.

A pesar de su altura, sus ramas colgaban bajas, cargadas de los frutos emblemáticos de mi mundo natal.

—Me fijé en estos bulbitos de tu jardín —dijo Maeve pensativa cuando me vio coger uno de ellos—. Pensé que eran una especie de bolas de Navidad, aunque obviamente aquí no hay Navidad, con las que habías adornado el árbol. Pero, ¿es líquido lo que hay dentro?

Sonreí y asentí.

—Desde luego, no son bolas decorativas, ni para Navidad ni

para ninguna otra fiesta. Son unas frutas llamadas calabazas phyre.

Le di una y cogí otra para mí. Se la puse delante de la cara, girándola hacia un lado y otro con asombro.

—Al tacto parece un melocotón, pero tiene el aspecto de una pera translúcida. Y, sin embargo, es claramente orgánico.

—Lo es —dije con una sonrisa—. Es totalmente comestible, excepto el tallo. Aunque la piel es translúcida, casi como una gruesa capa de ámbar, es bastante resistente. Tira del tallo así para abrirlo. Y luego, puedes beberte el contenido directamente.

Maeve primero miró boquiabierta mi calabaza phyre abierta con esta creencia antes de volver a mirar la suya. Después de arrancar hábilmente el tallo, se llevó la calabaza a la cara. La olió y sus ojos se abrieron de par en par ante el dulce aroma. Dio un pequeño sorbo con cuidado para probarla. Esta vez, casi se le salen los ojos de asombro y, para mi alivio, de placer.

—¡Dios mío! Sabe a piña colada —dijo Maeve—. ¿Me estás diciendo que estas calabazas crecen así de forma natural, con ese cóctel dentro?

Me reí.

—Crecen así de forma natural. Pero esto aún no es un cóctel. Cuando están amarillas, el jugo de dentro es muy espeso. Aún no está maduro, pero se puede utilizar para diversos postres o preparaciones de mermelada. Cuando está maduro, la piel se vuelve translúcida y la crema del interior se vuelve líquida, así. Pero si se espera un par de semanas más, el zumo se fermenta y adquiere un tono rojizo oscuro. Es entonces cuando se ha convertido en una bebida alcohólica. Es engañosamente suave al gusto, pero te afectará cuando menos te lo esperes.

—¡Caramba! Gracias por el aviso —dijo Maeve antes de dar otro largo trago.

Empecé a dirigirme hacia nuestra ropa mientras terminábamos de beber nuestras calabazas.

—Esto se bebe como un batido —musitó Maeve en voz alta

mientras caminaba a mi lado—. ¿La versión fermentada se vuelve más espesa?

—No. Cuanto más madura, más líquida se vuelve.

Me agaché junto a nuestras ropas para rebuscar en el bolsillo de mis calzoncillos y saqué una de las dos hojas que el joven arbolito nos había dado anoche en el pueblo. Maeve retrocedió ligeramente al verla.

—Nos comeremos la piel de las calabazas junto con el inesperado regalo de anoche —dije con una sonrisa traviesa.

Para mi sorpresa, Maeve parecía inquieta. La miré interrogante. Se movió y se colocó un mechón de pelo húmedo detrás de la oreja.

—No tomo drogas —dijo en tono de disculpa—. Nunca he hecho nada de eso. Primero, porque supongo que soy demasiado maniática del control como para permitir que alguna sustancia me lo arrebate. Y segundo, porque es un requisito de mi trabajo.

Sonreí y la atraje hacia mí. Se acercó de buena gana y nos abrazamos.

—Primero, nunca tienes que disculparte por expresar tu derecho a no querer hacer algo —dije con voz suave—. En segundo lugar, mientras que los extraterrestres usan las hojas de Edocit como droga recreativa, nosotros lo usamos como relajante y como potenciador sensorial. No es adictiva y no provoca pérdida de control.

—¿Un relajante? —Maeve se hizo eco, sorprendida—. Sabía que no era adictiva, y que la euforia que proporcionaba era tan asombrosa que por eso la gente pagaba precios desorbitados para conseguirla. Nunca había oído que se describiera como un relajante.

—Eso es porque la gente se come una o dos —dije—. En nuestros jóvenes, la concentración es muy alta, así que los efectos son más del doble. Y si los consumes con el estómago vacío, te afectará aún más fuertemente. Por eso te di la calabaza phyre para que bebieras y comieras primero, y por eso traje una sola hoja para que compartiéramos.

—Ya veo —dijo Maeve, mirando pensativa la hoja antes de echarme un vistazo al pelo—. ¿Te comes tus propias hojas?

Asentí con la cabeza.

—Sí. A la mayoría nos parece que las hojas de plumón de los juveniles son demasiado fuertes para el día a día. Es bueno cuando quieres que tus sentidos se agudicen, como cuando estás a punto de ser travieso con tu pareja —añadí, bajando la voz mientras movía las cejas sugestivamente, haciéndola reír entre dientes—. Pero cuando solo quiero relajarme, puedo simplemente comer una de mis hojas o beberlas como té. Es como darse un baño de burbujas caliente o recibir un masaje.

—Bueno, eso suena práctico —dijo Maeve burlonamente.

—Lo es —respondí, antes de echar un vistazo a la hoja de plumón—. No tenemos por qué consumirla, ya que te incomoda. Prometo hacerte sentir relajada, incluso sin ella.

Para mi sorpresa, Maeve pareció dudar. Se mordió el labio inferior mientras miraba fijamente la hoja.

—Hmmm... Si dices que no me hará perder el control, quizá pueda probarlo.

Fruncí el ceño, sorprendido por este cambio de opinión.

—Maeve, no tienes por qué hacerlo. Nunca te pediré que vayas en contra de tus principios o deseos. No tienes que intentar complacerme. No me ofendo. Quiero que disfrutes plenamente de todo lo que hagamos juntos, y que solo lo hagas porque tú también lo deseas, no porque te sientas obligada.

Sonrió y me acarició suavemente la cara antes de apoyar la palma de la mano en mi hombro.

—Gracias por decir eso. Pero realmente no me conoces si crees que alguna vez haría algo en contra de mi voluntad solo para complacer a otra persona. Mi madre te diría que he heredado la terquedad irlandesa de mi padre. Y él te diría que he heredado las maneras cubanas de "Más vale que no me jodas" de mi madre. Estoy dispuesto a probarlo porque confío en ti. Si me dices que solo mejorará lo que siento sin hacerme perder el control, entonces te creo.

Una poderosa oleada de afecto me recorrió mientras miraba a mi hermosa compañera.

—No sabes cuánto significa esto para mí. Puede que no sea perfecto, y a veces me quedaré corto. Pero nunca te traicionaré ni te engañaré. Siempre tendrás de mí nada más que la verdad.

A juzgar por la fuerte emoción que recorrió sus facciones, me di cuenta de que había dicho algo que ella necesitaba oír de mí. No lo había calculado, pero lo cierto era que, dada la forma en que había sido educada, la mentira y los secretos serían para ella la mayor de las traiciones. Por suerte, eso era algo que nunca tendría que temer de mí.

Nos dimos un beso lento, profundo e increíblemente tierno. Creador, realmente me estaba enamorando de esta mujer. En cuanto rompimos el beso, Maeve me arrancó la hoja de plumón de los dedos. Justo cuando estaba a punto de darle un mordisco, el timbre de una notificación de comunicación resonó desde nuestro montón de ropa.

—¡Debe de ser una broma! —siseé, mirando nuestra ropa con incredulidad—. Si es tu Derakeen otra vez....

—No, no, no. Ni se te ocurra —dijo Maeve, dirigiéndome una mirada severa—. En primer lugar, puede que Cedros sea sobreprotector, pero no es un acosador. No tienes que preocuparte de que nos acose. En segundo lugar, mi comunicador no suena así. Eres tú quien recibe una llamada.

Se me congeló el cerebro y se me desencajó la mandíbula al darme cuenta de que tenía razón. Pero, ¿quién iba a llamarme ahora? Sabían que estaba de luna de miel y que no debían molestarme.

Fruncí el ceño al ver cómo Maeve se burlaba de mí.

—Ya. Lo siento —murmuré, con los ojos lanzando dagas en la dirección general de mis pantalones cortos.

—¿No vas a contestar? —preguntó Maeve con una expresión insufriblemente burlona.

—No. Deberían saber que no deben molestarme durante nuestro tiempo de unión. De todos modos, dejó de sonar —dije desdeñosamente—. Ahora, ¿dónde estábamos?

Mi compañera sonrió seductoramente y se apoyó en mí cuando la atraje hacia mí.

—Creo que estaba a punto de darle un mordisco a esa hoja de plumón que has estado agitando delante de mi cara. Alguien me prometió sensaciones especialmente intensas.

—Ese alguien quiso decir cada palabra y sin duda tiene intención de cumplirla —dije en tono ronroneante mientras apretaba su pelvis contra la mía—. Vamos, mi amor. Muerde.

Mi comunicador se disparó de nuevo justo cuando Maeve iba a dar un mordisco, lo que me hizo maldecir de la forma menos elegante. Para mi alivio, mi mujer soltó una carcajada ante mi enfado, en lugar de ofenderse por mi boca sucia. Por lo general, era bastante educado hasta que me molestaba.

—Sea quien sea, es bastante persistente —dijo en tono comprensivo—. No pasa nada. Adelante, contesta.

Fruncí el ceño, con los dientes apretados por la indecisión. Nadie debía molestarme durante este momento tan especial con mi compañera. Todos sabían que debían dejarme en paz durante una o dos semanas. ¿Se les había olvidado, o realmente...?

Nunca llegué a terminar ese pensamiento. Los árboles que bordeaban la playa comenzaron a agitar sus hojas en un sonido ominoso que no dejaba lugar a dudas de que algo grave había sucedido.

—¿Qué está pasando? —preguntó Maeve con preocupación mientras miraba los árboles a nuestro alrededor.

—Una señal de emergencia —dije mientras corría hacia mis pantalones cortos para recuperar mi comunicador.

Sentí que se me salía la sangre de la cara al ver el mensaje.

—¿Qué pasa? —preguntó Maeve al ver mi expresión.

—Desapareció un árbol joven —dije con la rabia familiar que me invadía cada vez que ocurría algo así.

Maeve se estremeció y un aire de conmiseración se apoderó de sus hermosas facciones.

—¡Oh, no! ¿Sabes quién es?

—El nombre no me suena. Un varón de dieciséis años, Strasa Melayan —respondí distraídamente mientras ojeaba el mensaje. Pasé a la página siguiente y se me aceleró el corazón—. ¡No!

—¡Dios mío! —exclamó Maeve al ver el rostro familiar en la interfaz de mi comunicador—. ¡Ese es nuestro chico! ¡Ese es el adolescente que nos dio esas hojas! Le vimos hace menos de veinticuatro horas. ¿No es demasiado pronto para darlo por desaparecido? Seguro que acaba de pasar la noche en casa de uno de sus amigos.

Aunque eran preguntas justas, la esperanza en la voz de Maeve mostraba que sospechaba que había motivos para preocuparse. Pero quería aferrarse a la ilusión de que aún podía estar bien.

Hojeé rápidamente el resto del mensaje, con el corazón hundiéndose un poco más con cada palabra.

—Desgraciadamente, no pasó la noche con un amigo —dije con un tono sombrío mezclado con ira—. Fueron las primeras personas con las que contactó su familia cuando no volvió a casa. Al parecer, las cámaras de seguridad le muestran subiendo a bordo de una nave Nazhral que partió anoche. El chico está fuera del mundo.

Escupí las últimas palabras, sintiéndome a la vez indignado e impotente. Aunque no siempre aceptaba todas las recompensas que me enviaban, sino que las entregaba a otros cazadores, nunca rechazaba el caso de un joven secuestrado. No conocía al chico, pero nuestra breve interacción de la noche anterior había creado un vínculo que hacía aún más inaceptable la perspectiva de no buscarlo.

No era así como me imaginaba pasar los primeros días

después de casarme. Pero nunca podría vivir conmigo misma si no hiciera todo lo que estuviera en mi mano para salvar al joven. Tragué saliva y miré a mi compañera con recelo.

—Como ya te había dicho, he pedido a mis amigos cazarrecompensas que se ocupen de los nuevos casos que puedan surgir durante nuestra luna de miel —dije con cautela.

—¡A la mierda! —exclamó Maeve, sonando un poco indignada—. Nuestra luna de miel puede esperar. Es *nuestro* chico. Lo *encontraremos*.

El peso del mundo se me cayó de repente de los hombros. Sonreí a mi mujer, con el afecto y la gratitud llenándome el corazón. Y pensar que había temido que se opusiera a que aceptara el caso en lugar de centrarme en nuestra relación.

—Eres mi compañera perfecta —susurré antes de abrazarla y besarla profundamente.

Aunque se derritió contra mí, el beso fue tan apasionado como breve.

—Ya tendremos tiempo de disfrutar de tiempo de calidad juntos —me dijo suavemente cuando nos separamos—. No podía disfrutar de las maravillas de tu mundo mientras me preocupara por ese jovencito.

—De acuerdo —dije, dando las gracias en silencio al Creador, y a Kayog, por haberme dado a mi alma gemela.

—¿Cómo sabían dónde estábamos? —preguntó Maeve mientras nos vestíamos rápidamente—. Creí que no podían vernos a través de los árboles.

—No podían vernos. Enviaron una llamada general para encontrarme. Los árboles sabían dónde estaba porque les pedí privacidad. Cuando agitan así sus hojas, te avisan de que alguien intenta ponerse en contacto contigo urgentemente. *Nunca* usas eso para jugar o para algo trivial. Cuando ocurre, sabes que debes responder inmediatamente.

—Bueno, eso es práctico —dijo Maeve mientras subíamos de nuevo a la barca para regresar a la orilla, donde los harstag seguían esperándonos pacientemente—. Si no conocías a la joven, ¿quién te envió ese mensaje?

—La Capitana Ethra, la jefa de nuestras fuerzas del orden —dije—. En cuanto vi que procedía de ella, supe que no se trataba de un simple caso de un joven que se había alejado por un exceso de euforia. Tengo una gran relación con ella. Hay demasiados casos que desearía que su equipo pudiera abordar, pero eso estiraría demasiado sus recursos. Soy uno de los pocos cazarrecompensas Edocit. Cuando nuestros jóvenes son secuestrados, confía más en que uno de nosotros los busque que en cualquier otro que solo lo haga por los créditos.

—Eso es bastante comprensible. No puedo imaginar cómo se deben sentir sus padres ahora mismo —dijo Maeve con conmiseración.

—Seguro que estarán destrozados. En cuanto lleguemos a casa, llevaremos el esquife a su casa para poder sonsacarles toda la información posible.

—¿Hay alguna posibilidad de que haya subido voluntariamente a bordo de ese barco? —Maeve preguntó.

—Por la forma en que la Capitana Ethra redactó su mensaje, Strasa no fue obligada a subir al barco. O si lo fue, sus secuestradores lo hicieron de una forma que engañó a todo el mundo. Pero sabes tan bien como yo que hay innumerables formas de influir en alguien para que actúe en contra de su voluntad —repliqué.

Maeve asintió, mientras reflexionaba sobre el caso.

—Teniendo en cuenta la historia de tu pueblo y basándonos en nuestra breve interacción con ese joven varón, me sorprendería que realmente huyera sin dejar una nota a sus padres o al menos comunicarse tras su marcha. Podría estar equivocado, pero no me parece el tipo de persona que haría pasar a sus padres por este tipo de angustia.

—Nuestros jóvenes no se escapan —dije enérgicamente—. Deambulan bajo los efectos de su desequilibrio hormonal. Pero en cuanto recuperan la conciencia de sí mismos, se comunican inmediatamente con sus padres para tranquilizarlos. Nuestro mundo no es perfecto, ni mucho menos. Sin embargo, es casi fisiológicamente imposible que nuestros jóvenes se sientan desgraciados o infelices, y menos hasta el punto de querer huir. Además, necesitamos un contacto frecuente con *nuestra* tierra.

—Esperemos que sus padres tengan algunas respuestas que nos den por dónde empezar —replicó Maeve—. ¿Tienen algo sobre el barco y su destino?

—Estoy seguro de que están tratando de rastrearlo. Pero los comerciantes de carne suelen ser muy buenos desapareciendo —dije con disgusto—. Ethra no puede divulgar mucho antes de que la familia nos conceda oficialmente permiso para acceder a todo lo que hay en el maletín. Me dijo que lo que sabía me haría imposible resistirme a involucrarme.

—Bien. Imagino que es solo una formalidad legal, ¿verdad? ¿Sus padres no se opondrán a nuestra ayuda?

—Lo agradecerán con creces —dije tranquilizadoramente, mientras nuestra pequeña embarcación llegaba por fin a la orilla.

Los harstags salieron a nuestro encuentro antes de que termináramos de desembarcar. Laros me conocía lo suficiente como para que una simple mirada a mi cara le dijera que teníamos prisa. Nos subimos a sus lomos y los harstags emprendieron inmediatamente el galope de regreso a casa. Agradecí al Creador una vez más ver lo cómoda que estaba mi compañera aguantando aquel duro ritmo sin montura. Cualquiera diría que había nacido montando a Sefa.

En cuanto llegamos a casa, entramos para ponernos ropa más apropiada. A pesar de nuestra impaciencia por ir a conocer a la familia de Strasa, presentarnos con un atuendo tan informal sería una falta de respeto.

Minutos después, estábamos en el aire. Por suerte, vivían en una aldea cercana a mi casa. Tras un breve vuelo, iniciamos el descenso y aterrizamos justo delante de su imponente residencia. Una multitud de aldeanos se había reunido fuera, sin duda para apoyar a la familia. Antes incluso de que pusiéramos un pie en tierra, la puerta principal se abrió y apareció un hombre alto cuyo parecido con el joven arbolito dejaba claro que tenía que ser su padre.

La multitud se separó para dejarnos pasar, mirándonos a ambos con curiosidad. El macho que supuse que era el padre de Strasa apenas dedicó una mirada de sorpresa a mi compañera antes de volver a centrar su atención en mí.

—¿Helio Breisa? —preguntó con voz esperanzada.

—Sí, soy yo. Tú debes de ser el padre de Strasa —pregunté mientras daba vueltas hacia la parte delantera del transbordador para unirme a Maeve y acercarme a él.

—Sí, sí. Soy Imreth. Gracias por venir tan rápido —dijo con evidente alivio, aunque la pena subyacente no podía ser confundida.

—Esta es mi compañera, Maeve. Es una Enforcer de la Organización de los Planetas Unidos —dije, saludando a mi mujer antes de cogerle la mano.

La multitud lanzó un grito de sorpresa y se quedó mirando a mi hembra con renovado interés.

Los ojos de Imreth se abrieron de par en par con una mezcla de sorpresa y esperanza.

—¿Una Enforcer? Es una gran noticia. Pero, por favor, pasen.

Le seguimos al interior, donde encontramos a su esposa sentada a la mesa, con su atractivo rostro bañado en lágrimas y las enredaderas y hojas de su pelo marchitas por la pena. Rápidamente hizo las presentaciones.

—Mi amada, este es Helio, el cazarrecompensas del que nos habló la Capitana Ethra. Y esta es su compañera, Maeve, una Enforcer de la OPU —dijo Imreth.

Maeve se estremeció ligeramente ante la forma esperanzadora en que repitió su asociación con la fuerza de paz galáctica. Me reprendí a mí mismo, al darme cuenta de que mencionar que era una Enforcer podría haber inducido a error a la pareja. Lo único que pretendía era hacerles saber que estaba cualificada para ayudar en la búsqueda, y no una simple mirona que venía a escuchar jugosos cotilleos. En lugar de eso, temía que supusieran que eso significaba que los Enforcers se hacían cargo del caso. Pero esto era demasiado pequeño para que se involucraran.

—Helio, Maeve, esta es mi compañera, Niphne —continuó Imreth, aparentemente ajeno a nuestra incomodidad.

La hembra se puso en pie, con las palmas de las manos apoyadas en la mesa de madera oscura, como si le sirvieran de apoyo. Dirigió sus ojos marrones, unos tonos más oscuros que su pelo, hacia mi compañera.

—¿Una Enforcer? —preguntó Niphne, con el rostro iluminado por la misma esperanza que había despertado en su marido.

—Sí —dijo Maeve con voz suave—. Soy una Enforcer, pero no estoy aquí en calidad oficial. Conocí a tu hijo anoche en la ciudad. Es un joven encantador. Así que, naturalmente, al enterarme de su desaparición, me ofrecí voluntariamente para ayudar. Cualquier habilidad que haya adquirido en mi línea de trabajo, con gusto la pongo a tu disposición para ayudar a traer a Strasa de vuelta a casa sano y salvo.

Para mi alivio, aunque la pareja parecía un poco decepcionada de que toda la organización no se hiciera cargo del caso, el brillo de la esperanza seguía ardiendo en lo más profundo de sus ojos.

—Sea cual sea la capacidad en la que estás aquí, lo único que importa es que *estás* aquí —dijo Niphne, con la voz temblorosa por la emoción—. Ya no estamos solos intentando traer a nuestro bebé de vuelta a casa. No sabemos qué hacer, ni siquiera por dónde empezar. Necesitamos ayuda.

—Y estamos aquí para dársela —dije en tono tranquilizador.

—Por favor, siéntense —dijo Imreth, señalando dos de las elegantes sillas situadas en el lado opuesto de la mesa donde había estado sentado su compañera—. ¿Puedo ofrecerles un refresco?

Maeve y yo negamos con la cabeza mientras nos acomodábamos en los lujosos cojines beige de las sillas oscuras.

—No, gracias —dije—. ¿Podrías contarnos todo lo que ha pasado? La última vez que vimos a tu hijo fue sobre las siete de la tarde. Estaba con sus amigos junto a la fuente de la plaza del pueblo.

Imreth asintió con expresión enfadada.

—Todo es culpa mía —dijo, con los ojos brillantes—. Debería haber insistido en estar allí con él.

—¿Mientras él pasaba el rato con sus amigos? —pregunté, confuso.

—No, me refería a la reunión que tenía con una amiga forastera —dijo, claramente enfadado consigo mismo—. Strasa dejó a sus amigos sobre las ocho de la noche. Tenía que haberse reunido antes con la forastera, pero se había retrasado.

Maeve y yo intercambiamos una mirada. Por desgracia, se trataba de una historia demasiado conocida, la de los cárteles de traficantes de carne que atrapan a jóvenes de ambos sexos para que se enamoren de hermosos forasteros y forasteras con la promesa de una vida espléndida. Conseguían que hicieran las maletas y se marcharan, solo para darse cuenta de que la persona que creían su alma gemela era en realidad una completa farsa. Para entonces, ya era demasiado tarde. Las vendían en el mercado de esclavos o las obligaban a prostituirse en algún burdel. En el caso de Strasa, le drenarían hasta que no quedara nada del hermoso y carismático joven que había sido.

Por la expresión defensiva que se instaló en el rostro de Imreth, pude adivinar lo que revelaba el mío al devolverle la mirada.

—No es lo que piensas. No estábamos siendo descuidados o indiferentes —dijo Imreth—. Strasa y Saydi llevaban hablando más de un año. Tanto Niphne como yo también habíamos hablado en múltiples ocasiones con ella. No teníamos motivos para preocuparnos, ya que era una aspirante al programa de intercambio al que estamos asociados.

—¿Saydi? —Maeve preguntó—. ¿Es ese el nombre de la persona con la que hablaba?

Imreth asintió.

—Sí, Saydi Dalrosh. Es una joven Nazhral que quiere ser xenobotánica. Nuestro negocio familiar cultiva plantas raras, así como muchos productos orgánicos, locales y extranjeros. Llevamos décadas participando en el programa de intercambio.

Aunque disimuló muy bien, sentí que Maeve se ponía rígida al oír la especie de la amiga de Strasa. Los Nazhrals—una especie felina—eran famosos por la piratería y el comercio ilegal. Aunque sería injusto etiquetar a toda la especie de criminales, su cultura y su sociedad aprobaban e incluso fomentaban comportamientos y prácticas considerados ilegales o muy mal vistos por otras culturas.

—¿Tenían una relación sentimental? —pregunté con voz suave.

—¡Oh, no! En absoluto —intervino Niphne mientras se secaba las lágrimas con el dorso de la mano—. Solo eran amigos.

—¿Estás segura, o fue simplemente lo que dijo? —insistí—. Es muy guapo. Y a juzgar por sus interacciones con sus amigos, parece muy popular y carismático.

—Sí, lo es —respondió Niphne—. Todo el mundo le adora. Pero puedo asegurarte que no hubo ninguna relación romántica entre ellos. Simplemente quedaron ayer para establecer un primer contacto en persona. Y mañana, Saydi y sus padres iban a venir aquí a cenar con nosotros para que les mostráramos lo que podíamos ofrecer a su hija y el alojamiento que proporcionamos a los estudiantes de intercambio que se alojan con nosotros.

—¿Y habías hablado directamente con sus padres? —pregunté.

—Sí —contestó Imreth.

—¿Al mismo tiempo? —volví a insistir.

Vaciló y miró a su mujer con expresión interrogante. Ella frunció el ceño, buscando claramente en su memoria, antes de negar con la cabeza.

—No. Ahora que lo dices, nunca hablamos con más de uno a la vez, aunque sí con los tres en varias ocasiones —dijo Imreth.

Por la expresión de conmiseración en el rostro de Maeve, sin duda compartía mi opinión de que el mismo estafador se había hecho pasar por los tres personajes para engañarlos a ellos y a su hijo. Hoy en día, la tecnología hacía extremadamente fácil modificar la apariencia de uno mismo a través de vidcoms. Y ahora, los padres de Strasa se estaban dando cuenta de cómo habían sido engañados. Niphne sollozó y su marido la rodeó con un brazo, intentando consolarla mientras nos miraba con desesperación.

—Desde que tengo uso de razón, mi familia ha acogido a becarios extranjeros durante unos meses y a veces durante todo un año. Nunca había ocurrido nada parecido. No teníamos motivos para sospechar este tipo de traición —dijo Imreth, con la voz quebrada por la pena.

—Esa gente es buena en lo que hace —dijo Maeve en tono comprensivo—. Se aprovechan de la gente de buen corazón e idean los planes más retorcidos para abusar de la generosidad y la confianza de los demás. No tenías motivos para sospecharlo porque solo un monstruo podría urdir y ejecutar un plan tan terrible.

—De eso nos damos cuenta —replicó Imreth, derrotado—. La Capitana Ethra nos dio una grabación de Strasa entrando en esa nave, por si quieres verla.

—Sí, por favor —dije.

Encendió la pantalla gigante de la pared a nuestra derecha y tecleó unas instrucciones en el datapad que tenía sobre la mesa.

Momentos después, las imágenes del muelle de atraque reemplazaron al noticiario que aparecía en la pantalla.

En ella se veía claramente a Strasa caminando junto a una atractiva joven Nazhral. Tenía el pelaje de color marfil entremezclado con vetas marrón dorado. Según la breve comunicación que me había enviado el capitán Ethra, el joven arbolito no parecía haber sido coaccionado para subir a bordo. Nada en su forma de andar indicaba que estuviera ebrio o bajo los efectos de alguna droga más allá del efecto natural que sufren los Edocit de su edad. Aunque no pudimos oír sus palabras, parecían charlar amistosamente de camino a la embarcación. Verle subir voluntariamente a bordo con una gran sonrisa me hizo preguntarme una vez más si realmente había sido secuestrado.

Mis pensamientos debieron de reflejarse en mi rostro, pues Imreth adoptó una expresión indignada.

—Mi hijo no tenía intención de fugarse ni de huir —dijo enérgicamente—. Me da igual lo que muestre esta grabación.

Asentí lentamente, sin querer herirles más de lo necesario.

—¿Hay alguna grabación de sus padres, o de alguien más que pudiera haber entrado y salido de la nave durante su estancia?

Los hombros de Imreth se encorvaron.

—No. Ella fue la única persona a la que se vio entrar y salir de la nave.

—Ella era el cebo —dijo Niphne de repente, en tono enfadado—. La enviaron para atraerlo a la trampa.

—¿Crees que ella estaba tratando de seducirlo? —preguntó Maeve.

—No sé si lo hacía. Pero a mi Strasa no le habría interesado. Él era feliz aquí, y había empezado a cortejar a una encantadora chica Utzac llamada Idova. Incluso le había pedido sugerencias para dar forma a su casa.

—¡Vaya! Entiendo —dije, ligeramente desconcertado. Al notar la expresión de confusión de Maeve ante mi reacción, me volví hacia ella para explicárselo brevemente—. Si un Edocit pide a otro su opinión para dar forma a su casa, suele ser nuestra forma de decir te veo como un posible cónyuge. Por lo tanto, queremos que tengas voz y voto en la vivienda que podría convertirse en tu hogar en el futuro —Strasa habría hablado muy en serio de esa chica si lo hubiera hecho.

—Lo hizo —dijo Imreth—. Ella ha estado viniendo regularmente a su casa. Incluso propuso varias modificaciones en su jardín, que mi hijo ha hecho.

—Entonces podemos eliminar la posibilidad de una relación romántica con Saydi —dije pensativo—. Al menos por su parte....

—¿Hay alguna forma de que nos concedas acceso a su ordenador o al dispositivo que utilizaba para comunicarse con Saydi? —preguntó Maeve—. Podría ayudarnos a intentar rastrear el origen de sus mensajes o detectar alguna pista sobre su paradero.

—Por supuesto —dijo Imreth—. Todo lo que necesites para ayudarnos a encontrar a nuestro hijo es tuyo.

—Eso significa que también necesitaremos que nos conceda un derecho de representación para que podamos tener acceso a todo lo que las fuerzas del orden tengan que compartir con nosotros —añadí.

—Ya está hecho —dijo Niphne con un resoplido—. En cuanto la Capitana Ethra te recomendó, le dimos nuestro consentimiento. Simplemente, ella no podía promulgarlo hasta que tú hubieras aceptado el caso.

—Perfecto. ¿Hay algo más que puedas compartir con nosotros para ayudarnos a localizarlo? —preguntó Maeve.

Los padres intercambiaron una mirada, cada uno buscando al otro para refrescar su memoria en cuanto a cualquier cosa que pudieran haber omitido. Al no encontrar nada, se volvieron hacia nosotros y negaron con la cabeza.

—No hay problema. Si se te ocurre algo más, dínoslo. Mientras tanto, necesitamos la dirección de Idova y de los amigos que estuvieron con él anoche —dije.

—Por supuesto. Mi Niphne te dará sus coordenadas mientras voy a buscar su ordenador —dijo Imreth.

Después de proporcionarnos todo lo que pedimos, la pareja nos acompañó de vuelta a nuestro bote.

—Por favor, encuentren a mi bebé. Por favor —suplicó Niphne mientras luchaba contra las lágrimas que brotaban de sus ojos.

—Haremos todo lo que esté en nuestras manos para devolvértelo —dijo Maeve.

Mi pecho se calentó cuando mi compañera abrazó a Niphne. La desconsolada madre le devolvió el abrazo con la energía de la desesperación. Y sin embargo, cuando se soltaron, la esperanza volvió a brillar en los ojos de Niphne a pesar de las lágrimas que aún empapaban su rostro.

Con un último adiós, Maeve y yo subimos a nuestro transbordador y emprendimos el vuelo hacia la aldea de Idova.

CAPÍTULO 9
MAEVE

Me hervía la sangre con la rabia familiar que los casos de secuestro despertaban sistemáticamente en mí. Siempre sentí un odio especial por quienes se creían con derecho a destruir la vida de los inocentes solo por afán de lucro. Más allá de aquel breve encuentro junto a la fuente, no conocía a Strasa. Y sin embargo, este secuestro era personal.

Seguí repitiendo en mi mente la imagen de la cámara de seguridad del joven que entraba en la nave. Nada en su comportamiento o lenguaje corporal insinuaba remotamente que fuera alguien que estaba huyendo. Incluso cuando intentaban parecer despreocupados, los fugitivos y los que se daban a la fuga siempre desprendían algún tipo de tensión, sus ojos tendían a parpadear en busca de alguien que pudiera fijarse en ellos, y se mostraban excesivamente estoicos o exageradamente joviales para desviar cualquier sospecha. Strasa no era nada de eso, solo un adolescente relajado que charlaba con un amigo mientras subían a bordo.

Mi instinto me decía que no esperaba quedarse allí mucho tiempo.

Pero, ¿por qué había ido allí?

Me ardían los dedos de ganas de abrir el portátil y el datapad de Strasa para indagar en sus comunicaciones con Saydi. Pero el trayecto hasta la aldea de Idova era demasiado corto. Una vez que empezaba a trabajar y me metía en la zona, era mejor que no rompieran mi concentración. Podía ponerme bastante rabiosa cuando me molestaban.

Menos de diez minutos después de salir de la casa de Strasa, Helio inició el descenso hacia una de las aldeas con edificios en forma de flor. Odiaba que mi primera visita a una de aquellas aldeas tradicionales fuera bajo unas nubes tan oscuras. Pero tenía toda la intención de que en mi próximo viaje, Strasa nos hiciera de guía turístico una vez que lo hubiéramos rescatado.

Helio posó el transbordador en una de las plataformas de aterrizaje a las afueras de la aldea.

—¿No está esto un poco lejos de la casa de Idova? —pregunté mientras desembarcábamos.

—A diferencia de la aldea de Strasa, los Utzac no han diseñado sus caseríos pensando en transbordadores personales, ya que esas naves ni siquiera existían en aquella época —explicó Helio—. Los árboles que dan forma a algunas de estas casas tienen más de mil años.

—Cierto, eso tiene sentido.

Deseaba poder deleitarme con la belleza de la aldea y de sus habitantes. Pero ya me había puesto en modo investigador, y mi mente estaba ocupada repasando los pocos datos que teníamos, enumerando las preguntas que quería hacerle a Idova y priorizando las tareas que abordaría una vez que termináramos con esta entrevista.

No tardamos mucho en llegar a la gigantesca vivienda en forma de loto donde ella residía. Por la cantidad de gente reunida fuera, supuse que la noticia del secuestro de su novio ya se había extendido por el pueblo. Había casi tanta gente como la que había estado merodeando fuera de la casa de Strasa para apoyar a la familia.

Una vez más, la multitud se separó en cuanto nos acercamos. Una despampanante joven Utzac, con los ojos azules ligeramente hinchados, probablemente de llorar, nos dedicó una sonrisa temblorosa. Su piel era tan oscura como el ébano, las grandes hojas de su falda tenían el hermoso degradado de verdes y azules brillantes, del mismo color que su pelo azul entrelazado con lianas.

—Ustedes deben ser Helio y Maeve, los cazarrecompensas —preguntó.

—Lo somos —respondí.

—Gracias por venir tan rápido. Pasen, por favor —añadió, señalando la puerta de madera ornamentada que cerraba la entrada.

Cuando entramos en la casa, algunos aldeanos nos saludaron con la cabeza. Nos hizo pasar al salón y nos presentó a sus padres, que ya estaban allí. Aunque era evidente que querían asistir, probablemente más para apoyar a su hijo, no interfirieron cuando empezamos a interrogar a Idova.

—¿Tenemos entendido que tú y Strasa tuvieron una relación sentimental? —pregunté.

Ella asintió, una expresión de timidez descendiendo por su bello rostro.

—Sí, Strasa me cortejaba desde hacía un año. Empezamos a salir oficialmente hace tres meses. Me ha pedido consejo para dar forma a su vivienda.

Parecía aún más tímida cuando pronunció esa última frase, como lo haría una novia ruborizada al revelar que su novio acababa de pedirle matrimonio. Una desgarradora mezcla de placer y tristeza se apoderó de sus facciones al rememorar, probablemente, el tiempo que pasaron juntos.

—Así que planeaban un futuro juntos —dijo Helio como una afirmación, no como una pregunta.

Sin embargo, Idova respondió.

—Sí. Estábamos haciendo planes muy concretos, ya que iban

a repercutir en los diseños en los que he estado trabajando para mi propia vivienda aquí mismo, en Anehela. Strasa estaba entusiasmado con nuestro futuro. Nunca habría abandonado Zailia por voluntad propia, y menos para *seguirla*.

No se me escapó el repentino desprecio que se filtró en la voz de Idova cuando dijo "seguirla".

—¿Te refieres a esa estudiante de intercambio, Saydi? —pregunté, sabiendo ya la respuesta, pero queriendo dejar que se expresara sin intentar influir en su respuesta con preguntas demasiado incisivas.

—No creo que fuera una estudiante de intercambio —dijo Idova con convicción y un enfado subyacente—. Había demasiados indicios de que tramaba algo. Debería haber aceptado la invitación de Strasa para unirme a ellos anoche. Quizá mi presencia podría haber evitado que lo secuestraran.

Helio y yo nos sobresaltamos ante aquellas declaraciones. Se inclinó hacia delante, con mirada intensa.

—¿Qué señales eran esas? —preguntó Helio.

—Supuestamente quería venir aquí para aprender sobre nuestra flora y agricultura —dijo Idova encogiéndose de hombros—. Y, sin embargo, se pasaba más de la mitad de sus conversaciones preguntándole si alguna vez había querido marcharse o explorar la galaxia. No paraba de hablar de las maravillas que había visto y experimentado en otros planetas. Incluso mencionó una vez que, si alguna vez él quería hacer turismo, ella estaría encantada de hacer de guía turística y enseñarle algunos de los lugares y estaciones espaciales más chulos de las redes turísticas.

—Hmmm —dije frunciendo el ceño—. Es una conversación extraña cuando intentas convencer a alguien de que te deje venir a estudiar con él. Pero entonces, ¿por qué te negaste a ir con él? Me habría gustado saber qué quería exactamente esa otra mujer con mi novio.

Idova volvió a encogerse de hombros.

—Aunque tenía curiosidad por saber qué quería realmente, confío en él. *Sé* que Strasa se toma muy en serio lo nuestro. Él ya había expresado algunas reservas importantes sobre ella. Basándome en sus conversaciones anteriores, creo que se sentía atraída por él, o al menos intentaba hacérselo creer. Ella había hecho algunos movimientos, pero su especie tiene fama de ser bastante coqueta por naturaleza. No quería parecer territorial presentándome. Y también creí que, en mi presencia, ella no revelaría sus verdaderas intenciones.

—¿Cómo de coqueta exactamente? —insistió Helio.

—Era demasiado pegajosa y siempre estaba disponible. Cuando ella sugería que hicieran un viaje turístico intergaláctico, él le decía que no. A pesar de ello, ella encontraba diferentes maneras de retomar el tema. Finalmente, él le dijo que no tenía ninguna intención de salir del planeta, ni por turismo ni por ningún otro motivo, porque estaba feliz aquí. Entonces ella le contestó de manera *juguetona* que tal vez acabaría estableciéndose aquí... con él.

—Vaya, qué descaro —dije, sin poder resistirme.

—Un total descaro, desde luego —replicó Idova, con la voz cargada de ira—. Strasa le dijo educadamente que no estaba interesado y que ya tenía una relación estable. Ella se rio y dijo que solo estaba bromeando. Pero una semana después, le pidió que fuera a visitarla para la entrevista de prácticas. Para entonces, Strasa ya estaba bastante convencido de que no la quería aquí. Se suponía que lo de ayer era una prueba para evaluar qué tan problemática podía ser.

—Si tenía tantas reservas sobre ella, ¿por qué no compartió sus preocupaciones con sus padres? —preguntó Helio, haciéndose eco de los pensamientos que cruzaban mi mente.

—Él sabía que si mencionaba algo, automáticamente la tacharían de la lista. Las prácticas en el jardín de su familia son muy codiciadas. Parecía tener bastantes conocimientos de botánica y su expediente escolar era estelar. No quería arruinar sus posibilidades solo porque pensara que era demasiado coqueta. ¿Y si estaba malinterpretando sus verdaderas intenciones? Pero mi Strasa siempre ha sido demasiado bondadoso.

—¿Qué quieres decir con eso? —preguntó Helio.

—Siempre quiere ver lo mejor de la gente —respondió Idova—. No es ingenuo, pero da demasiadas oportunidades a la gente, y les concede el beneficio de la duda donde otros ya habrían trazado la línea. Por ejemplo, ella le envió unas fotos suyas que yo personalmente consideré fuera de lugar. Obviamente, como es una Nazhral, no lleva ropa. Eso no me molestó. Sin embargo, las poses eran lo bastante sugerentes como para levantar una ceja, pero no tanto como para considerarlas subidas de tono.

Me removí en el asiento y volví a sentir la misma inquietud, sin poder evitar preguntarme hasta qué punto Strasa se había mostrado indiferente ante los avances de la joven Nazhral. Idova nos puso delante unas huellas, que resultaron ser algunas de las imágenes que Saydi había enviado a su novio. Tenía razón al decir que eran lo bastante coquetas como para excitar, pero no daban motivos para que la llamaran la atención. Los Nazhrals eran una especie felina. Todo en ellos gritaba sensualidad y peligro, vestigios de sus antepasados depredadores.

Una rápida mirada a mi compañero me dio razones para pensar que la misma duda se había filtrado en su mente. Cuando volví a mirar a Idova, levantó la barbilla desafiante y me sostuvo la mirada.

—Sé lo que estás pensando, pero te equivocas. Y no, no estoy en negación ni me niego a enfrentarme a una realidad desagradable —dijo convencida—. Como he dicho, Strasa quería que me fuera con él. Si tuviera en mente alguna traición, no lo habría hecho. Su plan era que aquel encuentro fuera una prueba. Si ella se le insinuaba, o si su comportamiento confirmaba de algún modo su malestar o sus sospechas sobre ella, les habría dicho a sus padres que ya no era partidario de concederle una beca.

—Vale, ¿pero se te ocurre alguna razón por la que se embarcó voluntariamente en su nave? —pregunté con voz amable.

—Según nuestros amigos, al parecer quería enseñarle unas plantas híbridas exóticas que tenía creciendo a bordo de la nave de sus padres —explicó Idova—. Al parecer, este retoño era extremadamente frágil y tenía que mantenerse en un entorno muy controlado.

—Eso suena un poco débil —dije suavemente, sorprendida de que, después de todo lo que le había contado Strasa, cayera en una trampa tan genérica.

—Estoy de acuerdo —concedió Idova—. Sin embargo, no solo le había invitado a venir a ver a sus retoños, sino a todos nuestros amigos que estaban con él en la ciudad.

Mis cejas se alzaron al oír aquellas palabras. Helio y yo intercambiamos una mirada, al parecer el mismo pensamiento cruzó nuestras mentes.

—No recuerdo haber visto a nadie más con ellos en las imágenes de seguridad cuando abordaron la nave —dijo Helio.

—Correcto. Eso es porque Strasa les dijo que no vinieran. Quería ver exactamente cómo se comportaba cuando estaban solos —respondió Idova—. Tampoco quería que ella utilizara a nuestros amigos para acorralarle y obligarle a hacer algo que él no quería. Según el mensaje que me envió antes de separarse de ellos, se suponía que solo iba a estar allí treinta minutos para ver a los retoños y conocer a los padres de ella. Me había prometido devolverme el mensaje en cuanto saliera de su nave. Pero nunca me contestó.

—Lo siento mucho —le dije, y se me rompió el corazón al ver cómo se le quebraba la voz al pronunciar las últimas palabras y cómo sus hermosos ojos se llenaban de lágrimas.

—Tienes que encontrarle, por favor... antes de que....

Idova no llegó a terminar la frase. El estoicismo que había mostrado con valentía desde nuestra llegada finalmente se quebró y rompió a llorar. Su madre la estrechó entre sus brazos y le acarició suavemente el pelo mientras susurraba palabras tranquilizadoras en Edocit. No podía entenderlas, pero no hacía falta.

Tras prometernos que nos transmitiría todas las conversaciones entre Strasa y su hija, relativas a los Nazhral, su padre nos acompañó a la salida. Todavía había una multitud considerable fuera de su vivienda. Dos hombres y una mujer sostenían lo que yo creía que eran comidas que habían preparado para la familia. Se me encogió el corazón ante esta muestra de apoyo.

Caminamos en silencio hacia nuestro transbordador, sin querer que los lugareños oyeran nuestras conversaciones. Momentos después, el comunicador de Helio sonó, informándole de que había recibido nuevos documentos.

Sin mediar palabra, me mostró la interfaz de su dispositivo.

—¡Perfecto! —dije en voz baja al reconocer la transmisión de un informe oficial de sus fuerzas del orden.

Los padres de Strasa habían informado visiblemente a la Capitana Ethra de que habíamos aceptado el mandato.

—¿Crees que Saydi intentaba secuestrar a varios niños? —pregunté en cuanto nos instalamos en el transbordador.

—Sí —dijo Helio sombríamente—. No me cabe duda de que pudo ver cómo se le escapaba de las manos, así que aceleró el proceso antes de que él cortara toda comunicación con ella.

—De acuerdo. Vamos a casa. Quiero empezar a indagar en los datos y averiguar lo que pueda sobre esta Saydi. Si realmente es una de las mejores estudiantes de botánica, cosa que dudo, habrá registros en alguna parte que nos permitan acotar su paradero.

—Excelente —dijo Helio con gratitud—. Eso me permitirá centrarme en localizar la nave.

El viaje de vuelta a casa duró una eternidad y un día. Una parte de mí se sentía culpable por estar tan preparada y ansiosa por lanzarme a esta misión solo un día después de nuestra boda. No tenía reparos en mi necesidad de buscar a Strasa. No era solo lo correcto; *quería* hacerlo. Pero ni siquiera había mostrado la más mínima consternación por el hecho de que nuestra luna de miel se viera interrumpida cuando apenas había comenzado. Como era mi costumbre, había pasado directamente al modo Enforcer.

Por mucho que me quejara de la baja calidad de los hombres con los que salía, había perdido algunas buenas parejas potenciales porque se habían hartado de que siempre antepusiera la carrera y las misiones. Lo que tomaban por ambición no era más que mi necesidad de ayudar a los que se encontraban en situaciones desesperadas. Entre disfrutar de un tiempo de ocio de calidad y rescatar a víctimas de secuestros, la elección era obvia.

Aun así, no quería que Helio pensara que nuestro tiempo de unión no me importaba. Definitivamente me importaba pasar tiempo a solas con él. Habíamos tenido un comienzo increíble. Y esta misión juntos podría acercarnos aún más, suponiendo que trabajáramos bien juntos. ¿Qué mejor manera de evaluar si también éramos compatibles en ese frente? Al fin y al cabo, el éxito de nuestra unión dependía en parte de que yo me convirtiera en su compañera. Si seguía siendo una Enforcer, solo tendríamos una relación a tiempo parcial.

Le miré de reojo. Parecía ensimismado mientras pilotaba el transbordador en silencio. Sin duda, al sentir mi mirada, volvió sus ojos verde bosque hacia mí con una expresión amable, pero inquisitiva.

—No pretendía quedarme mirando —dije avergonzada—. Aunque me gusta mucho la vista.

Justo a tiempo, su piel morena se oscureció y su atractivo rostro adoptó esa adorable expresión avergonzada que siempre tenía cuando le hacía un cumplido. Los capullos de su pelo floreciendo solo hicieron que me derritiera aún más por dentro.

—Me alegro de que te guste lo que ves —dijo con voz suave —. Me gustas mucho, compañera.

—Tú también me gustas mucho —respondí en un tono

similar—. Hoy ha sido... Esta mañana contigo ha sido absolutamente perfecta —añadí, eligiendo mis palabras con cuidado—. Podría haberme pasado una eternidad allí, los dos solos. Pero rescatar a Strasa es muy importante. Esa es la única razón por la que tenía tantas ganas de emprender esta misión. No podría darte toda la atención que te mereces mientras me preocupo por el niño. Así que, por favor, que sepas que no significa que no quiera pasar un tiempo romántico juntos y conocernos.

Cuando terminé de pronunciar esas palabras, me di cuenta de lo rígida que tenía la columna vertebral y de que estaba conteniendo la respiración. Su expresión de asombro me desconcertó.

—Maeve, ¿seguro que no me estás pidiendo perdón por esto? —preguntó Helio, incrédulo—. ¿No comprendes lo que significa para mí que dejes de lado tan desinteresadamente un tiempo que sé que los humanos valoran mucho, solo para poder ayudar a un completo desconocido? Desde que salimos de la cala, me he estado preguntando cómo podría compensarte. El secuestro de jóvenes Edocits es un tema muy delicado para nosotros, y una de las principales causas a las que dediqué mi carrera. Pensé que iba a tener que rogarte que me dejaras ir a buscarlo.

—¿Sobre salvar a un inocente? Eso es algo que nunca ocurrirá —dije con una risa nerviosa mientras el alivio me inundaba—. Lo más probable es que seas tú quien me ruegue que deje de intentar salvar a todo el mundo y a su hermano —añadí, bromeando solo en parte.

—Entonces supongo que nos llevaremos de maravilla —respondió—. Nunca me molestará que quieras ayudar a alguien que lo necesita. Conociéndome, seré yo quien te anime y exija que me acompañes.

Me reí de la adorable mirada infantil que me dirigió al pronunciar esas palabras.

—Seguro que insistiré en que lo hagas.

Helio me tendió la mano libre y yo la cogí. La apretó suavemente, y su tierna mirada me envolvió en un cálido manto.

Nada más aterrizar, nos pusimos inmediatamente a trabajar. Nos instalamos en su despacho. Helio, como todo un caballero, me ofreció compartir su escritorio, pero yo lo rechacé, feliz de dormir en el cómodo sofá que había junto a él. Estaba acostumbrada a trabajar con una tableta o un ordenador portátil en el regazo. Con las piernas cruzadas y los visores actuando como monitor secundario, primero revisé el informe policial, las conversaciones que me había transmitido Idova y luego pasé un par de horas repasando todos los intercambios entre Strasa y Saydi.

Esto disipó cualquier duda que pudiera tener sobre la relación entre ellos dos. Saydi sabía claramente lo que hacía. Sus insinuaciones habían empezado de forma sutil. Al principio, habían sido cumplidos bastante inocentes sobre Edocits, los jardines de sus padres y su propio talento y conocimientos en xenobotánica. Luego los cumplidos tomaron un carácter más personal, sobre su aspecto, su voz y su personalidad. Aunque se sentía halagado, el chico seguía pareciendo despistado sobre su juego hasta que ella se volvió más abiertamente coqueta.

En ocasiones, su malestar era casi palpable en la forma en que respondía o simplemente fingía no haber entendido su significado subyacente. Cuando ella se ponía más atrevida, él le decía sin rodeos que estaba implicado, a lo que ella respondía sistemáticamente con algún comentario despectivo, como que estaba bromeando o que simplemente le estaba tomando el pelo porque era demasiado divertido verle sonrojarse.

Pero el Enforcer que había en mí reconoció el patrón de su comportamiento. Estaba probando diferentes enfoques hasta que él empezaba a resistirse. Entonces retrocedía un poco, se reagrupaba y atacaba desde otro ángulo. Idova tenía razón. Muy pocas de sus conversaciones tenían que ver con la botánica. La mayoría giraban en torno a Saydi alabando las maravillas de otros planetas para tentarle a abandonar Zailia.

Malditos depredadores...

Lamentablemente, Saydi había sido muy cuidadosa en sus conversaciones para no revelar nada que me ayudara a localizar el lugar al que podría haber ido. Por lo tanto, me centré en investigar sus antecedentes.

Mi credencial de Enforcer me daba acceso a una gran cantidad de información que aproveché descaradamente. Antes de tomarme este año sabático para mi boda, había hablado de mi situación con Tedrik, nuestro jefe de equipo. O mejor dicho, me *había* sentado para "la charla" ya que sospechaba que mi unión con Helio probablemente me llevaría a abandonar el cuerpo.

Para mi alivio, me había concedido permiso para seguir utilizando algunas de nuestras herramientas con mis inicios de sesión, siempre y cuando fuera por motivos éticos—no es que creyera que las utilizaría de otro modo. Sin embargo, había algunas restricciones sobre a qué podía acceder. Tenía la fuerte corazonada de que Tedrik veía este periodo sabático como una fase de prueba para evaluar qué tipo de privilegios podría mantener el día que nos separáramos. Al igual que yo, nuestro líder apoyaba firmemente cualquier esfuerzo por proteger a los miembros de nuestra alianza galáctica, fueran quienes fueran. Mientras mis intenciones siguieran siendo altruistas, me ayudaría a conseguir mis objetivos.

Accedí a los registros escolares de la academia a la que asistía Saydi. Todo estaba correcto. Era una de las mejores estudiantes, beneficiaria de las becas más prestigiosas, con múltiples ofertas de prácticas, y la imagen de la persona que figuraba en el expediente coincidía con las fotos que Idova me había mostrado, así como con las imágenes de la grabación de seguridad. Como la Academia no ofrecía enseñanza a distancia para ese programa, significaba que ella tenía que ser quien decía ser. Pero entonces, ¿por qué poner en peligro un futuro prometedor solo para secuestrar a un adolescente Edocit?

¿Actuó bajo coacción?

Aunque eso había ocurrido en algunos casos, este complot

para atraer a Strasa había durado demasiado. Las personas coaccionadas a hacer este tipo de cosas en contra de su conciencia solo duraban un tiempo antes de que empezaran a aparecer grietas. Mi instinto me decía que era una participante voluntaria.

¿Podría tener un gemelo o un doble?

Ese pensamiento me hizo reflexionar. Aunque no lo descarté del todo, dudaba que fuera el caso. Existen algunas especies de cambiaformas con habilidades de imitación impresionantes. Sin embargo, los padres de Strasa se habrían comunicado con la Academia durante las primeras fases de selección de los candidatos a las prácticas. Si Saydi hubiera sido realmente una impostora haciéndose pasar por una estudiante de botánica, se habría descubierto hace tiempo durante ese proceso.

La posibilidad de que la verdadera Saydi fuera su gemela también me pareció poco probable. ¿Por qué iba a aceptar la verdadera Saydi que arruinaran su futuro y su nombre por este tipo de estratagema? Aunque hubiera sido obra de una gemela malvada a sus espaldas, había pasado demasiado tiempo como para que ella no lo hubiera descubierto todo.

Pero ese hilo de pensamientos me dio una nueva idea.

Si Saydi era realmente una estudiante de la Academia, no descubriría su verdadera identidad por un simple Edocit. Este secuestro parecía una huida de última hora antes de terminar una operación. Podría ser que alguien en su escuela estaba tras ella, o ya había sacado todo lo que quería de su papel.

Una búsqueda rápida me llevó a la conclusión más loca.

CAPÍTULO 10
HELIO

Mis esfuerzos por rastrear el paradero de la nave de Saydi chocaban contra un muro tras otro. Una nave no desaparecía tan perfectamente a menos que el piloto intentara deliberadamente permanecer oculto. No había establecido contacto con ninguno de los repetidores de comunicación de ninguna de las zonas vecinas por las que podría haber viajado. Si lo hizo, de algún modo consiguió ocultar la firma de su nave.

Suponiendo que hubiera salido de Zailia con una nave cargada de combustible y provista de todo lo necesario, y dependiendo de la velocidad a la que viajara, Saydi necesitaría repostar en la siguiente hora o aún tendría energía suficiente para otro par de días. La nave Nazhral no contaba con la más alta tecnología—al menos en apariencia—lo que podía jugar a nuestro favor. Pero también podía esconder el mejor núcleo de energía en sus entrañas.

Ya había contactado con todos mis contactos y enviado una orden de búsqueda y captura a todos los canales de recompensas, rescate y vigilancia por si se veía su nave. Sin embargo, a juzgar por lo bien que había ejecutado el secuestro, tenía motivos para creer que había cambiado de nave poco después de abandonar

Zailia. Peor aún, su nave era lo suficientemente pequeña como para encontrarse con una nave más grande. Por lo que sabíamos, podría estar a salvo en el hangar de una nave de transporte que no teníamos motivos para investigar.

Dado que las probabilidades de que Saydi regresara a su escuela eran casi inexistentes, mi siguiente mejor oportunidad de acotar su posible ubicación sería intentar infiltrarme en la próxima gran subasta de sustancias ilegales. Acababa de empezar a merodear por los canales del mercado clandestino cuando mi compañera soltó una serie de maldiciones en voz baja.

Levanté la cabeza para mirarla. Seguía sentada en mi sofá, situado ligeramente a la derecha de mi escritorio. Maeve estaba preciosa, con el cabello desordenado por las innumerables veces que se había pasado la mano por él o se había enredado distraídamente un mechón en el dedo índice. Mi compañera se movía constantemente y murmuraba para sí misma de la forma más adorable cuando estaba muy concentrada en una tarea.

Me invadió una oleada de ternura al contemplarla. Teniendo en cuenta su rango y su condición de Enforcer, no debería sorprenderme su dedicación al trabajo. Pero llevábamos horas así, y ni una sola vez había flaqueado o dado muestras de querer rendirse o relajarse. Maeve había mencionado de pasada que una vez que se ocupaba de un caso, se volvía como un perro con un hueso. Ahora podía verlo. Me tocaba a mí asegurarme de que no trabajara en exceso. Sin embargo, tenerla a mi lado no solo era una gran ayuda, sino que también me galvanizaba.

No pude reprimir una sonrisa cuando volvió a maldecir.

—¡Puta! —susurró Maeve a su pantalla.

—¿Supongo que esas dulces palabras no van dirigidas a tu ordenador, sino a los Nazhral? —pregunté en tono burlón.

Maeve levantó la cabeza y me miró primero con sorpresa antes de adoptar una expresión avergonzada.

—Sí, perdona. Soy incorregible cuando se trata de murmurar

y murmurar.

Sonreí.

—No te disculpes, compañera. Es más que adorable. Pero parece que has encontrado algo interesante sobre nuestra escurridiza secuestradora —pregunté, señalando su portátil con la barbilla.

Un aire de puro desprecio descendió sobre el bonito rostro de Maeve.

—Alguna vez lo hice. Saydi no es en absoluto quien pretende ser. ¿Su talento para la botánica? ¿Ser una estudiante sobresaliente? Todo gracias a un microchip implantado en su cerebro —siseó Maeve con rabia—. Esa "chica" no tiene dieciocho años. Tiene treinta y cuatro. Saydi es solo uno de sus muchos alias.

—¡Por el Creador! —susurré conmocionado.

Después de años trabajando como cazarrecompensas, no debería sorprenderme. Pero esto no me la esperaba. A juzgar por las fotos y los videos de seguridad, Saydi parecía tener unos veintitantos años.

—Se transfirió a la academia hace apenas un año. Al principio, todo parecía legítimo. Cualquier persona normal que comprobara sus antecedentes pensaría que todo iba bien. Pero indagué un poco más. Y he aquí que Saydi Dalrosh se materializó en este mundo a los diecisiete años, exactamente un mes antes de su ingreso en la academia. No existía en ningún registro galáctico antes de ese instante.

—Qué conveniente —repliqué, mi voz rezumaba sarcasmo —. Siempre intento conceder a la gente el beneficio de la duda, es una cosa Edocit, pero dudo que creara esa nueva identidad para esconderse de un compañero maltratador, o como parte del programa de protección.

—Eso, no lo hizo —dijo Maeve con la misma furiosa incredulidad—. He podido identificar al menos cuatro de sus alias anteriores. En cada ocasión, ella hizo un juego con las letras de su nombre de pila. Primero fue Aydis, luego Ysadis, Daisy y el último, Saydi. Su apellido cambió por completo. Fue entonces cuando perdí su rastro. Probablemente usó un nombre completamente diferente antes de eso. Solo necesito más tiempo para descifrarlo.

—Ya es un gran comienzo —dije, con admiración en mi voz mientras me ponía de pie para venir a sentarme a su lado—. Esto debería ayudarnos a averiguar más sobre en qué turbios asuntos está metida.

—¡Ya lo ha hecho! —dijo Maeve con suficiencia—. La pequeña Saydi ha estado muy ocupada. Desde su llegada a la Academia, han desaparecido más de veinte estudiantes, todos ellos con rasgos anatómicos únicos que los harían valiosos en el bloque de los esclavistas, pero sobre todo en el mercado de órganos.

—¡¿Qué?! —exclamé, horrorizado.

—Sí —dijo Maeve sombríamente—. Parece que alterna el comercio de carne con un alias y el tráfico de drogas, tanto medicinales como recreativas, y de estupefacientes en general con el siguiente. A pesar de las pocas desapariciones en su escuela, parece que centraba sus esfuerzos en las drogas botánicas. Antes, como Daisy, era agente de modelos y exploraba la galaxia en busca de las personas más atractivas o con un aspecto único. Puedes adivinar cómo les fue a muchas de sus víctimas. Antes de eso, bajo su seudónimo de Ysadis, era una agente farmacéutica galáctica. Intermediaba en grandes negocios, ofreciendo servicios completamente equipados.

—¿Quiere decir que no solo conseguía que las partes acordaran una venta, sino que también aseguraba el envío y la entrega? —adiviné al instante.

Maeve asintió.

—Sí. Al principio, se limitaba a escaquearse de parte de la mercancía. Cuando estuvo a punto de ser descubierta, Saydi fue a por todas y se fugó con varios envíos. Luego pasó a la clandestinidad.

—Pero seguro que su cara aparecería en las listas de los más buscados. Las farmacéuticas no juegan —argumenté.

—Pues sí. Para entonces, ya había cambiado de nombre y de aspecto.

Me puse rígido ante aquel comentario y miré fijamente a mi mujer.

—¿Su aspecto? ¿Se ha operado?

—Eso es lo que pensé al principio. Pero me topé con un informe médico de cuando trabajaba para Chemix bajo el nombre de Aydis.

—¿No es esa la organización mundial responsable de la limpieza de residuos tóxicos, desastres medioambientales y reubicación segura de la población afectada? —pregunté, confundido por cómo esto beneficiaría a la mujer Nazhral.

Maeve asintió.

—Sí. Yo tuve la misma reacción al principio. No pude encontrar nada en las cadenas públicas de noticias sobre un criminal con ese nombre. Pero la base de datos de los Enforcer informaba de la desaparición masiva de desplazados, normalmente en planetas primitivos. Poca gente se enteraría o le importaría.

—Por el Creador. ¿Qué clase de monstruo es? —susurré, con la conmoción y la rabia hirviendo en mi interior—. ¿Pero cómo te ayuda eso a determinar si la operan?

Sonrió disculpándose.

—Lo siento, me pongo a ello. Debido a la naturaleza de su trabajo y al riesgo al que se exponen potencialmente los empleados al acudir a esas zonas de desastre, se exige un examen médico completo a todo nuevo empleado que desee salir sobre el terreno para ocuparse de esas catástrofes.

—Al que Saydi, o como se llamara en aquel momento, habría tenido que someterse —dije, comprendiendo.

—Exacto —dijo Maeve con aprobación—. Sus análisis de sangre revelaron que no es una Nazhral de sangre pura, sino un híbrido. Uno de sus padres es Nazhral, pero el otro es Qazak.

Me quedé boquiabierto.

—¡¿Los cambiaformas?! ¿Cómo demonios ha entrado en contacto un Nazhral con uno de ellos? ¿No está su planeta completamente prohibido?

Maeve asintió.

—Lo está, tanto para su protección *como* para la nuestra. Pero, ¿cuándo un edicto galáctico ha impedido a un codicioso Nazhral hacer lo que quería?

Resoplé.

—Buena observación. Entonces, ¿Saydi es una cambiaformas?

Mi compañera negó con la cabeza.

—Lo dudo. Por lo que he podido encontrar en la base de datos de los Enforcers, los escasos híbridos conocidos no poseían todas las habilidades de cambio de su progenitor Qazak. Por ejemplo, un Qazak de sangre pura podía pasar de parecer un humano a un Nazhral y luego a un Edocit —añadió, haciéndome un gesto con la mano—, y nadie sospecharía que no era realmente un miembro de esa especie. Pero un híbrido no podía cambiar de especie. Podían cambiar el color de su piel, escamas o pelaje, pero no su forma o textura. Pueden cambiar sus rasgos faciales durante periodos cortos, desde unas horas hasta un par de días en los casos más largos registrados.

Hice una mueca de disgusto.

—*Así* es como evitaba ser capturada cada vez que huía. Ningún escáner puede detectar los cambiaformas.

Mis hombros se desplomaron, y la llama de esperanza y entusiasmo que los hallazgos de mi compañera habían despertado en mí se atenuó. No podíamos interrogar a todas las hembras Nazhral de su tamaño, estatura y edad. Por muy interesante que fuera todo aquello, necesitábamos algo más, algo único en ella que nos ayudara a localizarla.

Maeve me acarició suavemente la mejilla con una sonrisa alentadora.

—Sé lo que estás pensando, y yo pensaba lo mismo. ¿Cómo demonios encontramos a alguien que puede cambiar de nombre y apariencia tan fácilmente? Utilizando las maravillosas herramientas de que disponen los Enforcers.

Volví a animarme al ver la chispa en sus ojos.

—No quiero darte falsas esperanzas todavía, porque me he dado contra un muro cuando me has oído maldecir hace unos minutos —advirtió Maeve preventivamente—. Pero creo que he acotado un posible lugar... o más bien sector al que ella podría llamar hogar. Así que seguimos hablando de una aguja en un pajar.

—Cierto, pero es un comienzo. Con un par de parámetros más, podríamos precisar su posición —dije, y mi voz se llenó de emoción—. ¿En qué sector? ¿Y cómo lo has encontrado?

—He rastreado las comunicaciones entre Saydi y la Academia y Strasa —explicó Maeve—. La mayoría de sus llamadas con Strasa se originaron en la Academia, excepto un puñado que fueron claramente enrutadas a través de demasiados relés para llegar al punto de origen antes de que se desvanecieran. Lo mismo ocurría con todas las comunicaciones entre Saydi y la Academia.

—Maldita sea... Son al menos veinte relés —dije, desanimado—. Realmente cubrió su rastro.

Maeve asintió.

—Sin duda se esforzó. Pero cuando comparé los relés que utilizó entre la Academia y Strasa, descubrí que pasaba por algunos de los mismos relés en ambos casos.

—¡Lo que te permitió trazar un camino! —exclamé, con el corazón por las nubes.

—Si triangulas sus coordenadas, el eje aproximado de cada línea se cruzaría aquí —dijo Maeve, señalando el Sector Odiom en el mapa estelar que se mostraba en su pantalla holográfica—. Pero eso no es posible. Una llamada desde una distancia tan grande le exigiría pasar por al menos cien relés. La señal se habría degradado hasta niveles inaceptables, por no mencionar que las conversaciones en tiempo real no habrían sido posibles.

—La calidad de los vidcoms era demasiado buena para eso —dije comprendiendo, mientras miraba a mi compañera con admiración—. Lo que significa que hizo esas llamadas en una zona mucho más cercana, pero más allá de veinte relés.

—Exacto. Basándonos en el nivel de calidad de sus vidcoms, no puede haber pasado por más de treinta relés —continuó Maeve—. Lo que nos lleva a esta área general. Pero el radio es demasiado amplio. Incluye todo el sector Otein. Allí hay al menos mil planetas, por no mencionar las lunas y las estaciones espaciales. De ahí mi maldición.

—Un momento... —dije, burbujeando aún más emoción en mi interior—. Otein apareció en mi lista durante mi búsqueda.

—¿Qué? —preguntó Maeve, con los ojos abiertos de curiosidad y esperanza.

Me levanté de un salto y me apresuré a volver a mi escritorio. Maeve dejó el portátil en el cojín de al lado y vino a reunirse conmigo. La sentí vibrar de expectación mientras miraba la pantalla. Hojeando las ventanas, mostré el gráfico que había calculado para la posible posición actual de Saydi.

—Teniendo en cuenta el modelo de su nave, y asumiendo que estaba llena de combustible, calculé que podría alcanzar uno de los siguientes sectores si viajaba a velocidad warp sin pausa antes de necesitar repostar —expliqué—. De los diez sectores más probables, Otein era uno de ellos.

—¡Aquí! —exclamó Maeve, viéndolo en mi pantalla al mismo tiempo que yo—. Sector Otein, sistema Navuks y región Hagiel. ¿Estaría allí ahora?

Negué con la cabeza.

—Si está viajando a velocidad warp máxima, debería llegar allí mañana por la mañana temprano. Tendría que repostar en uno de estos cuatro lugares —añadí mientras tecleaba algunas instrucciones para ampliar la región.

—¡Nilzin! —dijo Maeve—. Ahí es donde repostará, si es que va allí.

Fruncí el ceño y miré a mi compañera con confusión.

—¿Por qué estás tan segura?

—Hay una gran agitación política en Nilzin. Cuando su rival estuvo a punto de derrocarlo, el actual gobernante del planeta hizo algunos tratos desesperados con uno de los cárteles de la región. Hará la vista gorda a algunos de sus tratos siempre que los mantengan alejados de sus principales ciudades.

—Nunca había oído eso —exclamé.

Maeve sonrió con suficiencia.

—Como debe ser. La OPU mantiene esa información lo más reservada posible mientras vigila la situación. Si se difundiera la noticia, otros cárteles se apresurarían a conseguir su parte del pastel antes de que el primero se instalara demasiado cómodamente. Nilzin ya tiene bastante con lo que lidiar como para verse también atrapado en medio de una guerra territorial.

—¿Crees que la base de operaciones de Saydi estaría allí? —pregunté, aunque con pocas esperanzas.

—No, lo dudo mucho. Esta sería una parada segura para ella, mientras que los otros tres lugares probablemente examinarían sus credenciales y su carga más de cerca —explicó Maeve—. Si estamos en lo cierto, seremos capaces de rastrear su llegada, y tal vez podamos ponerle un rastreador. Déjame mover algunos hilos.

—¡Eres increíble! —susurré con asombro.

—Eso me han dicho, una o dos veces —dijo Maeve juguetonamente, mientras se revolvía el pelo por encima del hombro con una floritura.

Me reí levantándome de la silla y tiré de ella para abrazarla. Maeve me rodeó el cuello con los brazos y levantó la cara para recibir mi beso.

Creador, todo en mi compañera era perfecto, incluso la forma en que encajaba en mis brazos. Lo que empezó como un beso de gratitud y admiración, pronto adquirió un cariz muy distinto. Mi lengua acarició el borde de su boca, y Maeve separó inmediatamente los labios, dándome la bienvenida. Nunca me cansaría de su dulce sabor y de la forma en que nuestras lenguas se mezclaban en una caricia apasionada que me encendía las entrañas.

Para mi consternación, en cuanto estreché mi abrazo, Maeve deslizó sus manos desde detrás de mi cuello hasta mi pecho y empujó suavemente hacia atrás. Rompí el beso para mirarla inquisitivamente. La mirada ardiente de sus ojos hizo que otro deseo se encendiera en mi región inferior.

—No pienses eso, guapo —susurró con voz prometedora—. Deja que ponga en marcha mi trampa y luego retomaremos la conversación donde la dejamos.

Con mucha reticencia—y una pizca de vergüenza por haberme distraído tan fácilmente—solté a mi compañera. Maeve volvió al sofá para empezar a trabajar en su portátil. Como no tenía ni idea de cuánto tiempo le llevaría, aproveché la oportunidad para volver a centrarme en mi búsqueda sobre los próximos intercambios de carne y los mercados de drogas en la región de Hagiel.

Cuando empezaron a aparecer los primeros resultados en mi pantalla, Maeve cerró la tapa de su portátil, llamando mi atención. La mirada provocativa que me dirigió hizo que se me subiera la sangre a la entrepierna. Mi compañera tiró el ordenador al sofá de al lado y se levantó de su asiento con los movimientos lentos y sensuales de una bailarina exótica.

—¿Por dónde íbamos, querido esposo? —preguntó Maeve con voz ronca.

—Estábamos en la parte en la que tenía ganas de hacerte cosas inapropiadas —respondí en tono retumbante.

—Oh... Por supuesto. Haz lo que quieras.

Con una sonrisa depredadora, acorté la distancia que nos separaba, la levanté y reclamé su boca mientras la llevaba de vuelta a nuestra habitación.

CAPÍTULO 11
HELIO

Me encantaba sentir las manos de mi mujer sobre mí. Eran suaves pero decididas, deliciosamente provocadoras, pero ansiosas. Y su boca también. Maeve disfrutaba besando tanto como tocando. La suavidad de sus labios sobre mí me hizo estremecer mientras exploraban mi cara. Pasearon por mi cuello y luego se separaron para que su lengua lamiera el *veris* junto a mi carótida. No podía ni imaginar lo sensible que era y lo bien que me sentía cada vez que lo hacía.

Mis músculos abdominales se contrajeron de anticipación. Además de tocar y besar, a mi hembra también le gustaba mucho saborear y, sobre todo, morder. Me encantaban las mordedoras. Justo a tiempo, sus dientes se cerraron sobre mi *veris*, dándole un buen mordisco. Se me escapó un gruñido de necesidad mientras la sangre me corría por la ingle. Creador, ayúdame.

Yo también quería morderla y llenarla de mi hormona de unión. Quería ver cómo mis *veris* crecían bajo su piel, ver cómo se extruían y entrelazaban con los míos mientras nos acoplábamos. Algún día, esperaba que pronto, este vínculo físico y espiritual consagraría nuestra unión y nos haría verdaderamente uno.

Pero era demasiado pronto para eso.

En su lugar, hice que mis glándulas sudoríparas liberaran mis feromonas afrodisíacas. Se me pasó por la cabeza la idea de utilizar la hoja de plumón de Strasa para aumentar aún más el placer que estaba a punto de proporcionar a Maeve. Lo descarté de inmediato. Dadas las circunstancias, me parecería demasiado insensible, por no decir irrespetuoso.

Con cuidado, coloqué a Maeve sobre nuestra cama. En lugar de permanecer tumbada boca arriba, se puso inmediatamente de rodillas y se quitó la camisa. Sonreí, deleitándome con su belleza mientras se desnudaba para mí. El palpitar entre mis muslos se intensificó mientras yo hacía lo mismo. La rapidez con la que mi compañera se deshacía de su ropa era impresionante. Por otra parte, su profesión probablemente la había entrenado bien para prepararse rápidamente para una misión urgente.

Para cuando terminé de deshacerme de mi camisa, quitarme el calzado y desabrocharme los pantalones, Maeve ya estaba arrodillada en la cama en toda su gloriosa belleza. Se me hizo la boca agua al ver las areolas marrón oscuro que rodeaban los capullos endurecidos de sus pezones.

Impaciente por sentir el calor de su cuerpo alrededor del mío, me bajé los pantalones. Para mi sorpresa, antes de que pudiera terminar de quitármelos, Maeve se había arrastrado hacia delante en la cama y estaba buscando mi polla. Siseando entre dientes, eché la cabeza hacia atrás cuando el infierno de la boca de mi mujer engulló mi polla.

Maeve se balanceó inmediatamente delante de mí, penetrándome hasta el fondo. Su mano derecha trabajaba en la base de mi polla, apretándola y acariciándola en contrapunto con el movimiento de su boca. Pasó la lengua alrededor de la cabeza antes de introducirme, y luego sus dientes rozaron suavemente las crestas que rodeaban mi polla, justo debajo del bulbo.

Era increíblemente bueno.

Cuando se trataba de lo que quería, mi mujer no jugaba. Había pensado que ella desearía largos preliminares y abundantes burlas y negaciones en la más exquisita tortura. No podía estar más equivocado. Maeve fue directa al grano. No era una obsesa del control, pero a veces le gustaba ser la que mandaba. Aunque yo me consideraba bastante dominante en el dormitorio, no me importaba soltarme de vez en cuando. Y en ese momento, lo agradecía con creces.

Maeve me estaba tragando con una avidez que me hacía arder en las entrañas, revolotear en la boca del estómago y recorrerme las piernas. Respiré con fuerza y mis dedos se deslizaron entre los sedosos mechones de su pelo. Ver cómo mi polla entraba y salía entre sus carnosos labios avivaba aún más las llamas de mi interior. Cerré los ojos y gemí casi dolorosamente mientras luchaba contra el impulso de sacudirme dentro de su boca. Ya me estaba haciendo una garganta profunda y no quería correr el riesgo de ahogarla.

Se me escapó un grito ahogado cuando Maeve dejó de chuparme para acariciarme el bulbo—la cabeza de mi polla. Había rodeado con los dedos la base de mi glande, que tenía la forma de un tulipán cerrado. Aunque lo abría y lo cerraba para aumentar las sensaciones de mi compañera cuando estaba enterrado dentro de ella, la idea de abrirlo ahora delante de ella me hacía sentir muy cohibido.

Era otro de nuestros rasgos que los forasteros solían encontrar espeluznante. Cuando antes había hecho el amor con Maeve, solo había abierto parcialmente mi bulbo. Ella no había sentido mi ovipositor dentro. Todavía no lo había usado con ella, ya que no teníamos ninguna posibilidad de concebir hasta que estuviéramos completamente unidos. Además, suponiendo que mi ovipositor no la asustara, era tan extremadamente sensible que me haría derramar mi semilla en cuanto lo tocara o lamiera.

Por mucho que me encantara el placer que me estaba dando, quería verla derrumbarse por mí unas cuantas veces antes de entregarme a mi propio clímax. De todos modos, a pesar de la imposibilidad de que se quedara embarazada de mí por ahora, solo quería liberar mi semilla con mi polla enterrada profundamente dentro de ella.

Me solté de su agarre e, ignorando su grito de protesta, la empujé hacia atrás antes de enterrar mi cara entre sus muslos. Maeve arqueó la espalda y una de sus manos se aferró a mi pelo. Una vez más, lamenté que aún no poseyera *veris*. Se habrían enredado con las lianas de mi pelo. Entonces podríamos sentir las emociones del otro. Yo no sentiría mi lengua sobre ella como ella lo hacía, pero compartiría el placer que ella obtenía de mis atenciones, y el que ella me proporcionaba fluiría de vuelta a través de ella en un círculo infinito de dicha.

Me encantaba su sabor en mi lengua y el sonido de sus gemidos voluptuosos en mis oídos. Las caderas de Maeve giraban suavemente mientras yo lamía y chupaba su pequeño nódulo. Mi polla, ya tiesa, se endureció aún más cuando introduje dos dedos en su interior. El calor resbaladizo que los rodeaba me recordó cómo sus paredes internas apretaban mi longitud desde todos los lados en la caricia más exquisita. El recuerdo de cómo se retorcía y temblaba debajo de mí, de cómo sus uñas se clavaban en mi espalda, me hacía arder en deseos de penetrarla y cabalgarla con una furia desenfrenada.

Y lo haría... Pero antes, necesitaba que Maeve se derrumbara para mí.

Aceleré el movimiento de mi lengua sobre su clítoris y de mis dedos haciéndole el amor, torciéndolos para frotar el apretado manojo de nervios de su interior. Era una explosión la forma en que su cuerpo se sacudía cada vez que lo hacía, como si le cayera un rayo, y resonó directamente en mi polla. Las piernas de Maeve empezaron a temblar a ambos lados de mi cara, y sus manos, que me agarraban del pelo, se tensaron, anunciando su inminente clímax.

Sin dejar de acariciarla, levanté los ojos para admirar su rostro. Era tan hermosa. Con los labios entreabiertos y los ojos entrecerrados, me miraba con una expresión casi de dolor. Su respiración entrecortada era cada vez más fuerte y entrecortada, mientras se preparaba para caerse. Y entonces lo hizo. El cuerpo de Maeve se paralizó. Echó la cabeza contra el colchón y gritó. Le sujeté la pierna derecha por encima del hombro y le presioné el estómago con la palma de la mano derecha para contener los espasmos de felicidad que la recorrían. Continué con mis atenciones hasta que empezó a volver a la realidad.

Normalmente, le daría a mi hembra otro orgasmo antes de tomarla. Esta noche no... Mis músculos abdominales se contraían dolorosamente por el ardiente deseo que Maeve siempre despertaba en mí. La deslicé más arriba en la cama y reclamé su boca mientras me acomodaba encima de ella. Me rodeó con los brazos y me recorrió la columna con las uñas, como había descubierto enseguida que me gustaba. Gemí contra sus labios, hundiendo la lengua en su interior mientras presionaba mi bulbo contra su abertura.

Maeve abrió más las piernas y sus manos se posaron en mi trasero. Me clavó los dedos en las mejillas y levantó la pelvis con impaciencia para ponerse a mi altura. Me introduje con cuidado, conteniendo la pasión que quería desatar. Aunque ahora podía envolverme mucho más rápido, su cuerpo aún ofrecía una ligera resistencia inicial a mi invasión.

Creador, se sentía tan bien...

Empecé a entrar y salir de ella, acelerando rápidamente el ritmo. Nos besamos y acariciamos con ardiente fervor. Mientras oleadas y oleadas de placer se abatían sobre mí, di rienda suelta a mi pasión. La penetraba con fuerza y de vez en cuando golpeaba su pelvis con la mía para estimular su clítoris. Un fuego líquido corría por mis venas, cada golpe me volvía loco de placer. Cuando sentí que Maeve se acercaba de nuevo al límite, deslicé una mano entre los dos para masajear su pequeño nódulo. En cuestión de segundos, gritó mi nombre mientras se entregaba de nuevo al éxtasis.

Se me escapó un grito salvaje cuando sus paredes internas se aferraron a mi polla. Bombeé dentro y fuera de ella unas cuantas veces más, luchando contra las ganas de llegar al clímax. Cuando salí de ella, coloqué a Maeve boca abajo. Con un golpe de rodilla, le abrí las piernas y la tumbé boca arriba. De un potente empujón, me introduje en su interior antes de reanudar inmediatamente un ritmo de castigo.

Maeve gritó, pero no retrocedió. En lugar de eso, levantó el trasero y me recibió con una embestida tras otra. Sus gemidos se mezclaban con mis gruñidos y el sonido de nuestras carnes chocando con frenesí. Besé y mordisqueé su cuello y su nuca mientras una poderosa ola crecía en mi interior, convirtiéndose en un inminente tsunami que pronto se abatiría sobre mí.

Sentí un hormigueo en las terminaciones nerviosas y la piel a punto de arder cuando empecé a sentir la cresta de la ola. Como no quería dejar atrás a mi compañera, deslicé las manos delante de ella, una palma acariciando sus pechos y la otra frotando su pequeño bulto.

Tan concentrado en no ceder al éxtasis, que nunca vi llegar el clímax de Maeve. Gritó mi nombre y un violento espasmo sacudió su cuerpo antes de desplomarse sobre el colchón. Mi orgasmo se abatió sobre mí con tal fuerza que creí que mi columna se partiría en dos. Rugí y me introduje profundamente en mi compañera. Me desmayé mientras mi semilla salía disparada en la forma más pura de éxtasis líquido. Mi cuerpo temblaba tanto que mis últimas embestidas fueron erráticas mientras derramaba cada gota dentro de mi compañera.

Hecho polvo, me dejé caer sobre el colchón junto a Maeve antes de cogerla en brazos. Tumbado boca arriba, la puse encima de mí y ella apoyó la cabeza en mi pecho. Acaricié suavemente su pelo y su espalda mientras recuperábamos el aliento.

Cuando empecé a extraer el *veris* de mis antebrazos y a envolvernos con ellos, Maeve levantó la cabeza para mirarme inquisitivamente.

Le dediqué una sonrisa traviesa.

—Estoy asegurándome de que no podrás escapar antes del segundo asalto —susurré.

Maeve se rio y me besó suavemente los labios.

—Cuando quieras, marido.

A la mañana siguiente, encontrarme con que mi compañera ya no estaba en la cama me sorprendió. Siempre me enorgullecí de tener el sueño ligero y de mi impecable conciencia medioambiental. En mi trabajo, bajar la guardia aunque solo fuera un minuto podía tener consecuencias letales. Por supuesto, me sentía seguro en mi casa y con mi pareja, pero aun así me molestaba.

Me avergonzaba admitir que quería impresionar a Maeve y hacerla sentir que era un compañero digno de ella. Pero ella era una Enforcer de alto rango. Lo que ella había logrado ayer en unas pocas horas me habría llevado días... suponiendo que hubiera conseguido averiguar tanto. Obviamente, estaba muy agradecido por sus impresionantes habilidades. Solo temía que me encontrara tan carente e inferior como me sentía comparada con ella. Me mataría que Maeve creyera que me estaba cargando a mí en lugar de que nosotros hiciéramos el mismo esfuerzo.

Inmediatamente me reprendí por esos pensamientos de desprecio hacia mí mismo. Maeve no me había dado ninguna razón para pensar que era una elitista. Ni siquiera podía explicarme de dónde procedían tales inseguridades. Basándome en la inquebrantable valoración de Kayog de que Maeve y yo éramos almas gemelas, debería sentirme en cambio demasiado confiado.

Simplemente... me gusta de verdad.

Creador, pensarías que soy un torpe juvenil aterrorizado ante la idea de acercarme a la chica más guapa de la escuela. Ella me había elegido libremente. Y anoche, al igual que nuestra primera noche, la pasión de Maeve había transmitido claramente que yo también le gustaba.

O al menos que me desea.

Salté de la cama, me di una ducha rápida y me apresuré a salir de la habitación. Instintivamente, me dirigí a mi despacho, sabiendo que la adicta al trabajo de mi mujer ya estaría allí, siguiendo a los Nazhral.

Aunque sus dedos seguían tecleando en el portátil, Maeve ya estaba mirando en dirección a la puerta cuando la abrí. Aquello escocía. ¿Hice tanto ruido que oyó que me acercaba o es que tenía tanto talento? Ahuyenté esos pensamientos tontos y dejé que me invadiera la calidez de su bienvenida.

Estaba preciosa, sin sujetador, con una camiseta blanca de tirantes y lo que ella llamaba sus cómodos pantalones cortos negros de chico. Su pelo despeinado denotaba el trabajo que había estado haciendo desde que se levantó.

—Ahí está —dijo Maeve, repitiendo las palabras con las que la saludé ayer por la mañana.

—Aquí estoy —respondí con una sonrisa mientras caminaba hacia ella y cogía la mano que me tendía.

Le besé el dorso de la mano antes de acomodarme en el sofá junto a ella. Nuestros labios se encontraron. A pesar del fuego que se encendió instantáneamente en la boca de mi estómago, fue la ternura del intercambio lo que me perturbó.

Estaba enamoradísimo de mi mujer...

—Me temo que no te he preparado un desayuno tan elegante como el que tú me preparaste a mí —dijo Maeve avergonzada cuando rompimos el beso.

Lanzó una mirada hacia mi escritorio. Siguiendo su mirada, por fin me fijé en la bandeja a temperatura controlada con fruta cortada, unas rebanadas de pan tostado y mi mermelada de bayas favorita.

Sonreí y volví a mirarla.

—Gracias, compañera. Es más que suficiente, y no has tenido que preparar nada. ¿Llevas mucho tiempo levantada?

Maeve se encogió de hombros, con una pizca de culpabilidad brillando en su rostro.

—No estoy segura, la verdad. Me moría por saber si habíamos identificado bien su destino y si había conseguido marcar su nave.

Mi ceño se frunció al preguntarme una vez más por la "trampa" que le había tendido a Saydi.

—¿Cómo seguirías su nave desde aquí?

Maeve abrió la boca, dudó y se mordió el labio inferior. Mi ceño se frunció de inmediato. Se removió en el asiento y se colocó un mechón de pelo detrás de la oreja.

—¿Por qué no comes algo mientras te pongo al día? —preguntó mi compañera con una sonrisa un poco nerviosa.

Mi inquietud aumentó un poco más, pero asentí y coloqué un par de tostadas con mermelada en un plato y algo de fruta a su lado. Maeve tecleó rápidamente unas cuantas instrucciones más en su portátil y terminó lo que estaba haciendo justo cuando yo me unía a ella en el sofá.

Me preparé para lo que vendría a continuación cuando respiró hondo antes de cruzar sus miradas conmigo.

—Como Enforcer, tengo acceso a ciertas herramientas y tecnologías de las que la mayoría de la gente nunca ha oído hablar o nunca podrá utilizar —explicó Maeve con cuidado—. Como puedes imaginar, la OPU tiene acuerdos con los distintos gobiernos de los planetas miembros de nuestra organización. Estos gobiernos nos permiten disponer de ciertas... llamémoslas simplemente herramientas de vigilancia e intervención en zonas específicas de sus territorios.

Asentí lentamente con la cabeza, comprendiendo lo que decía y sintiendo un gran alivio.

—Herramientas y sistemas de los que no tienes libertad para

hablar, igual que tus padres no podían hablar de los proyectos delicados en los que trabajaban —dije con voz suave.

Maeve exhaló audiblemente y la tensión que le atenazaba los hombros disminuyó mientras asentía con alivio.

—Exactamente. No sé cuánto tiempo seguiré teniendo acceso a estas herramientas el día que dimita de los Enforcers. Pero Tedrik me ha permitido utilizar algunas de ellas, por si necesitáis mi ayuda durante nuestra luna de miel para casos que puedan considerarse válidos para nuestra organización. Lamentablemente, no puedo hablar de algunas de las cosas que haré para ayudarnos. Por favor, no es que no confíe en ti. Es solo que...

—No hace falta que me lo expliques, compañera —interrumpí en tono suave—. Lo entiendo perfectamente. Solo agradezco que te permitan hacer esto. Cuando surja algo así, no te sientas mal por decirme simplemente que estás obligada por el secreto profesional, y yo me retiraré.

—Gracias por entenderlo —dijo ella con una sonrisa de agradecimiento.

—No hace falta que me lo agradezcas. Es más bien al revés. Sin embargo, ¿hay algo que puedas contarme sobre cómo vamos con este rastreo?

Maeve me sonrió.

—La hemos atrapado. Cambió de nave, pero no antes de llegar a Nilzin. Había mucha carga en su nave. Se necesitó una máquina para transferir el contenedor a la nueva nave. Como es un contenedor ventilado, estoy convencido de que Strasa y todos los que ha secuestrado están atrapados en él. Por el tamaño, sospecho que caben al menos diez personas o más.

Silbé entre dientes y fruncí el ceño al pensar en algo.

—Si pudiste ver todo eso, ¿por qué no alertaste a los Enforcers? Si de verdad tiene a diez personas ahí dentro, se consideraría una operación lo bastante grande como para justificar la intervención de la OPU, ¿no?

Otro atisbo de culpabilidad recorrió sus facciones y me dirigió una mirada de disculpa.

—Por desgracia, diez no son suficientes. Tendría que haber al menos cuatro o cinco veces más para que los Enforcers consideraran siquiera ocuparse del caso. Normalmente, solo nos involucramos cuando cien personas o más corren el riesgo de verse afectadas por lo que sea que esté ocurriendo.

Apreté los dientes, con una ira familiar creciendo en mi interior. Cada vida, cualquier vida, merecía ser protegida, sobre todo cuando se trataba de niños. Y, sin embargo, comprendí que su misión era centrarse en el bienestar de las personas a gran escala. Si tuvieran que responder a todas las llamadas de personas desaparecidas de la galaxia, nunca habría suficientes agentes en toda la organización para satisfacer las necesidades de un solo sistema solar.

—Por si sirve de algo, he enviado un aviso a los Enforcers, para que estén preparados para actuar en caso de que encontremos algo grande en el lugar al que nos dirigimos —dijo Maeve con voz tranquilizadora—. He considerado la posibilidad de que las autoridades locales la detengan, pero he decidido no hacerlo.

—¿Por qué? —pregunté.

—Porque quiero que nos conduzca a su base de operaciones —respondió Maeve con naturalidad.

Me puse rígido, dividido entre la indignación por las víctimas y la comprensión de su lógica. Al final, ganó la indignación.

—Cada hora y cada día de cautiverio, sus prisioneros son torturados —dije.

Maeve hizo una mueca de dolor, y ese aire de culpabilidad volvió a cruzar sus facciones. Pero lo dejó a un lado y me sostuvo la mirada.

—Tienes razón, y lo odio tanto como tú. Pero tenemos que ser cuidadosos y estratégicos —dijo con voz razonable—. No sabemos a ciencia cierta si los secuestrados están realmente dentro de ese contenedor. Por lo que sabemos, podrían ser algunas plantas exóticas. Podría haberse reunido con alguien, en algún otro lugar del camino. No podemos arriesgarnos a equivocarnos. Si las autoridades la interceptan y no encuentran a Strasa ni a ningún otro desaparecido en su nave, se alejará de su organización para evitar atraernos hacia ellos. Y entonces sí que le habremos perdido.

—Pero seguro que todas esas herramientas de lujo a las que te referías antes te permitirían comprobar el contenido, o podrías haber avisado a las autoridades para que realizaran un escaneo discreto —argumenté.

Maeve lanzó un suspiro.

—No puedo decirte lo que podemos o no podemos evaluar. Y vuelves a tener razón. Podría haber alertado a las autoridades locales para que realizaran un escáner. Pero no sabemos qué tipo de tecnología posee. Teniendo en cuenta todo lo que tuvo que hackear para falsificar con éxito sus registros, podría tener algo lo suficientemente fuerte como para detectar cualquier escaneo no autorizado. Suponiendo que consiga engañar a sus escáneres, pasará a la clandestinidad porque sabrá que vamos tras ella. Pero si encuentran a alguien, se verán obligados a actuar. Sin embargo, eso no garantiza que salve a la gente de ese contenedor. Y no estoy dispuesta a condenar a todos los demás que seguramente están retenidos allí donde ella está llevando a estos.

—¡Esa no es *tu* decisión! —exclamé—. ¿Y si nos lleva al medio de la nada, y permitimos que Strasa sufra inútilmente todo este tiempo?

—Al menos habremos intentado salvar al mayor número de personas posible —contraatacó Maeve con expresión obstinada —. *No* voy a alertar a las autoridades.

La miré con incredulidad, sin reconocer a la mujer amable y cariñosa que me había enamorado de ella en los últimos días. Parecía tan sinceramente preocupada por Strasa. Y ahora, parecía no considerarlo más que una estadística prescindible si le permitía conseguir una presa mayor.

Por la expresión dolida de su rostro, pude adivinar cómo la miraba. Con los dientes apretados, me levanté del sofá, arrojé mi plato de comida sin comer sobre el cojín que tenía al lado y salí furioso de la habitación. Oí vagamente que Maeve me llamaba suplicante, pero la ignoré.

CAPÍTULO 12
MAEVE

Mierda. Mierda. Mierda. Mierda. ¡Mierda! No podría haberlo manejado peor. ¡Joder! Sin duda creía que yo era una zorra desalmada, más interesada en la fama de acabar con una gran organización que en el bienestar de las víctimas cautivas. Lo peor era que me sentía totalmente identificada con él, porque yo había pasado por el mismo tipo de indignación cuando me uní por primera vez a los Enforcers.

Tenía que hacerle comprender que era lo mejor para todos, y especialmente para Strasa. Por primera vez comprendí lo difícil que debió de ser para mis padres ocultarme secretos y por qué recurrieron a la mentira. Mentir sería mucho más fácil y me haría parecer la heroína en lugar de la villana. Pero este no era el tipo de relación que quería con mi marido.

Las cosas habían sido tan perfectas hasta ahora. La primera pelea era inevitable. Sin embargo, esto iba más allá de un simple desacuerdo. La mirada de decepción—por no decir de asco—que me dirigió antes de marcharse me hirió profundamente. Quería perseguirle y explicarle, hacerle entrar en razón, pero tenía las manos atadas.

Me había levantado muy temprano esta mañana para poder

comprobar si mis sospechas eran ciertas sin tener que mentirle sobre nada. Y efectivamente eran ciertas. Sí, podía escanear la nave a distancia. Había configurado una subrutina que no había hecho más que eso en toda la noche. Capturó un montón de carga cuestionable, sobre la que no podía hacer nada porque constituiría un registro ilegal.

El escáner de la OPU se diseñó específicamente para que se percibiera como el escáner básico estándar al que se sometía cualquier nave cada vez que atracaba o entraba en un hangar de naves en cualquier planeta o estación espacial. Los escáneres estándar básicamente buscaban detectar cualquier signo de contaminación, camuflaje, una nave buscada o robada, o un exceso de peso o dimensiones que pudiera acarrear una multa, entre otras cosas. Pero los nuestros en realidad evaluaban varias cosas, principalmente los sistemas de armamento y las trampas explosivas.

Intentar escanear el contenido de las naves tenía un riesgo demasiado alto de activar los sistemas de defensa de la nave y alertar a la tripulación. Así que, aunque realmente no sabía si Strasa estaba a bordo, había reconocido las trampas explosivas de la nave de Saydi. Había aprendido por las malas el horror que sobrevendría si la activábamos.

Los mercenarios la llamaban El Exprimidor, porque una vez activada, la trampa liberaba una serie de enzimas y ácido que licuaba cualquier tejido biológico, huesos, dientes, pelo, uñas, pelaje, lo que fuera. Del lodo resultante, no pudimos recuperar ningún ADN identificable. Los piratas habían sacrificado a casi doscientos esclavos en esta atroz trampa mortal antes que ser capturados con ellos en sus bodegas.

Lo peor era que ni siquiera habíamos podido detenerlos, ya que un lodo similar podía resultar de la oxidación de una planta rara expuesta a la luz y al oxígeno durante un estado crítico de su desarrollo. Aunque todos sabíamos lo que había pasado, nunca se habría sostenido ante un tribunal.

Pero no podía contarle a Helio todo lo que había descubierto. Aunque confiaba en que no repetiría nada, guardábamos secretos por una razón. Bajo tortura, hasta la persona más leal acababa quebrándose. Además, yo había dado mi palabra y había hecho un juramento. Tenía que hacerle entender sin traicionar la confianza que Tedrik y la OPU me habían dado. Si hubiéramos tenido más tiempo para conocernos mejor...

A pesar de la ardiente necesidad de buscar a mi marido para discutir este lío, me obligué a esperar un poco más para darle la oportunidad de calmarse. Necesité toda mi fuerza de voluntad para concentrarme en terminar mi tarea y no perder el rastro de Saydi mientras arreglaba las cosas con él.

Diez minutos después, empecé a buscar a Helio. Todo estaba demasiado tranquilo. Incluso el jardín parecía contener la respiración. Las ramas de Myma parecían un poco caídas, como expresando su tristeza. Seguramente me estaba imaginando cosas, pero teniendo en cuenta que este jardín, esta tierra, incluso la maldita casa estaban unidos por ADN a mi marido, no me extrañaría que pudieran sentir sus emociones. Por primera vez, me sentí realmente aislada y como una intrusa aquí.

Por un segundo, temí que Helio hubiera abandonado la casa. Dado que el esquife seguía en su plataforma de aterrizaje en el jardín, ¿habría llamado a un harstag para dar un paseo? Joder, ¿había tardado demasiado en buscarlo? Volví a entrar en la casa para comprobar la armería. ¿Quizá estaba recogiendo sus armas para ir a perseguir a Saydi?

No hubo suerte.

No estaba en nuestro dormitorio. Pero la bolsa de viaje llena que había sobre la cama indicaba que se estaba preparando para partir. El hecho de que aún estuviera abierta me aseguró que Helio aún no se había marchado. Entonces caí en la cuenta de que la sala de curación no solo servía como enfermería, sino también para meditar. ¿Podría estar buscando allí la paz interior después de nuestra discusión?

Fui directamente a la habitación. Me invadió una oleada de alivio y se me llenaron los ojos de lágrimas cuando lo vi en la alcoba de meditación, frente a las plantas gigantes que servían de vainas curativas. Estaba sentado en el banco con las piernas cruzadas en una postura muy parecida a la del loto. Pero en lugar de apoyar las palmas de las manos en las rodillas, las tenía apoyadas en el banco a cada lado. Los *veris* de sus manos y pies, así como las lianas de su pelo, se entrelazaban con las lianas que rodeaban el banco y que brotaban del suelo y las paredes.

Sus párpados cerrados se abrieron lentamente mientras me acercaba con cuidado. La ausencia de iris en sus ojos verde oscuro dificultaba saber con certeza hacia dónde miraba. Pero sabía que me estaba mirando a mí. Sus ojos estaban vidriosos, como cuando antes había estado proyectando su conciencia o había enraizado con la tierra. Aunque su cuerpo y su rostro parecían relajados, como cuando alguien acaba de salir del sueño, podía sentir la tensión que emanaba de él.

Las enredaderas del suelo y del banco se separaron con voluntad propia cuando me acerqué a él y me asusté un poco. Myma había desplazado sus gruesas raíces para abrirnos un camino cerca de ella. Eso había sido extraño, pero ella era semisensible. Esas enredaderas no deberían ser tan conscientes. Nunca me había considerado del tipo paranoico, pero ¿intentarían estrangularme si alguna vez lo enfurecía lo suficiente?

Cuando el *veris* de Helio se desprendió de las enredaderas y se reabsorbió lentamente bajo su piel, su mirada perdió su nebulosidad y continuó centrándose en mí. Tragué saliva y, nerviosa, me recogí el pelo detrás de la oreja y me senté a su lado con cautela. Estábamos lo bastante cerca como para sentir el calor de nuestros cuerpos, pero no tanto como para tocarnos. Para mi alivio, no se apartó de mí. Aun así, la frialdad de sus ojos me caló hondo.

Me lamí los labios, me removí en el asiento y respiré hondo

antes de soltar el pequeño discurso que había ensayado mentalmente mientras lo buscaba.

—Sé que estás enfadado conmigo. Si nuestras posiciones hubieran sido al revés, probablemente sentiría lo mismo. Pero te prometo que no es lo que piensas. Si me das una oportunidad, intentaré explicártelo.

No dijo nada, pero su mirada fija en mí me dio la señal para continuar. Lo tomé como una buena señal.

—Pienses lo que pienses, no dudes de que lo único que quiero es traer a Strasa de vuelta a casa —continué—. A pesar de lo que dije, no me abstuve de informar a las autoridades porque esté tan hambrienta de fama que estaría dispuesta a sacrificar a un inocente por una captura mayor.

Helio me miró con los ojos entrecerrados. Una vez más, no tuvo que hablar para que yo entendiera lo que su expresión implicaba.

—Lo que dije antes era cierto. Si enviamos a las autoridades locales a registrar su nave, alertaremos a Saydi de que conocemos su ubicación —expliqué—. Pero no sabemos si Strasa sigue a bordo de su nave. No lo he escaneado.

Su ira volvió a estallar de inmediato y enseñó los dientes, sus colmillos descendieron mientras me miraba con aire de traición.

—Hay una excelente razón por la que no lo hice —exclamé, levantando las palmas de las manos en un gesto apaciguador—. Las naves pueden detectar cuándo están siendo escaneadas, y qué tipo de escaneo se está realizando. Ni siquiera los Xurgen, que son la especie más avanzada de la galaxia, han conseguido diseñar un escáner a prueba de detecciones. El sistema de seguridad de Saydi la habría alertado en cuanto hubiera intentado algo más que los escáneres estándar de acoplamiento.

Algo de su ira se atenuó cuando pronuncié esas palabras. Continué rápidamente, presionando mi ventaja.

—Sabes que estoy obligada a guardar en secreto muchas de las herramientas a las que tengo acceso. Pero lo que puedo decirte es que, por lo que he podido averiguar sobre su nave, estoy segura, más allá de cualquier duda razonable, de que matará a cualquiera que esté a bordo de su nave si la detectan.

Helio retrocedió, la incredulidad dio paso a una pizca de duda cuando sus ojos se movieron entre los míos, evaluando si estaba intentando engañarle. Le sostuve la mirada.

—Eso no tiene sentido. Matarlos solo agravaría su situación —replicó Helio.

Mi corazón se aceleró ante aquella respuesta, pero controlé mis facciones para no dejarle ver la sensación de triunfo que aquella pequeña victoria había despertado en mí. Mientras estuviéramos hablando, podríamos arreglar esto.

—No lo hará si lo que queda no puede ser identificado como el cuerpo de una persona, ni siquiera a través del ADN —dije.

—¿Qué? —preguntó Helio con aire de pura confusión e incredulidad.

—Hay... tecnologías ahí fuera que pueden hacer cosas terribles. No puedes ni imaginarte algunos de los horrores que he presenciado en mi trabajo —dije en tono suplicante—. Lo que descubrí sobre su nave le permitiría hacerlo, y estoy segura de que lo hará. Saydi es un *monstruo*. Cuanto más indago en su pasado y más averiguo sobre la gente que ha desaparecido a su alrededor, más segura estoy de que lo que vamos a encontrar es mucho más grande de lo que ninguno de los dos imaginábamos.

Puse mi mano sobre la suya. Helio se puso rígido, pero por suerte no se apartó de mí. Aún no estaba segura de lo que sentía ante la situación. Lo que importaba era que me escuchaba y, sobre todo, que parecía querer que lo convenciera. Si se hubiera cerrado en banda, las cosas habrían sido mucho más difíciles.

—Ya te he dicho que odio las mentiras. Por lo tanto, nunca te mentiré. Ojalá hubiéramos tenido más tiempo juntos para que me conocieras mejor. Dadas las circunstancias, me doy cuenta de que es mucho pedir, pero realmente necesito que confíes en mí. Ahora mismo, daría cualquier cosa por que fueras un Enforcer para poder compartirlo todo abiertamente. No quiero guardarte secretos. Lo que puedo prometerte es que todo lo que pueda compartir, lo haré.

—Pero has compartido muy poco —dijo Helio con una voz calmada mezclada con una pizca de desafío—. ¿Te bastaría con eso si nuestros papeles se invirtieran?

Fruncí los labios al reflexionar sobre sus palabras. Le estaba pidiendo que hiciera un gran acto de fe sin dejar de ser críptico.

—La verdad, no sé si habría sido suficiente. Pero quiero creer que habría sido capaz de concederte el beneficio de la duda. Lo que *puedo* decir sobre este caso concreto es que si las autoridades provocan a Saydi está casi garantizado que matará a Strasa. También estoy convencida, pero no tengo pruebas, de que hay más cautivos dentro de ese contenedor que ella transfirió a una nueva nave. Y apostaría casi cualquier cosa a que una vez que rastreemos a Saydi hasta su próximo destino, necesitaremos refuerzos importantes para hacer frente a lo que encontraremos allí.

—¿Qué te hace pensar eso? —insistió Helio.

Me tomé un momento para elegir cuidadosamente mis palabras antes de responder.

—Como no puedo entrar en detalles concretos, diré que los criminales que trafican con estupefacientes buscan constantemente la próxima gran cosa que proporcione a la gente el subidón más potente y, al mismo tiempo, el más adictivo. Quieren que se enganchen de por vida. La hoja de Edocit es tan popular porque no es adictiva y no tiene efectos secundarios negativos a la vez que es extremadamente potente.

—¿Seguro que no quieres decir que los traficantes están intentando convertir nuestro plumón en algo adictivo? —preguntó Helio con expresión horrorizada.

Una vez más, vacilé, preguntándome cuánto podía compartir sin traicionar mi juramento.

—Si fueras un despiadado traficante de drogas y tus ingresos disminuyeran porque la gente no vendiera todas sus pertenencias solo para conseguir su próxima dosis, ¿no querrías retocar sus drogas recreativas favoritas para que se volvieran completamente dependientes de ellas y empezaran a sangrar sus cuentas solo para conseguir más?

—Nuestras hojas son lo que son —argumentó Helio—. Cualquiera que compre algo que no sean las muy reconocibles hojas está haciendo una elección. No se les está estafando con nada.

—La mitad de los desaparecidos de la Academia son Raitheanos. Los traficantes utilizan la insulina que su especie produce de forma natural como base en la mayoría de las drogas más adictivas. ¿Si sé que Saydi está haciendo una versión adictiva de hoja de Edocit? No lo sé. Sin embargo, no creo en este tipo de coincidencias. Si le inyecta esa insulina a Strasa....

Se me cortó la voz. Helio no necesitó que terminara la frase para comprender.

—¡Podría estar haciéndolo mientras hablamos! —susurró horrorizado.

—Puede, pero lo dudo —dije, aliviada de que pareciera estar de acuerdo con mi opinión—. Saydi querría estar en un entorno seguro y controlado para realizar estos experimentos. Francamente, dudo que los lleve a cabo ella misma. Según tengo entendido, ella es el cebo y el transportador. Necesito algo más que sospechas para involucrar a los Enforcers, pero les he informado de lo que creo que hemos descubierto. Si estás dispuesto a confiar en mí, me gustaría que nos fuéramos cuanto antes, incluso inmediatamente.

—Vamos —dijo Helio, poniéndose en pie de un salto.

Para mi alegría, me cogió de la mano y me llevó tras él. Le seguí, apretando suavemente su mano. Me miró de reojo y sonreí, dejando traslucir mis emociones.

—Gracias —susurré, con un estúpido nudo en la garganta.

Su rostro se suavizó de la forma más maravillosa.

—Gracias por tomarte el tiempo de explicarme. Esto es...

difícil. No estoy acostumbrado a que me oculten las cosas. Pero creo que lo has dicho en serio.

—Así es —confirmé con un movimiento de cabeza.

En cuanto entramos en nuestro dormitorio, cogí un par de bolsas y metí rápidamente algo de ropa dentro, mientras Helio terminaba de empaquetar la que ya había empezado a preparar.

Señalé su bolsa con la barbilla.

—¿Te habrías ido sin mí?

Me miró fijamente.

—Me estaba calmando mientras intentaba racionalizar tus acciones. Tenía intención de razonar contigo después, pero te me adelantaste. Si tu respuesta no me hubiera convencido, sí, me habría ido sin ti. Estoy decidido a traer ese retoño a casa.

Sonreí y asentí, agradecida por su sinceridad.

—No sabes cómo me gustaría que fueras un Enforcer para que pudiéramos hablar abiertamente de todo.

Helio resopló.

—Soy demasiado espíritu libre para seguir las estrictas normas de ese tipo de organización.

—Te entiendo. Quizá deberíamos decirles que creen una división especial para gente como nosotros, que podríamos ser agentes libres. Odio pensar que algún día pueda perder el acceso a estas herramientas. Pero ser capaces de hacer nuestras propias cosas, y de vez en cuando avisarles cuando proceda, sería perfecto —dije con nostalgia mientras terminaba de hacer las maletas.

Cuando me giré para recoger el brazal y el juego de piedras que Kaida y Cedros nos habían regalado, me di cuenta de que Helio me miraba con extrañeza.

—¿Por qué me miras así?

—¿Podrían estar considerando precisamente eso? —preguntó.

—¿Considerando qué? —repetí, confusa.

—Convertirte en un agente libre especial —respondió Helio

—. Me desconcertó que te permitieran acceder a sus herramientas durante tu año sabático, especialmente cuando dices que estás bastante seguro de que Tedrik espera que renuncies al final de nuestro período de prueba. ¿Podría tratarse de una prueba?

Me mordí el labio inferior, reflexionando sobre el asunto antes de responder.

—Sinceramente, no lo sé. Se me pasó por la cabeza. Los Enforcers son bastante controladores, así que no me cabe duda de que estarían dispuestos a concederme tanta libertad. No creo que me mantengan en nómina, pero agradecerían cualquier pista que les diera. A estas alturas, me conocen lo suficiente como para confiar en que no les traicionaré.

—Pero a mí no *me* conocen... —replicó.

Me puse rígida, y mis ojos se abrieron de par en par al darme cuenta de repente.

—¿Una prueba? ¿No para *mí*, sino para *ti*?

Helio asintió lentamente.

—Estoy seguro de que me hicieron una investigación completa en cuanto anunciaste nuestro inminente matrimonio.

Me dedicó una sonrisa indulgente cuando se me encendió la cara de culpabilidad. Sin duda habían hecho una investigación completa—y probablemente muy invasiva, al borde de lo ilegal —de su pasado, sus contactos y sus actividades.

—Tendría sentido que vieran si voy a intentar abusar de las poderosas herramientas a las que tienes acceso, si voy a tratar de influir negativamente en ti o si voy a traicionar cualquier cosa que me confíes —dijo con naturalidad.

Me moví sobre mis pies, arrugando el ceño mientras reflexionaba sobre la situación.

—Tienes razón. Querrían evaluar un riesgo para la seguridad. Pero ahora me pregunto. Tenemos colaboradores... especiales. Nadie sabe mucho de ellos. No tienen una designación oficial. Siempre pensé que eran informantes, pero parece ir más allá de eso. Tal vez son agentes libres. ¡Eso sería increíble! ¿Estarías dispuesto? —pregunté, con la esperanza filtrándose en mi voz.

Helio sonrió.

—Si eso nos permitiera a ti y a mí mantener conversaciones abiertas sobre todo, sin duda lo consideraría. Pero nada de promesas hasta que lea la letra pequeña. Ya sabes que ahí es donde siempre te joden.

Me reí entre dientes y asentí.

—De acuerdo.

Mi corazón se llenó de afecto y me acerqué a él. Helio me estrechó entre sus brazos mientras yo le rodeaba su cintura con los míos.

—Gracias por darme la oportunidad de explicarte. No quiero decepcionarte nunca —dije, odiando el temblor de mi voz.

Un aire de culpabilidad se reflejó en su atractivo rostro. Sonrió y me acarició suavemente la mejilla.

—Tendremos otras discusiones y desacuerdos, Maeve. Es inevitable. Si me enfado mucho, me alejaré para serenarme. Pero te prometo que *siempre* volveré para que podamos discutir. Aunque no quiera oírlo, *escucharé* con la mente lo más abierta posible. Y esperaré lo mismo de ti a cambio.

—Trato hecho —susurré, con los ojos irritados de nuevo.

Levanté la cara para pedirle un beso, que me dio encantado. Me derretí contra él, sintiéndome segura entre sus fuertes brazos. Sí, me enamoraría de este hombre. Contra viento y marea, lucharía para que lo nuestro funcionara.

—Vamos, vamos a buscar a nuestro chico —susurró Helio cuando terminamos de besarnos.

—Te sigo, marido.

CAPÍTULO 13
HELIO

Ansiosos por partir, solo pusimos al día a los padres de Strasa y a Idova cuando ya estábamos en el aire. Elegir qué información compartir resultó todo un reto. No queríamos preocuparles más de lo que ya estaban, pero tampoco crear expectativas poco realistas.

Me disgustó tener que partir antes de poder presentar a Maeve a mis padres. Les había informado de nuestra misión urgente y, obviamente, me habían dado su bendición. Saber que mi compañera—una Enforcer—vendría también les hizo sentirse mejor. Por mucho que mis padres confiaran en mi capacidad para cuidar de mí mismo en situaciones peligrosas, siempre odiaron que trabajara solo, sin refuerzos, si las cosas se ponían inciertas.

De hecho, yo habría querido tener a alguien que me acompañara y apoyara. Había hablado de esas posibilidades con un puñado de cazarrecompensas cuya ética coincidía con la mía. El problema era más una cuestión económica y de priorización de contratos. Yo no necesitaba riquezas, y siempre elegía un contrato peor pagado que me removiera emocionalmente antes que uno muy bien pagado para una corporación con la que saldar algunas cuentas.

Ni siquiera habíamos hablado de la compensación con los padres de Strasa. Yo tampoco pensaba hacerlo. Sin duda era un contrato emocional, aunque su familia estaba bastante acomodada. Como ocurría a menudo con los secuestros de vástagos, la familia daba a los cazarrecompensas lo que podía permitirse, ya fuera en créditos, bienes o servicios. No era raro que los padres animaran a sus retoños a vender parte de sus plumones, no solo como fondo inicial para su futuro, sino también como escondite para pagar una posible recompensa en caso de que ocurriera lo peor. Me enfurecía que esta posibilidad existiera.

Lancé una mirada afectuosa a mi hembra. Maeve no había bromeado cuando se definió como una adicta al trabajo. Llevábamos dos días viajando y solo había dejado de indagar en la información que podía reunir sobre Saydi para comer, dormir o cuando la arrastraba para hacer lo que quería con ella.

Mi compañera era tan perfecta. Ni una sola vez había sacado el tema de la compensación. Me avergonzaba haber dudado de ella cuando mencionó por primera vez no alertar a las autoridades tras localizar a Saydi en Nilzin. Tanto en palabras como en interacciones, Maeve estaba demostrando lo dedicada que estaba a este caso. Sin ella, yo seguiría en casa intentando averiguar dónde podrían estar los Nazhral. Sin embargo, el Creador sabía que la rapidez en aquellos primeros días era fundamental en misiones de rescate como esta.

Sin embargo, lo que Maeve sospechaba sobre las operaciones de Saydi me preocupaba tremendamente. Más allá del hecho de que sonaba demasiado cierto para ser cómodo, también implicaba que probablemente nos dirigíamos a una situación muy peligrosa.

No dudaba de las habilidades de combate de Maeve. Probablemente había participado en batallas que ni siquiera podía imaginar. Lo que me había contado sobre las bestias de las sombras con las que habían luchado cuando conocieron a Cedros lo confirmaba. Pero ella había llevado una armadura y armas de alta gama y había luchado con un equipo de élite a su lado. Yo era un buen luchador y confiaba en mi capacidad para ser un excelente compañero para ella en una escaramuza razonablemente igualada. Sin embargo, yo era un Edocit. Mientras tuviera una forma de conectar con la tierra, podría acelerar mi regeneración en caso de heridas graves, e incluso proteger mi alma de la muerte si lograba conectar con un árbol. ¿Y Maeve?

Aún estábamos empezando a conocernos. Aunque no estaba enamorado de ella, me veía llegando a ese punto más pronto que tarde. Y aún así, me sentí devastado ante la idea de que ella pudiera sufrir algún daño. Los humanos tenían muy pocas defensas naturales. Una parte de mí deseaba que ya nos hubiéramos unido. Entonces le habría transmitido algunas de mis habilidades de enraizamiento y regeneración. No haría a Maeve invencible, pero sería una capa adicional de protección.

—Creo que sé adónde van —dijo de repente Maeve, con los ojos aún pegados a la pantalla holográfica de su ordenador.

Aunque me propuse no mirar por encima de su hombro por si su pantalla mostraba información sensible, me encantaba que mi compañera pareciera confiar en mí lo suficiente como para trabajar a mi lado en lugar de esconderse en una habitación separada. Quería que supiera que nunca la pondría deliberadamente en una situación difícil cuando se trataba de honrar su palabra. A pesar de ser un solitario, disfrutaba de su mera presencia a mi lado, incluso estando cada uno centrado en sus propias tareas.

—¿Adónde? —pregunté, picado por la curiosidad.

—Basándonos en su velocidad y trayectoria actuales, y en los repetidores por los que han pasado sus últimas comunicaciones, todo parece apuntar a Lipnas o Shimli —dijo Maeve, medio distraída, mientras seguía tecleando.

—¿Comunicaciones recientes? —exclamé con incredulidad —. ¿Eres capaz de intervenir sus comunicaciones? Lo siento, olvida que lo he preguntado —añadí rápidamente cuando el familiar aire de inquietud revoloteó por el rostro de Maeve.

—No estoy escuchando su conversación. Solo miro por qué relés pasan sus comunicaciones entrantes y salientes —dijo Maeve con cuidado.

Asentí con la cabeza. Sin embargo, no se me había pasado por alto que ella no había negado *poder* intervenir sus comunicaciones. Se había limitado a afirmar que *no lo hacía*. Obviamente, eso no implicaba que la OPU poseyera realmente la capacidad de espiar naves que volaban a velocidad warp sin dispositivos de espionaje reales a bordo.

Pero tampoco excluye esa posibilidad.

—Cualquier cosa que ayude, bienvenida sea —dije con una sonrisa amable—. No estoy familiarizado con ninguno de los lugares que has nombrado. ¿Son planetas o estaciones espaciales?

Maeve me sonrió y señaló el mapa de navegación que aparecía en su pantalla.

—Ambos son planetas. He rastreado la mayoría de sus comunicaciones hasta Lipnas, y solo un puñado hasta Shimli. Y, sin embargo, creo que este último es su destino.

Enarqué una ceja, ansioso por saber más.

—¿Qué te hace pensar eso?

—Lipnas es una antigua colonia de refugiados donde muchos negocios turbios la convirtieron en un lucrativo paraíso manufacturero —explicó Maeve—. Los refugiados eran terriblemente explotados y utilizados básicamente como mano de obra esclava hasta que la OPU tomó medidas enérgicas contra los abusos. Reubicamos a muchos de los refugiados para darles un nuevo y mejor comienzo. Sin embargo, las corporaciones que habían estado prosperando allí no querían perder su mercado establecido, así que tuvieron que contratar a empleados reales en condiciones de trabajo adecuadas.

—Ahora que lo mencionas, recuerdo vagamente haber oído hablar de ello. ¿No se convirtió en una sociedad muy próspera? —pregunté.

—Sí —dijo Maeve—. Con la OPU vigilándolos de cerca, y el escándalo que había amenazado con destruir lo que tenían, ofrecieron unos paquetes muy tentadores a la gente que viniera a trabajar para ellos. La población tiene sueldos muy cómodos, condiciones de vida estupendas e impuestos bajos. Sigue habiendo negocios turbios allí, pero tienen mucho cuidado de no cagarse en su propio patio trasero, ¿entiendes lo que quiero decir?

—Yo... eh... ¿creo que sí? —dije con expresión avergonzada —. ¿Quieres decir que evitan hacer algo tan malo que estropearía lo bueno que por otra parte tienen en marcha?

—Correcto. Saben que no intervendremos a menos que se trate de algo que pueda tener importantes repercusiones galácticas —explicó Maeve—. El tipo de actividades cuestionables que ocurren allí deben ser manejadas por las autoridades locales.

—Que, déjame adivinar, convenientemente hacen la vista gorda a la mayoría de ellas —repliqué.

Ella resopló.

—Exactamente. Lo que nos lleva a Shimli. Ese lugar albergó una de las mayores estafas del sector. Se suponía que iba a ser una colonia de lujo, exclusiva, solo para los más ricos. El conglomerado detrás del proyecto había prometido que sería como un club VIP a escala de todo un planeta. Nadie más que los más ricos y poderosos podría residir allí, aparte de los sirvientes y el personal, por supuesto.

Me reí de la forma despectiva en que pronunció la última frase y de la reveladora mirada que la acompañó.

—Aparte de que esto suena más como un nido de idiotas de alto mantenimiento en lugar de un paraíso de lujo, sobre todo me grita como un tesoro sin fin para los secuestradores. Aunque no realizaran sus secuestros directamente en ese planeta, piratas y esclavistas merodearían sin duda por las zonas que sus clientes recorrerían para llegar allí —dije.

—Y tú, querida, has dado en el clavo —dijo Maeve con aprobación—. Nunca averiguamos si algunos empleados del conglomerado estaban metidos en toda la estafa, pero toda esta experiencia duró muy poco. Los clientes pagaron millones de créditos por una casa o apartamento en Shimli.

—¿El conglomerado huyó con el dinero? —pregunté.

Maeve negó con la cabeza.

—No, en realidad empezaron la construcción. Terminaron la Fase I, con más de doscientas cincuenta casas de lujo individuales y un complejo de apartamentos para otras doscientas familias. Debajo de ese complejo, habían construido una enorme "ciudad" subterránea para que el personal viviera fuera de la vista.

—Encantador —dije con todo el sarcasmo que pude reunir.

—Dímelo a mí —respondió Maeve en un tono similar—. Naturalmente, tenían un centro médico de alta tecnología que también podía proporcionar todo tipo de cirugía plástica y mejoras a las que son tan aficionados los ricos.

Fue mi turno de poner los ojos en blanco.

—Se me ocurren mil millones de formas distintas de dar un mejor uso a esos créditos. Pero estoy confuso. Parece que el conglomerado estaba cumpliendo su parte del trato. ¿Por qué lo llamaste estafa?

—Porque en cuanto se completó esa fase, la abrieron a sus clientes. Apenas dos semanas después de su llegada, un apagón general dejó fuera de servicio los sistemas de seguridad y defensa. Momentos después, los piratas asaltaron el planeta —dijo Maeve.

—¿Qué? Eso no tiene sentido —exclamé, incrédulo—. ¡Si fuera una colonia tan lujosa, habrían tenido energía solar, generadores de cristal y sistemas de reserva! No hay razón en estos tiempos para que nadie se quede sin energía, y menos los ricos.

—Exactamente. Entonces, ¿cómo sucedió a menos que fuera un trabajo desde dentro? —Maeve preguntó.

—Tuvo que serlo —coincidí—. ¿Qué pasó?

—Los piratas secuestraron a cientos de personas. Pidieron rescate por la mayoría, pero algunos fueron ejecutados por rivales o enemigos. Y a otros nunca los volvimos a ver, principalmente mujeres jóvenes —dijo Maeve con disgusto.

Murmuré algunas maldiciones en voz baja. Los coleccionistas sin escrúpulos solían pagar un alto precio por adquirir como trofeo a las hermosas y jóvenes hijas de los ultrarricos y poderosos. Algunas de las recompensas que de vez en cuando aparecían en los canales de los cazadores me hacían hervir la sangre.

—Unos pocos afortunados consiguieron huir del planeta. Pero incluso entre ellos, al menos un tercio fue interceptado por piratas —continuó Maeve—. Ni que decir tiene que la colonia nunca se recuperó de aquella tragedia. El conglomerado quebró por todos los pleitos. Pero los fundadores no salieron demasiado perjudicados por el fracaso del proyecto. Tenían otras empresas. Sospechamos que compensaron con creces las pérdidas con los rescates y las recompensas que se pagaron, suponiendo que estuvieran realmente implicados.

Silbé entre dientes, con la rabia impotente hirviendo en mi interior. Aunque sentía poco afecto por los elitistas y los excesivamente ricos que se creían por encima de los demás, nadie merecía este tipo de destino simplemente porque alguien codiciara lo que tú tenías.

—¿Estás diciendo que, desde que el proyecto se fue a pique, las instalaciones cayeron en manos turbias? ¿Como las manos de Saydi? —pregunté.

—No tengo conocimiento oficial de ello —dijo Maeve con cautela—. El planeta estaba abandonado. Nadie lo tocaría para otro proyecto, a pesar de que tiene un clima realmente maravilloso. La gente lo considera maldito. Ha habido informes de alguna actividad menor desde y hacia el planeta. Pero nada que justifique una investigación. Es un planeta deshabitado, aparte de la fauna local. Los buscadores de oro podrían estar visitándolo para ver si pueden establecer una nueva empresa allí. Pero las instalaciones de Fase I proporcionan todo lo que los esclavistas podrían necesitar.

—Incluyendo una ciudad subterránea entera para retener a los esclavos, y una instalación médica de alta tecnología para llevar a cabo los experimentos que crees que están haciendo —dije, comprendiendo.

—Exacto —dijo Maeve—. ¿Qué mejor lugar para llevar a cabo sus actividades sin que nadie les moleste, además del magnífico alojamiento que ya se les ha proporcionado?

Toqué algunas instrucciones en mi tablero de navegación.

—A nuestra velocidad actual, deberíamos llegar a Shimli en cuatro días. Si tu rastreador está en lo cierto, puede que tengamos que reducir un poco la velocidad para mantenernos detrás de ellos.

—¿Cuánto tardaremos en alcanzarlos? —Maeve preguntó, animándose.

—Deberíamos estar a tiro en unas treinta y ocho horas. Según mis cálculos, van a este ritmo más lento para ahorrar energía y evitar otra parada antes de llegar a su destino.

—Perfecto. Aunque no pensamos dispararles, ¿verdad? —preguntó, mirándome de reojo.

Me eché a reír.

—No, mi amor. Por muchas ganas que tenga de reventarlos, me comportaré.

—¡Bien! Soy la única persona con la que deberías portarte mal —dijo de forma provocativa.

Resoplé y le sonreí con ternura.

—No temas. Tengo toda la intención de hacerlo —respondí con voz llena de promesas—. Pero primero el trabajo, después el placer. Esa colonia de lujo debía de tener montones de planos, fotos y otros documentos y especificaciones a disposición de los posibles compradores. Seguro que podemos hacernos con algunas copias. Sería bueno tener una idea de en qué nos estamos metiendo.

—De acuerdo —dijo Maeve con entusiasmo.

Las dos volvimos al trabajo. Pero en mi mente, un solo pensamiento se repetía.

Aguanta, Strasa. Aguanta cuatro días más.

CAPÍTULO 14
MAEVE

Me quedé mirando la silueta azul polvorienta de Shimli mientras Helio iniciaba nuestro descenso por la atmósfera del planeta. Durante los dos últimos días, había estado siempre nerviosa, y la calma de mi marido me había ayudado a mantener la cordura.

A pesar de saber que la nave de Helio era de última generación, temía ser descubierta. Habíamos estado siguiendo la nave de Saydi a una distancia razonable en modo sigiloso. Cada vez que realizaban los escáneres rutinarios de largo alcance que todas las naves hacían para detectar posibles problemas, el corazón me daba un vuelco. Siempre me ponían nerviosa los Enforcers, pero el equipo aún más demente del que disponíamos me ayudaba a mitigar mi inquietud.

Más de una vez me planteé hackear la inteligencia artificial de su nave. Sin embargo, incluso con los Enforcers, me habría abstenido debido a las trampas explosivas que los escáneres habían detectado en Nilzin. Hacernos con su nave antes de que aterrizaran nos habría facilitado mucho las cosas, no solo para rescatar a Strasa, sino también para acercarnos a la colonia sin ser detectados.

Para mi alivio, no habían mejorado el sistema de seguridad del complejo de lujo. Las únicas modificaciones visibles eran altos campos de energía que cercaban una gran parte de la colonia. No parecían servir para mantener a la gente atrapada dentro, sino más bien como una especie de recinto. Aparte de la nave de Saydi sobrevolando la pequeña ciudad en expansión, que seguía pareciendo inesperadamente prístina a pesar de estar abandonada, no había ni un alma a la vista.

—¿Qué coño pasa? —susurré.

En lugar de dirigirse al enorme hangar de naves situado a poca distancia del complejo de apartamentos, la nave de Saydi continuó hacia el bosque que había más allá. En el folleto promocional de la colonia, habían presumido de que ofrecía un coto de caza seguro a poca distancia de casa. Entonces, solo había pequeños mamíferos, la mayoría herbívoros. Para cazar depredadores más grandes, los clientes habrían tenido que coger un transbordador durante media hora para llegar a los salvajes terrenos.

—¡El invernadero! —dijo Helio, con una extraña mezcla de excitación y temor deslizándose en su voz—. Habían planeado construir un invernadero gigante a la misma distancia entre la Fase I y la Fase II. Se suponía que iba a tener varias secciones que soportarían múltiples ecosistemas para que pudieras experimentar los jardines más hermosos de la galaxia en un solo lugar, y no a través de una holocubierta.

Fruncí el ceño.

—Cierto. Recuerdo haber leído eso, pero no lo habían empezado cuando se desató el infierno. Ellos...

No llegué a terminar la frase. La silueta de un enorme edificio hecho de gigantescas cúpulas de cristal interconectadas que aparecía en la distancia me silenció. Ningún camino visible conducía a la estructura erigida en medio del bosque. El par de transbordadores aparcados en una gran pista de aterrizaje junto al invernadero parecía ser el principal método de transporte hacia y desde aquel lugar. Para mi sorpresa, había otro campo de energía alto. Pero este cercaba todos los accesos al invernadero y a la pista de aterrizaje.

—Han estado ocupados —dijo Helio en tono sombrío—. A simple vista, solo han construido la mitad de la estructura prevista inicialmente. Pero a diferencia del complejo de la Fase I, está claro que quieren controlar quién puede entrar y salir.

—Y te apuesto a que es para mantenerlos dentro —murmuré.

—Totalmente.

Mientras hablábamos, la nave de Saydi aterrizó cerca de los transbordadores que ocupaban una pequeña sección de la pista de aterrizaje. Nos mantuvimos a una distancia prudencial, para evitar que nos oyeran, y Helio acercó la cámara para darnos una mejor visión de lo que ocurría.

La bodega de la nave se abrió y desembarcó primero una mujer Nazhral, seguida de cerca por un varón Nazhral. Aunque tenía otro rostro distinto al que había estado atrayendo a Strasa, o al que tenía en Nilzin antes de cambiar de nave, reconocí a la hembra como Saydi.

—Te apuesto a que este es su aspecto real —dijo Helio, haciéndome asentir con la cabeza—. A juzgar por las luces rojas sobre la entrada principal, sospecho que utilizan algún tipo de reconocimiento facial como mecanismo de bloqueo.

—Exactamente lo que pienso —respondí, con la tensión agarrotándome la espalda cuando Saydi hizo un gesto brusco para que una o más personas que aún no podía ver salieran de la nave.

Mi corazón se paralizó cuando al menos veinte cautivos salieron, con un collar de dolor atado al cuello. Más de la mitad eran Edocits, y Strasa estaba entre ellos. Sin embargo, me llamó la atención que muchos de los otros Edocits ya habían pasado la adolescencia. Sus hojas caídas no serían lo suficientemente potentes como para justificar este secuestro. Los otros cautivos, cuatro Raitheanos, un humano y dos Prometeos, los seguían con la misma expresión derrotada. Un escalofrío helado recorrió mi espina dorsal mientras mi fértil imaginación empezaba a formar una horrible hipótesis tras otra sobre lo que Saydi planeaba hacerles.

Al menos, por ahora parecen ilesos.

Los Raitheanos, una especie parecida al kraken con tentáculos por patas, eran una especie razonablemente avanzada. Aunque habían alcanzado suficiente capacidad de viaje interestelar como para encontrarse en la mayoría de los principales centros intergalácticos, no viajaban mucho. Como anfibios, preferían vivir cerca de grandes masas de agua. Reconocí a dos de los cuatro Raitheanos como los estudiantes que habían desaparecido del programa de xenobotánica de la Academia de Saydi. Habían estado estudiando plantas acuáticas foráneas que podrían ayudar a su pueblo a sanar su ecosistema acuático después de que un vertido tóxico hubiera causado un catastrófico desastre medioambiental en su mundo natal.

Así que, aunque entendía cómo Saydi había clavado sus garras en esos dos, ¿cómo coño había capturado a esos Prometeos? Esta especie humanoide parecida a la polilla no solo estaba clasificada como primitiva, sino que aún no había conseguido viajar por el espacio, ni su gente aspiraba especialmente a ello. Habíamos tenido que arreglar el desaguisado que unos codiciosos prospectores habían creado al violar la Directiva Primaria para establecer algún intercambio y comercio con ellos. La mayoría de la gente ni siquiera conocía la existencia de los Prometeos.

Pero si alguien conocía algunas de sus habilidades únicas...

El estómago se me retorció aún más de aprensión. Silenciando mis recelos, saqué mi lector para intentar localizar los collares. Estábamos demasiado lejos de ellos para engancharme a su señal y tomar el control, pero al menos podría conseguir el modelo y empezar a trabajar en una puerta trasera. Una vez que encontráramos la forma de sacar a los prisioneros, no podíamos arriesgarnos a que sus captores frustraran nuestros esfuerzos infligiéndoles el tipo de dolor debilitante que haría que los secuestrados se retorcieran en el suelo, pidiendo clemencia.

Las manos de Helio volaban sobre los controles del panel de navegación de nuestra nave. Estaba realizando escaneos de bajo nivel, similares a un GPS, que no activarían ningún sistema de seguridad.

—Hay un claro lo suficientemente amplio para que aterricemos con seguridad a un kilómetro al noroeste de aquí. Es donde iban a construir la Fase II —explicó Helio—. No detecto ningún sistema avanzado de vigilancia de seguridad. Estos tipos o están demasiado confiados en que no serán descubiertos, o están engañando a mi equipo.

—Yo tampoco detecto nada —respondí al mismo tiempo que mi lector emitía un pitido, confirmando que había identificado el modelo de los collares antidolor.

Inmediatamente se puso a trabajar, sacando los algoritmos necesarios para anular los controles. Pero yo centré mi atención en la pantalla gigante de la nave, que nos permitía ver de cerca lo que ocurría fuera del invernadero.

Las luces rojas sobre las grandes puertas del invernadero se volvieron verdes en cuanto Saydi se puso a tiro. Se colocó en la línea de visión de la cámara mientras los prisioneros entraban. El varón Nazhral les seguía con una gran plataforma suspendida cargada con varias cajas etiquetadas como de riesgo biológico.

—¿Supongo que esto aún no es prueba suficiente para llamar a tus amigos? —preguntó Helio con una pizca de esperanza.

Negué con la cabeza.

—No, no son suficientes para una incursión de los Enforcers. Enviarían a las fuerzas de paz galácticas que patrullan la zona. El problema es que no sabemos hasta qué punto harían la vista gorda, ya que las corporaciones de Lipnas las financian en su mayor parte. Teniendo en cuenta cuántas comunicaciones tenía Saydi con Lipnas...

—Cierto —replicó Helio con disgusto mientras las puertas de seguridad se cerraban tras el aerocarro que seguía a los Nazhral —. Entonces vamos a dar a tus amigos una razón para venir aquí. Voy a aterrizar la nave.

Unos minutos después, estábamos instalándonos en un claro que había sido nivelado artificialmente en preparación de la construcción que nunca tuvo lugar. Vestida con mi armadura genérica de Enforcer—una sin logotipos ni signos que pudieran relacionarme con la organización galáctica—miré a Helio con un poco de preocupación. Su armadura de cuero era de excelente calidad, diseñada para convertir parte del daño de los disparos de bláster en energía para alimentar aún más sus deflectores y su escudo sigiloso. Pero, una vez más, me hubiera gustado que tuviera equipo de grado Enforcer.

Me sorprendió mirándolo y sonreí, ocultando mis pensamientos. Lamentar la situación no cambiaría nada. Después de tantos años trabajando como Enforcer, tenía que recordarme a mí misma que ahora las cosas eran diferentes. Ya no estaba rodeada de mi equipo, y ya no dispondría de lo mejor de cada tecnología disponible. Este era mi nuevo compañero. Confiaba en él y no dudaba de su capacidad para contribuir a la seguridad de nuestro equipo. Pero yo era un animal de costumbres que ahora tenía que adaptarme a mi nueva realidad, igual que Helio había hecho lo imposible por adaptarse a trabajar con otra persona.

—Hagámoslo —dijo Helio con una sonrisa alentadora.

Se inclinó hacia delante para besarme. Se lo devolví y activé mi escudo personal. Helio hizo lo mismo. Con ellos sincronizados en la misma frecuencia, aún podíamos vernos, aunque sus colores parecían un poco atenuados. Desembarcamos de nuestra nave camuflada y nos dirigimos hacia el bosque.

Los escáneres de corto alcance mostraban muy pocas formas de vida, pequeños mamíferos, pájaros e insectos. No parecía haber ninguna de las presas más grandes que el folleto presumía que los residentes podían cazar aquí. Sin embargo, fue la expresión de la cara de Helio la que retuvo mi atención.

—¿Qué ocurre? —le pregunté.

—La tierra está afligida —dijo con expresión sombría—. Están ocurriendo cosas terribles.

—¿Eres capaz de obtener algún tipo de información de la flora local? —pregunté, sintiéndome un poco despistada—. No parecen tener las enredaderas que tienen las plantas de tu mundo.

Asintió con la cabeza, con los ojos mirando en todas direcciones.

—Sí, puedo, pero es más difícil con ciertas plantas que con otras. Estoy buscando la mejor candidata.

Caminamos durante unos minutos, Helio parecía tener casi náuseas. No podía ver ni percibir lo que le estaba afectando. Ni siquiera estaba enraizando, lo que hacía aún más extraño que sintiera tan fuertemente cualquier angustia que emanara de la flora local.

—Este —dijo Helio de repente, señalando un grueso árbol de corteza marrón verdosa oscura y ramas rugosas.

No entendía por qué era mejor candidato que la docena de árboles más o menos similares que nos rodeaban. Pero no discutí. Para mi sorpresa, las suelas de las botas de Helio se retrajeron, doblándose para exponer sus pies al suelo. Sus *veris* salieron de sus pies y antebrazos, asomando por debajo de las mangas y las botas. Luego, las enredaderas de su pelo se alargaron.

Fascinada, le vi sentarse en el suelo, parcialmente sobre las grandes raíces del árbol, y apoyar la espalda en el tronco. Dirigió sus ojos verde oscuro hacia mí, con una expresión tierna y tranquilizadora en su hermoso rostro.

—Me sumergiré todo lo que pueda —me dijo con voz tranquila—. Puede que no sea consciente de lo que me rodea. Si necesitas que vuelva antes, pisa o tira de uno de mis *veris* y regresaré. Ten en cuenta que puedo tardar unos minutos.

—Velaré por ti —prometí.

—Sé que lo harás —replicó con afecto.

Se me hizo un nudo en la garganta de creciente aprensión cuando sus *veris* se hundieron en el suelo, algunos de los cuales parecían atravesar las gruesas raíces y la corteza del árbol, al igual que las lianas de su pelo. Los ojos de Helio se vidriaron y su rostro se aflojó a medida que se hundía más y más en aquel mundo etéreo que yo ni siquiera podía empezar a imaginar. Al cabo de un par de minutos, sus párpados se volvieron pesados y se cerraron lentamente.

Y así comenzó la observación más incómoda y larga de mi vida.

CAPÍTULO 15
HELIO

No me gustaba enraizar con la flora que no fuera de Zailia. No tenían *veris* con los que conectar, lo que me obligaba a perforar su caparazón exterior. Nos perjudicaba a ambos. Proyectar mi conciencia a través de ellos también requería más esfuerzo, y sus habilidades de comunicación eran aún más básicas por su evidente falta de entrenamiento.

Para mi sorpresa, mi intrusión no confundió a este árbol como debería. Ya había experimentado antes una conexión espiritual similar. A juzgar por la facilidad con la que fluí a través de él, el árbol había tenido muchos meses, si no años, de experiencia. Se me retorcieron las entrañas al pensarlo. ¿Cuántos de nuestros jóvenes podrían haber estado consumiéndose aquí todo este tiempo?

La misma sensación de náusea que había sentido desde que entré en el bosque volvió con fuerza. Estos árboles habían experimentado dolor y angustia extrema. Sus colores se habían apagado, su corteza se había secado como si hubieran llorado demasiado por nuestros parientes, y tanto sus miembros como sus hojas estaban caídos por la insoportable carga del dolor.

Quise hacer una pausa y esparcir mi conciencia a lo largo y

ancho para aliviar la tierra, pero ahora no era el momento. Saydi no tardaría en poner en marcha sus malvados planes. Si Maeve estaba en lo cierto, y lo había estado en casi todos los puntos hasta ahora, los experimentos de Saydi infligirían un daño irreversible a sus prisioneros. No habíamos venido hasta aquí solo para fallarles ahora.

Normalmente, cuando cazaba solo, me tomaba media hora explorando el lugar en busca de algún peligro. Pero con Maeve vigilándome y nuestros escáneres de corto alcance no habiendo detectado ninguna amenaza cercana, proyecté mi conciencia directamente hacia el invernadero.

Como las plantas más pequeñas se me resistían, tuve que saltar huecos más grandes de árbol en árbol, lo que me ralentizó y agotó mi energía. Debería haber sido más fácil cuanto más me acercaba al invernadero, no más difícil. La flora parecía escudarse, como cuando una mascota maltratada se estremece instintivamente cuando alguien le tiende la mano, esperando una bofetada en lugar de una caricia. Al principio se me resistieron de la misma manera, antes de ceder tímidamente.

Pero a pesar de todo, cuanto más avanzaba, más se me aceleraba el corazón. Este nivel de angustia significaba que los prisioneros Edocit tenían contacto directo con la tierra. Eso significaría contacto directo conmigo. Si me recibían, podría saber exactamente lo que pasaba dentro. Incluso si no lo hacían, cualquier planta con la que estuvieran enraizando me proporcionaría una ventana para hacerme una idea de lo que nos encontraríamos. Sin embargo, debía tener cuidado. Si los prisioneros estaban drogados o enfermos como reacción a lo que les estaban haciendo, podría afectarme negativamente e incluso enfermarme si me conectaba a sus mentes.

Al llegar al último árbol antes del claro donde habían construido el invernadero, descendí hasta su raíz en busca del siguiente conductor que pudiera montar. Esto me retrasaría aún más. Había muy pocas plantas, sobre todo hierba, maleza aleatoria y algún arbusto ocasional. Proyectarse a través de la hierba y la maleza era como intentar vaciar una piscina con un desagüe del tamaño de una pajita.

Entré literalmente a gatas en el invernadero. Construido directamente sobre el suelo, ningún piso bloqueaba mi camino, solo la escasez de raíces, obligándome a rodear el edificio hasta llegar a una zona donde una serie de arbustos casi maduros extendían sus raíces, a lo largo y ancho. No reconocí aquellas plantas. Había algo familiar en ellas y, sin embargo, no. No fue hasta que me agarré a sus raíces cuando por fin lo comprendí.

El horror me invadió al reconocer el tacto de una boquila. Esa planta imitaba las hojas de otras plantas cercanas para mimetizarse con su entorno. Ni siquiera tenía que estar en contacto con esa otra planta, solo estar en sus proximidades. Y las hojas tenían la forma de la hoja de Edocit. Peor aún, aunque no sentía ninguna toxina que pudiera dañarme, todo en esta planta estaba mal. Habían manipulado su ADN. La planta estaba luchando consigo misma, tratando de asimilar su naturaleza conflictiva.

No sabría decir cuánto tiempo había tardado mi conciencia en llegar hasta aquí. Parecía mucho tiempo. Con suerte, no tanto como para que Maeve se sintiera angustiada. Pero no me había llamado para que regresara. Con suerte, no le haría falta, ya que tardaría un rato en volver. Una vez más, di gracias al Creador por mi compañera. Habría sido una misión imposible para mí solo.

Tras infundirme en la planta, abrí el ojo de mi mente para observar nuestro entorno. Incluso con la forma ligeramente borrosa y monocromática en que se mostraba el mundo cuando se veía a través de la proyección mental, me invadió una ira impotente llena de horror.

Los doce Edocits que habían desembarcado de la nave de Saydi representaban solo una fracción de los que ella había secuestrado. Incluso con mi limitada visión, reconocí algunos rostros de personas dadas por desaparecidas durante años. No eran árboles jóvenes, sino adultos maduros. Estaban sentados directamente en el suelo. Sus *veris* estaban demasiado hinchadas enterradas en el suelo parecían raíces antiguas. Incluso las lianas de sus cabellos parecían ahora gruesas ramas de árbol que se habían fusionado con las de los arbustos que les rodeaban.

Durante una fracción de segundo, un pensamiento aterrador pasó por mi mente. ¿Y si el arbusto en el que me había proyectado era un crecimiento similar del experimento que estaban realizando con mi pueblo? Pero entonces las hojas de sus arbustos eran diferentes, y no pude sentir otra conciencia compartiendo esta planta conmigo.

A pesar de la furia y la devastación que amenazaban con robarme los pensamientos racionales, me obligué a centrarme. Necesitaba reunir toda la información posible para liberarlos. Éramos su única oportunidad. Otra mirada a sus endurecidos *veris* reforzó mi convicción de que nunca serían capaces de retraerlos de nuevo en su piel. Si esas pobres almas iban a ser liberadas algún día, habría que cortarles los *veris*. Solo el Creador sabía si eso rompería para siempre su vínculo con la tierra. Pero eso era un problema para más adelante.

La sección en la que me encontraba parecía albergar a los prisioneros más antiguos. Al menos veinte Edocits, todos varones, estaban sentados de forma similar alrededor de los bordes exteriores de la sala circular. Aunque tardaba un poco más en percibir el sonido cuando lo proyectaba fuera de mi cuerpo, aquí no se oía ninguno. Los machos parecían estar inconscientes o haberse proyectado fuera para no sentir lo que tenía que ser una tortura. No era de extrañar que la tierra estuviera angustiada.

Pasé a otras habitaciones, mis movimientos se aceleraron enormemente por la abundancia de plantas aquí. Lo único que me ralentizaba era evitar conectar con los cautivos. Quería tener una buena visión de la situación global antes de intentar hablar con alguno de ellos. Después de tanto trauma, no se sabía cómo reaccionarían. No podía arriesgarme a que delataran mi presencia.

Las siguientes tres grandes salas eran esencialmente invernaderos hidropónicos, con filas y filas de plantas narcóticas alteradas. Incluso al atravesarlas, pude sentir su increíble potencia. Afortunadamente, no me afectaría. Las plantas estaban sanas gracias a la tierra bien hidratada y rica en nutrientes, la temperatura ambiente perfecta y la abundancia de luz solar. Esto se vendería por miles de millones de créditos en el mercado negro.

Para mi consternación, no pude entrar en las dos habitaciones siguientes, ya que estaban completamente aisladas del suelo. Probablemente sirvieran como oficinas, almacenes o laboratorios. Tuve que retroceder para acceder a otra ala. Esta vez, las voces me saludaron. Incluso después de terminar de proyectarme en la sala, las voces seguían siendo amortiguadas, como si las estuviera oyendo bajo el agua.

— ¿Por qué coño te has cargado tu tapadera? —preguntó un hombre humano con un marcado acento—. Se suponía que ibas a coger un montón de esas cabezas de flor durante las prácticas. El jefe no va a estar contento.

—Me dejaste encargarme de él —respondió Saydi con una voz entrecortada, completamente distinta de la voz juvenil y juguetona que había usado en sus grabaciones con Strasa—. Las cosas se estaban calentando demasiado. El mocoso empezaba a sospechar y ustedes, idiotas, metieron la pata con el secuestro de los Raitheanos. Tenía la tapadera perfecta en la Academia. Ahora, tengo que empezar de nuevo. De todos modos, tenemos todo lo que necesitamos para terminar el proyecto.

—¿Todo lo que necesitamos? —exclamó el humano, incrédulo—. Has traído un montón de árboles viejos. Necesitábamos los jóvenes que florecen esa mierda potente.

Saydi puso los ojos en blanco.

—En primer lugar, las hojas no *florecen*. Brotan o salen, sapo ignorante. En segundo lugar, ya no necesitaremos a los jóvenes. La mejora hará que los Edocits adultos broten cientos de las hojas de plumón más adictivas y potentes que nadie haya imaginado jamás.

—¡Lo que tu peludo culo no entiende es que la puta mejora no funciona! —espetó el humano.

—¡Funcionará! —replicó ella, muy molesta—. ¿Recuerdas a la humana buenorra que te traje? Ella no es para entretenerte. Está clasificada entre los diez mejores xenoquímicos de la galaxia, y también tiene más títulos en xenobotánica de los que tu inculto culo puede contar. Los proyectos en los que ha estado trabajando son muy parecidos a los nuestros, aunque ella tenía objetivos muy diferentes. Arreglará los problemas de estabilidad. Antes de que acabe el mes, dominaremos el mercado galáctico, y el jefe me lamerá mi *culo peludo*... Al igual que tú.

El humano murmuró algo en voz baja, pero Saydi ya no le prestaba atención. Tecleó rápidamente algunas instrucciones en la interfaz de su datapad antes de volver a mirar al hombre.

—Urthan ha terminado de montar la piscina. Pon a los Raitheanos a remojo en ella y drena su insulina cada hora, a la hora en punto. Han recibido un implante glucémico que mantendrá su páncreas trabajando horas extras. Cuando termines, prepara al lindo Dríade para su flebotomía. Su sangre está saturada de esa maldita hormona. Un sorbo te dará un subidón tan grande como sus hojas de plumón. Hablando de eso, arráncalas mientras estás en ello. Y recuerda no probar ninguna de sus cosas. Sé exactamente cuántas hojas hay.

Sin decir nada más, Saydi salió de la habitación mientras el humano pronunciaba una retahíla de palabrotas dirigidas a ella. A pesar de su voz baja, sin duda ella le había oído, y creía que había sido intencionado por su parte. Aunque la disfunción dentro del equipo podía servirnos, necesitábamos ponernos en marcha antes de que hicieran daño de verdad a Strasa.

Debería haber regresado con Maeve de inmediato, pero antes quería avisar al chico y tenerlo preparado para cuando hiciéramos la incursión. Sin embargo, cuando empecé a adentrar mi conciencia en una habitación, sentí un poderoso tirón. Alguien había golpeado una de mis *veris*. El segundo tirón, aún más fuerte, borró cualquier duda que pudiera haber tenido. Algo malo estaba ocurriendo, y Maeve necesitaba que volviera inmediatamente.

CAPÍTULO 16
MAEVE

Esta espera me tenía a punto de subirme a uno de esos malditos árboles. Odiaba sentirme tan inútil y, sobre todo, tan ciega. Durante las misiones de infiltración, siempre teníamos nuestros escáneres de corto alcance y comunicadores para vigilarnos unos a otros. Pero, ¿cómo seguir el progreso de la conciencia de alguien que abandona literalmente su cuerpo a través de una red de raíces y plantas?

Para distraerme, utilicé mi lector para intentar conectar con los collares de dolor de los cautivos. Me sentí insultada por la facilidad con la que lo conseguí. Estos imbéciles eran demasiado confiados y complacientes. Claro que jugaba a nuestro favor, pero tal arrogancia no hacía sino avivar aún más mi odio hacia ellos.

A pesar de mi deseo de desactivar los collares, me limité a reducir la cantidad de dolor que infligirían. Si intentaban castigar a los cautivos antes de que pudiéramos liberarlos, no quería que sus captores supieran que lo había manipulado.

A continuación, comprobé su cerradura biométrica. También sería fácil anularla. No era un modelo barato, pero tampoco uno lujoso que me hubiera exigido sortear minuciosamente cada una de las cerraduras de seguridad del sistema. Este era el tipo de mecanismo de cierre que utilizabas cuando lo único que temías era que un grupo de personas sin armas intentara salir sin tu bendición.

Por mucho que me gustara un buen reto, esta vez agradecí su ausencia. Yo tampoco me metería con la cerradura todavía. Con suerte, Helio podría encontrarnos una entrada trasera en su lugar. Si no, esperaría a que estuviéramos lo bastante cerca como para desactivarla a distancia, y entraríamos aún camuflados.

Se me hizo un nudo en el estómago cuando volví a mirar a mi marido. Se había quedado espantosamente quieto, y la respiración agitada de su pecho era casi imperceptible. El color de su piel se había apagado, haciéndole parecer casi un cadáver. Pero lo que más me asustó fue el *veris* adicional que salía de él y lo ataba aún más al árbol y al suelo. Había visto mucho arte de Dríades mientras crecía. Por mucho que entonces me parecieran hermosas, ver a mi marido medio fusionado con el árbol me ponía los pelos de punta.

La vibración silenciosa de mi brazal me sobresaltó. Un rápido vistazo a su interfaz me mostró la respuesta de Tedrik al mensaje que le había enviado antes. Cuando empezamos a descender a la atmósfera del planeta, le informé de nuestra llegada. Había sido tanto para hacerle saber que una llamada para la intervención urgente de los Enforcers podría llegar en cualquier momento, como para que me hiciera una idea de cuánto tardarían en recibirla.

Con la gran distancia que nos separaba, incluso moviéndonos a la velocidad del rayo a través de varios repetidores, la señal tardaba en viajar. Habían pasado casi cuarenta y dos minutos desde que envié el mensaje. Eso significaba que él había tardado unos veintiún minutos en recibir una comunicación mía. Y luego solo Dios sabía cuánto tardarían en llegar.

Sintiéndome una vez más impotente, ahora que volvía a estar ociosa, solté un suspiro y volví a mirar a mi marido. A pesar de su inquietante aspecto, me picaban los dedos de acariciar su pelo. Una parte de mí quería tocarlo para confirmar que seguía bien, a pesar de su estado comatoso. Como no sabía cómo le afectaría el contacto físico, y no quería arriesgarme a que percibiera esto como una llamada urgente para que volviera, acallé el impulso y en su lugar realicé otro escáner de corto alcance de la zona.

Al igual que en los mil millones de escaneos anteriores, no había nada de lo que informar. Ninguna amenaza y ni un alma viviente a la vista. Incluso las pequeñas criaturas que se habían pavoneado mientras seguían con sus alegres asuntos habían desaparecido. Al menos, observar la inusual fauna del planeta había sido entretenido. Quizá debería...

Me quedé inmóvil y el corazón me dio un vuelco cuando comprendí el significado de mis pensamientos. Otro rápido vistazo al escáner de mi brazal confirmó lo que había visto: nada. Ni un solo pequeño roedor o mamífero aparecía en mi dispositivo en un amplio radio. Levanté la cabeza para mirar a nuestro alrededor. Nada más que vegetación hasta donde alcanzaba la vista.

Por fin me di cuenta del silencio ensordecedor. Había desaparecido el piar de los pájaros y el alegre zumbido de los insectos. Las plantas y los árboles parecían contener la respiración, incluso sus hojas permanecían anormalmente quietas a pesar de la suave brisa, como si temieran que su susurro atrajera hacia sí una atención no deseada.

Una mirada a Helio me aseguró que su escudo invisible seguía ocultándolo. Yo había mantenido el mío activo en el improbable caso de que la tripulación de Saydi tuviera algún tipo de vigilancia aérea explorando el bosque. Saqué mi pistola de la funda, la puse al máximo nivel de aturdimiento y me acerqué al árbol para apartarme de la trayectoria de lo que pudiera estar acercándose. Contuve la respiración mientras aguzaba el oído, con la esperanza de captar algún indicio de lo que pudiera haber asustado a la fauna.

La respuesta llegó poco después. Casi se me sale el corazón del pecho cuando un grito espeluznante se elevó desde unos quinientos metros de distancia... un grito humano. Aunque amortiguado por la distancia, de no ser por mi auricular, nunca lo habría oído. Volví a mirar confusa mi escáner. No mostraba ninguna forma de vida acercándose. Nada más que plantas y yo. Incluso el detector térmico solo me identificaba a mí, y eso porque estaba dentro del escudo invisible. A menos que tuvieran la frecuencia de mi escudo, cualquier otra persona que escaneara la zona no captaría mi firma térmica.

Si la persona—el varón—que había emitido ese grito se ocultaba tras un escudo sigiloso, ¿por qué revelar su presencia con ese grito? De todos modos, no podía camuflarse. De lo contrario, la fauna no habría sabido que tenía que esconderse, al igual que habían ignorado felizmente la presencia de Helio y la mía.

¡Helio!

Él también aparecía en mi escáner como una planta. ¿Podría ser ese hombre...?

—¡Socorro! ¡Ayúdenme! —gritó la voz lejana, rompiendo el silencio.

Con el corazón palpitante, ajusté la configuración de infrarrojos de mi escáner para que coincidiera con el calor corporal emitido por un Edocit y lo enfoqué en la dirección de donde procedía la voz. Esta vez, una silueta se distinguía claramente entre la densa vegetación. El varón se desplazaba hacia el noroeste, y el zigzagueo de sus movimientos se asemejaba al de una persona ebria que no consigue correr en línea recta.

Un borracho o una víctima gravemente herida o drogada que había escapado de su captor.

Aunque pude dejar solo a Helio por un breve momento, no sabía si los captores del fugitivo le seguían la pista. Mi escáner no mostraba nada, pero tampoco había mostrado al Edocit al principio. Como no quería correr riesgos, presioné con la punta del pie uno de los *veris* de Helio. Justo cuando lo hacía, otro fuerte grito casi me hace saltar del susto.

¿Quién grita así?

Nunca había oído gritar a un Edocit, pero esto me ponía los pelos de punta. Como si hubiera escuchado mi pensamiento, el fugitivo cambió repentinamente la dirección noroeste en la que había estado corriendo para dirigirse directamente hacia nosotros. ¿Había sentido a Helio a través de la tierra? Fuera cual fuera el motivo, venía hacia nosotros a toda velocidad.

Esta vez, casi pisoteé el *veris* de Helio, rezando a todos los poderes para que lo sintiera y volviera a su cuerpo ahora mismo. Luego me alejé de él, poniéndome directamente en el camino de quien se acercaba. El fugitivo se movía deprisa, pero el tiempo se me hizo eterno mientras esperaba.

Y entonces lo vi salir de la densa vegetación detrás de un árbol alto.

Se me partió el corazón al ver su espantoso aspecto, mientras la ira se disparaba en mi interior. Parecía tener unos veintitantos años. Si no fuera porque estaba completamente desnudo, su frágil constitución podría haberme hecho creer que era una mujer. Su piel había perdido la suave sedosidad que daba a los jóvenes Edocits ese aire resplandeciente de salud y alegría. Estaba tan reseca y agrietada como sus labios, como si se cubriera de corteza. No le quedaba ni una sola hoja de plumón en el pelo, las enredaderas mezcladas en sus mechones burdeos parecían marchitas y resecas. Su delgadez hacía que el *veris* de sus brazos y piernas pareciera tres veces más grueso.

—¡Socorro! ¡Ayúdenme! —volvió a gritar.

Sus pasos vacilaban, como si la carrera hasta aquí le hubiera agotado la energía que le quedaba. Francamente, ni siquiera sabía cómo había podido reunir tanta fuerza. Parecía que le habían matado de hambre y apenas le habían dado agua para mantenerse con vida.

Desactivé el escudo y enfundé el bláster antes de levantar las palmas de las manos en un gesto apaciguador.

—No tengas miedo. Estoy aquí para ayudarte —dije en tono tranquilizador.

El hombre se detuvo en seco y me miró con expresión atónita. Esperaba que retrocediera asustado, incluso que se alejara unos pasos de mí mientras se debatía entre huir o arriesgarse a confiar en mí. Al fin y al cabo, no tenía motivos para creer que nadie en este planeta pudiera tener buenas intenciones hacia él. En cambio, parecía congelado, como si su mente luchara por procesar lo que estaba viendo.

—Vine a rescatar a otros Edocits que habían sido secuestrados —le expliqué, obligándome a quedarme donde estaba para no asustarlo.

Para mi sorpresa, estiró el cuello para mirar por encima de mi hombro, directamente donde estaría Helio. Ya no dudaba de que hubiera sentido a mi marido a través de la tierra. ¿Podría verlo o incluso sentirlo a través del escudo invisible? Una poderosa oleada de inquietud me retorció por dentro. Odiaba que Helio estuviera aquí sentado, tan vulnerable a factores fuera de mi control.

Abrí la boca para atraer de nuevo su atención hacia mí, pero la vibración de mi escáner reclamó la mía. En la interfaz, otra silueta se alejaba del invernadero y se adentraba en el bosque.

¿Helio había encontrado la forma de ayudarles a escapar?

Volví a mirar al Edocit justo cuando volvía a centrarse en mí. La expresión más extraña se posó en su rostro. Ya no parecía aterrorizado. Parecía inquietantemente como si cualquier emoción hubiera sido drenada de él.

—¡Socorro! ¡Ayúdame! —dijo con voz casi conversacional.

—Sí, te ayudaré. ¿Cómo te llamas? ¿Cuántos más han escapado contigo?

—Ayúdame —repitió mientras reanudaba su avance, esta vez a paso de hombre hacia mí—. Me duele.

—¿Qué te duele? —pregunté, dando un par de pasos hacia él mientras trataba de identificar el origen de su dolor, más allá del evidente estrago que el cautiverio le había infligido.

—Socorro. Ayúdame.

Mi espina dorsal se puso rígida cuando volvió a pronunciar esas palabras, una sensación de pavor me invadió mientras lo veía acercarse lentamente.

—Me llamo Maeve. ¿Cómo te llamas? —pregunté, dando un paso atrás involuntario.

Cuando siguió avanzando, repitiendo su petición de ayuda, se me heló la sangre. Esto no podía estar pasando. No estábamos en Zailia. ¿Seguro que los Sayeefs no podían engendrar aquí? ¿No necesitaban un tipo específico de árbol para surgir?

Mientras me hacía esas preguntas, desenfundé el bláster y me alejé rápidamente de él. Aún negándome a aceptar la posibilidad de que fuera un doppelgänger nacido del sufrimiento de los cautivos Edocits, bajé el nivel de aturdimiento máximo a medio. Si realmente se trataba de un fugitivo con la mente trastornada por los abusos sufridos, dispararle al máximo nivel de aturdimiento en su estado de debilidad podría matarlo. Pero tampoco quería correr riesgos, y menos con Helio dependiendo de mí para mantenerse a salvo.

—No des un paso más —le advertí, con mi bláster apuntándole—. Dispararé. Ahora dime tu puto nombre.

Miró mi arma como quien mira un insecto extraño que se cierne sobre su cara, pero no detuvo su avance.

—Último aviso —le espeté, con la adrenalina corriendo por mis venas.

Cuando volvió a ignorar mi orden, y con él a apenas diez metros de mí, ya no dudé. Apunté a su muslo y disparé. La fuerza de la ráfaga le entumecería temporalmente la pierna.

Se le escapó un agudo aullido y su pierna se dobló. Aunque se dobló, sujetándose el muslo, no se cayó. Se miró la pierna con incredulidad y luego levantó la cabeza para mirarme.

—Quédate donde estás o disparo de nuevo —grité.

Sujeté mi pistola bláster con ambas manos y la dirigí hacia su otro muslo. Un destello de comprensión brilló en sus ojos. Mis entrañas se licuaron cuando se le cayó la máscara de impotencia. Su rostro pareció derretirse, su nariz casi desapareció mientras sus ojos se agrandaban y sus labios desaparecían en una fina y ancha línea. Simultáneamente, la textura de su piel se engrosó en un sonido crepitante que recordaba a la fisuración del hielo. Sin embargo, reconocí el fenómeno como la corteza casi a prueba de balas con la que los Edocits podían cubrir su piel al entrar en combate.

—¡Oh, mierda! —susurré en voz baja.

Le lancé una lluvia de disparos de bláster que parecían rebotar en su piel endurecida sin ningún efecto. Cuando cambié la configuración a letal, el Sayeef abrió la boca de forma imposible, mostrando dos filas de dientes afilados apuntando en todas direcciones. Emitió un sonido ensordecedor que me hizo gritar de dolor. Por un instante, creí que me había reventado los tímpanos. Me arranqué el auricular, que había realzado su chillido de banshee, y retrocedí dando tumbos, desorientada y dolorida. Con los ojos llorosos y la vista nublada, casi no le vi lanzar su ataque.

A lo lejos, oí un segundo chillido que se hacía eco del suyo. A pesar del terror que esto despertó en mí, tuve que concentrarme en la amenaza que tenía delante antes de preocuparme por la que se acercaba.

Por instinto, me tiré al suelo, esquivando a duras penas algo largo y oscuro que se había dirigido hacia mi cara. Rodé hacia la izquierda, justo para oír un fuerte ruido de aplausos, como si hubieran disparado una bala justo detrás de mí. Aprovechando el impulso, volví a ponerme en pie de un salto mientras levantaba la muñeca izquierda delante de mí. El escudo de energía de mi brazal se formó de inmediato, justo a tiempo para detener otra "lanza" que me habría clavado justo en el pecho. Gruñí y retrocedí trastabillando por la fuerza del impacto.

Ahuyentando las lágrimas que me había provocado el chillido del Sayeef, miré horrorizada a la criatura. En realidad, las lanzas eran los *veris* de gran tamaño que llevaba en los antebrazos—tres a cada lado—y que utilizaba como arpones. Con los puños en alto, como un boxeador en posición defensiva, el Sayeef se abalanzó sobre mí al mismo tiempo que lanzaba sus arpones. Con el escudo levantado hacia él, me alejé en ángulo mientras le disparaba. Un par de arpones golpearon mi escudo de refilón, casi haciéndome perder el equilibrio.

La maldita criatura se movía demasiado rápido. Si su fuerza igualaba siquiera remotamente la potencia con la que me martilleaban sus arpones *veris*, jamás sobreviviría a un encuentro cercano. Con los brazos y las piernas bombeando para atraerlo lo más lejos posible de Helio, saqué una granada de conmoción de mi cinturón de armas y se la lancé al Sayeef. Me dio un vuelco el corazón cuando la atrapó instintivamente. La granada detonó unos segundos más tarde, haciéndole caer al suelo con un grito desgarrador.

Desactivé mi escudo de energía y, en su lugar, activé el de sigilo. Aunque no silenciaría por completo el sonido de mis pasos, esperaba que los gemidos del doppelgänger, que seguía retorciéndose de dolor en el suelo, ocultaran mi aproximación. Si los Sayeefs eran como los Edocits, había que golpear repetidamente el mismo lugar para debilitar y finalmente romper su corteza protectora para acceder a los órganos vitales que había debajo.

Me estaba arriesgando mucho, pero el tiempo no estaba de mi parte. Con el segundo Sayeef acercándose rápidamente, Helio y yo estaríamos muertos si no eliminaba al menos al primero. Con las armas a tope, corrí hacia la criatura mientras intentaba centrar mis disparos en su torso. Aunque no podía verme, los disparos de bláster que le alcanzaron me indicaron la dirección general de la que procedían. Levantándose sobre sus rodillas, abrió de par en par su aterradora boca para gritar de nuevo, pero primero le hice tragar mi disparo.

La cabeza del Sayeef se echó hacia atrás con tanta fuerza que pareció que se le había roto el cuello. Emitió un suspiro áspero y ligeramente húmedo, y luego todo su cuerpo pareció desplomarse sobre sí mismo. Esta vez, su piel no emitió el sonido crepitante del engrosamiento de su corteza. Era algo parecido a un guiso espeso, hirviendo a fuego lento, burbujeando a fuego lento. Se marchitó ante mis propios ojos, su cuerpo se desinfló y oscureció hasta convertirse en un retorcido montón de raíces desecadas y nudosas. El olor a moho y hojas podridas se elevaba de sus restos.

Podría haber llorado de alivio, pero otra de esas cosas de pesadilla se acercaba furioso y deprisa. Para mi consternación, mi radar mostraba que se dirigía hacia Helio.

—¡No! —susurré, horrorizada.

Pensé que el alboroto lo habría atraído hacia nosotros. Me quité el escudo y corrí lo más rápido que pude hacia Helio. El grito de guerra que surgió de mi garganta bien podría haber sido el rugido de una bestia. Durante unos instantes aterradores, pensé que llegaría primero a mi marido. Afortunadamente, le gané por unos segundos. Le lancé una granada de concusión, esperando que la atrapara como su predecesor, pero la apartó con el dorso de la mano.

Este ni siquiera había intentado engañarme haciéndose pasar por un cautivo. Solo podía suponer que los gritos del primer Sayeef le habían avisado de que se había acabado el espectáculo. Con la intención de repetir mi hazaña anterior, levanté mi escudo de energía delante de mí y disparé mi bláster contra el monstruo. Pero este hijo de puta no se comportó como el primero. No tuve tiempo de intentar alejarlo de Helio.

El Sayeef no levantó el puño para arponearme. Lanzó su brazo derecho en un movimiento de espada en mi dirección. Sus *veris* se extrudieron al mismo tiempo, acercándose a mí como las cuerdas de un látigo gigante de cola de gato. Aunque los bloqueé con mi escudo, la fuerza del golpe me hizo volar hacia atrás.

Aterricé unos metros más atrás con un fuerte golpe. Me dolía el brazo que sujetaba el escudo. Aturdida y sin aliento, apunté a ciegas con mi bláster al Sayeef. Antes de que pudiera disparar, un dolor punzante me acuchilló la parte inferior de la pierna derecha. Al principio pensé que me había azotado la pierna con sus *veris*, pero en realidad se habían enrollado alrededor de mi tobillo, apretándome dolorosamente.

Un grito de terror salió de mi garganta cuando de repente empecé a deslizarme hacia delante mientras él me tiraba hacia él por el tobillo. Presa del pánico, intenté disparar a las lianas, pero no conseguí apuntar bien. Desesperada, solté el bláster y desenvainé la espada para cortarlas. El Sayeef gritó y tiró tan fuerte, levantándome la pierna, que me golpeé la nuca contra el suelo. Me crujieron los dientes y vi borroso por un segundo.

Intenté cortar de nuevo las lianas, pero sus arpones golpearon mi escudo y lo estrellaron contra mí. Me dejó sin aliento. Tiró de mí una vez más, y entonces mi pie tocó el suyo. Petrificada, vi cómo mi muerte se abalanzaba sobre mí, con el escudo de energía entre nosotros como única protección.

Pero el siguiente golpe no llegó.

Unos afilados pinchos de madera salieron disparados del suelo, empalando al Sayeef desde abajo. Me quedé mirando a la criatura, demasiado aturdida para moverme. Su *veris* soltó mi tobillo, y sus dos manos arañaron las púas que sobresalían de su cuerpo. Las puntas que le habían atravesado el pecho y el muslo derecho brillaban con una sustancia semitranslúcida que casi parecía savia.

Salí de mi aturdimiento y me tiré al suelo mientras buscaba a tientas mi segunda pistola en la funda. Le disparé a la cara y uno de los tiros hizo blanco en su boca, silenciando sus chillidos.

Al igual que ocurrió con el primer Sayeef, su cuerpo se marchitó hasta convertirse en un montón nudoso, mientras los pinchos que le habían clavado se reabsorbían en el suelo. Solo entonces me di cuenta de que en realidad estaban unidas a gruesas raíces que se alejaban del cadáver de la criatura. El suelo sobre las raíces se derrumbó mientras estas retrocedían hacia su origen... de vuelta a Helio.

—¡HELIO! —grité cuando lo encontré mirándome fijamente, con aspecto aturdido—. ¡Dios mío, Helio! ¡Has vuelto!

Ignorando las punzadas en mi pie derecho, mientras la sangre volvía a aparecer, me levanté y corrí hacia mi marido. Me lancé sobre él. Le examiné para asegurarme de que estaba ileso y luego le acaricié las mejillas para mirarle a los ojos.

—Me alegro mucho de verte —le dije con una risa nerviosa mezclada con lágrimas que querían ahogarme—. Me estaban dando una paliza. Me has salvado.

Me dedicó una sonrisa lenta y cansada, como la de alguien muy sedado.

—Tú me salvaste primero, compañera —dijo con voz arrastrada—. Nos salvamos el uno al otro.

—Como debe ser —respondí con una risa llorosa.

Aplasté sus labios con un beso. Aunque respondió, pude sentir que aún luchaba por recuperar el control de su cuerpo. Al menos, los gruesos *veris* en forma de raíz que se habían extendido a su alrededor—haciéndole parecer medio fusionado con el árbol—se estaban reabsorbiendo rápidamente.

—¿Puedes ponerte de pie? —le pregunté.

—Todavía no. Necesitaré unos minutos —respondió Helio, sonando débil—. Llama a tus amigos. Querrán todo lo que hay ahí.

CAPÍTULO 17
HELIO

Tardé unos diez minutos en recuperarme por completo del estado de embriaguez que sentía por haberme proyectado tan profundamente a través de la flora extranjera. Explicarle a Maeve lo que había visto y oído evitó que perdiera la cabeza por el hecho de que se hubiera enfrentado sola a dos Sayeefs. Debería haberla preparado mejor, haberle enseñado las mejores técnicas para acabar con ellos. Pero nunca imaginé que pudieran engendrar en otro mundo.

En mis años rescatando Edocits secuestrados, nunca había experimentado casos en los que los captores dieran a los secuestrados contacto directo con la tierra. Sin embargo, eso explicaba el vallado alrededor del invernadero. No era para mantener a sus prisioneros dentro, sino para evitar que cualquier Sayeef que surgiera atacara su pequeña base de operaciones. A medida que los cautivos proyectaban su conciencia lejos del origen del dolor, los Sayeef se formaban en el bosque.

—¿Significa que este experimento que está llevando a cabo el equipo de Saydi ha matado a otros dos Edocits? —preguntó Maeve con expresión devastada, mientras empezábamos a dirigirnos hacia el invernadero.

Negué con la cabeza.

—No necesariamente. Un Sayeef puede engendrar sin que nadie muera. Solo tiene que haber suficiente dolor y angustia. Los Edocits que vi estaban en un estado terrible, pero ninguno me pareció que estuviera a las puertas de la muerte.

—¡Gracias a Dios! Ahora están demasiado cerca de la libertad para morir —dijo Maeve con alivio—. ¿Así que no había otra forma de entrar?

—No vi ninguna —respondí en tono de disculpa—. Pero no llegué a explorar todas las zonas. Podemos comprobarlo al acercarnos, pero deberíamos estar bien aunque entremos por la puerta principal. Vi un número limitado de personal. Por supuesto, no pude ver el interior de al menos un par de habitaciones. Pero en todas las demás solo había un par de personas por habitación, si es que había alguien. No vi armas, salvo las que llevaban Saydi en el cinturón y el hombre humano con el que hablaba. Sin embargo, eso no significa que no tengan ninguna escondida en alguna parte.

—De acuerdo —respondió Maeve frunciendo el ceño—. ¿Pero qué hay de los científicos? ¿Alguna especie con habilidades especialmente letales?

Sacudí la cabeza con expresión avergonzada.

—No pude verlos bien, pero parecían ser humanos, un par de Nazhrals y un varón Obosiano.

—¡¿Un Obosiano?! —exclamó Maeve, con cara de asombro—. ¿Qué demonios estaría haciendo aquí? Estos tipos son los más estrictos con las reglas del universo. Por algo el planeta prisión más salvaje de la galaxia está bajo su control.

Asentí.

—Me sorprendió verlo allí, pero creo que también está aquí contra su voluntad, como esa xenoquímica humana que Saydi acaba de traer con los otros cautivos.

—Eso tendría sentido —respondió Maeve pensativa—. ¿Llevaba collar?

—Estaba de espaldas a mí. Sus enormes alas le tapaban el cuello... y casi todo el resto de su cuerpo —dije encogiéndome de hombros.

—¡Oh, vaya! ¿Así que es un Señor del Infierno? —preguntó Maeve.

Parpadeé, sin saber a qué se refería.

—¿Señor del Infierno? —repetí.

Se rio entre dientes e hizo un gesto despectivo con la mano.

—Para nosotros, los humanos, los Obosianos parecen una mezcla de elfos oscuros con esteroides y demonios. Como probablemente sepas, el tamaño de sus alas determina su estatus. Si sus alas son tan grandes como insinúas, es probable que sea un guerrero maduro. Normalmente se les concede el control total de un sector del planeta prisión Molvi. Ese lugar es tan atroz que lo llamamos Infierno.

—Aaah, eso tiene sentido —dije—. A juzgar por a quién pudo secuestrar Saydi, está claro que ella y su gente han estado rastreando los rincones más remotos e improbables de la galaxia para conseguir lo que querían.

—Claramente. Y ahora es el momento de que los liberemos a todos —dijo Maeve con mirada decidida mientras nos acercábamos al invernadero.

No había entradas secundarias visibles. Nuestros escáneres mostraron que ciertas secciones de la cúpula podían abrirse para permitir el descenso de grandes cargas directamente al interior de una de las salas que yo no había podido visitar. Supusimos que servía de almacén.

—Toma esto —dijo Maeve, tendiéndome una fina piedra negra—. Es una de las piedras de sombra que Cedros y Kaida nos dieron como regalo de bodas. Si las cosas se ponen feas ahí dentro, rómpela. Abrirá un portal directamente al interior del Cuartel General de los Enforcers.

Me eché atrás.

—¿Por qué me das esto? No nos vamos a separar ahí dentro. Si hay que usar esto...

—Lo sé, macho tonto —dijo Maeve riendo, interrumpiéndome—. No nos estamos separando, pero podría tener las manos llenas cuando las cosas se pongan feas. También tengo una en caso de que seas tú el que se vea desbordado. Tedrik es consciente de que un portal podría abrirse en cualquier momento.

Mis ojos se abrieron de par en par.

—¿Y por qué no los invocamos ahora? —exclamé.

—Porque todavía no tienen una orden para entrar. Sin duda, Tedrik está intentando obtener una basándose en la información que reuniste y que yo le envié. Pero le llevará un poco de tiempo conseguirla y confirmar que puedo traerlos. Sin embargo, si uno de sus agentes en una misión encubierta se mete en una situación peliaguda que requiera un rescate, entonces se esperaría que vinieran por cualquier medio necesario. Tenemos una política de no dejar a nadie atrás.

Resoplé, divertido y molesto a la vez.

—Ustedes, los Enforcers, tienen demasiadas normas que impiden hacer lo que hay que hacer.

—Tienes razón. Pero esas normas protegen tanto los derechos del público como los de los Enforcers. Esa zorra de Saydi *no* se va a librar por un tecnicismo. Estaré sentada en primera fila cuando manden su culo a Molvi.

La mirada despiadada de Maeve me hizo gracia.

—Eres sexy cuando eres salvaje —solté.

La expresión atónita de Maeve reflejó la mía. Luego, su asombro dio paso a una mirada ardiente.

—Guárdate ese pensamiento para cuando lo celebremos más tarde.

—Trato hecho —dije con una sonrisa.

Guardé la piedra en mi cinturón de armas para tenerla a mano. A pesar del efecto amortiguador de nuestros escudos sigilosos, mantuvimos el ruido al mínimo mientras nos dirigíamos a la parte delantera del invernadero. Los pájaros volvían a piar y eran el único sonido en una zona que parecía desierta.

Nos detuvimos junto a la entrada, fuera del camino por si alguien salía, y volví a echar raíces. Esta vez, gracias a la distancia extremadamente corta que había que recorrer, hice una proyección de luz, del tipo que me mantenía consciente del entorno de mi cuerpo. Me permitió comprobar rápidamente que nadie nos esperaba cerca de la entrada.

Volví a mi cuerpo y le indiqué que no había moros en la costa con un movimiento brusco de cabeza. Maeve sonrió y tecleó unas instrucciones en el dispositivo portátil que llamaba lector. Las luces rojas de la entrada se pusieron verdes y las puertas se abrieron.

Nos apresuramos a entrar y la puerta se cerró inmediatamente tras nosotros. Para mi alivio, Maeve no reactivó el mecanismo de cierre. Llegados a este punto, estábamos comprometidos. Si nos descubrían, probablemente sería porque llegaría una nueva nave, lo que significaba que nos arrollarían de cualquier forma. Con voluntad propia, mi mano se posó sobre la piedra de sombra. Nunca podría expresar con palabras el alivio que sentía al saber que habría una salida fácil para mi compañera si las cosas se ponían feas.

En la zona de "recepción" si es que podía llamarse así, solo había unas cuantas filas de largas mesas de macetas vacías. Supuse que habían trasladado las plantas que contenían o las habían plantado en otro lugar. La pared de cristal reflectante que había tras ellas impedía ver lo que ocurría al otro lado, sin impedir que pasara la luz del sol. Yo ya sabía qué espectáculo de pesadilla nos esperaba allí.

Tomando posición, me dirigí hacia la izquierda, la única dirección que podíamos tomar. La gran puerta que separaba la segunda cúpula de conexión del invernadero estaba abierta de par en par. Entramos en uno de los dos jardines que había visitado. Como seguía vacío, pasamos a la tercera sala, otro jardín hidropónico. Una puerta cerrada al otro lado daba al pasillo que había conducido a la sala donde había observado a Saydi hablando con el varón humano. A nuestra derecha había otra puerta cerrada, pero esta vez a una de las habitaciones en las que no había podido entrar.

Como invocada por ese pensamiento, la puerta se abrió y el Obosiano que había visto antes entró en la habitación. Con casi dos metros de altura, músculos abultados bajo la piel de carbón y enormes cuernos negros rodeados de una larga cabellera blanca como la plata, parecía un dios vengativo.

Se me cayó el estómago cuando se giró inmediatamente para mirar en nuestra dirección. Su mirada se clavó en la mía como si mi escudo invisible no existiera. Contuve la respiración y ahogué un grito cuando sus ojos azules como el hielo se desviaron hacia Maeve. Para mi sorpresa, mi compañera levantó la palma de la mano izquierda e hizo con los dedos un gesto que yo desconocía.

Sin mostrar emoción alguna, el imponente macho se apartó de nosotros y se estiró de la forma más extraña. Por un momento, me pregunté si mi mente me había jugado una mala pasada. Quizá el Obosiano no había visto a través de nuestro escudo. Y entonces lo vi. Se estaba estirando con el brazo derecho apuntando a la esquina superior izquierda de la habitación. Una discreta cámara, fácil de pasar por alto, nos espiaba.

—Gracias —susurró Maeve, con una voz tan baja que apenas la oí.

Con una sonrisa casi malévola, apuntó el aparato a la cámara mientras tecleaba algunas instrucciones. La velocidad con la que hizo que reprodujera un segmento de una grabación anterior en la que no ocurría nada en la sala me dejó atónita.

El Obosiano se volvió inmediatamente hacia nosotros.

—Antes sentí vuestra presencia desencarnada, Edocit. Vuestra alma no me resultaba familiar. Pero no esperaba que aparecierais de nuevo en carne y hueso.

Sin palabras, apenas pude evitar quedarme boquiabierto.

—Así que sois un Señor del Infierno —preguntó Maeve mientras desactivaba su collar, totalmente imperturbable por el hecho de que pudiera vernos, a pesar de que nuestros escudos sigilosos seguían activos.

El Obosiano hizo un gesto de desdén con la mano.

—Evidentemente, de momento no. Pero os lo agradezco —añadió, quitándose el collar del cuello—. Aquí solo hay cuatro. Tres Nazhrals y un varón humano con una cicatriz. No tendréis problema en detenerlos. *NO* los mateis. Son míos. Los convertiré en las estrellas de mi patio de recreo en Molvi.

La forma gélida en que pronunció esas palabras hizo que un escalofrío recorriera mi espina dorsal. Casi sentí lástima por ellos. El planeta prisión de Molvi era implacable. Ser enviado allí era peor que una sentencia de muerte.

—Todos los demás aquí son prisioneros. Debéis daros prisa si queréis salvar a los nuevos Edocits que trajeron antes. Están siendo preparados para sus primeras inyecciones —miró por encima de nuestros hombros.

—¿Dónde está el resto de vuestro equipo?

—Adquiriendo una orden —respondió Maeve.

—¡Tharmok os quita la orden! —siseó el Obosiano—. Invoco la Cláusula 286. ¡Tráedlos aquí ahora! Luego id a salvar a vuestros arbolitos. Liberaré a los Raitheanos

Sin esperar nuestra respuesta, el Obosiano salió furioso de la sala, de vuelta a la anterior en la que había estado.

Me quedé mirando la puerta que se cerraba tras él con incredulidad.

—¿Pero qué...?

Maeve resopló.

—Los Señores del Infierno tienen los mejores modales. No solo los comparamos con los demonios por su aspecto, sino también porque pueden sentir y ver las almas. No puedes escabullirte de uno de ellos. Lo cual es uno de los rasgos que los convierte en los mejores guardianes del universo.

—¿Qué es el 286? —pregunté, aún estupefacto por el comportamiento dominante, cuando no directamente grosero, del Obosiano.

—Un tratado por el que la OPU promete su apoyo incondicional a los aliados en caso de extrema necesidad. Ese Obosiano debe de ser de muy alto rango entre los suyos no solo para conocer la cláusula, sino también para sentirse con derecho a invocarla. ¿Quién soy yo para negársela a un Señor Obosiano? —preguntó Maeve con voz cantarina.

Justo cuando estaba rompiendo su piedra de sombra, un grito de agonía resonó en la distancia. Inmediatamente eché a correr hacia la puerta cerrada del otro lado del jardín al mismo tiempo que se formaba el portal con un sonido de trueno.

—¡Helio! —gritó Maeve, pero yo no me detuve.

Desenfundé mi bláster y abrí brutalmente la puerta. Una vez cesaron los gritos, corrí por el ancho pasillo antes de derribar la primera de las tres puertas que encontré. Unos jadeos asustados saludaron mi irrupción en el interior de lo que resultó ser un laboratorio. Un varón Nazhral se giró para ver quién había irrumpido tan poco ceremoniosamente en la sala, solo para mirar fijamente el cañón de mi bláster. No tuvo oportunidad de coger su arma. Disparé dos veces al máximo nivel de aturdimiento. Un solo disparo habría bastado para dejarlo inconsciente, pero no quería correr riesgos y no tenía tiempo que perder.

Dos humanos de la habitación, ambos con collares de dolor, gritaron y se pusieron a cubierto. No tuve tiempo de tranquilizarlos, ya que los gritos agónicos se habían reanudado dos puertas más abajo. Al darme la vuelta, vi a Maeve corriendo hacia mí, bláster en mano, mientras un mar de Enforcers parecía salir del portal.

Justo cuando estaba llegando a la puerta de la que emanaban los gritos, oí la ya demasiado familiar voz de Saydi.

—Súbete a la puta mesa o...

Los gritos cesaron una fracción de segundo antes de que

Saydi se callara. Casi derribo la puerta y me encuentro con un Edocit adulto tendido en el suelo, con las manos agarradas al collar que le rodeaba el cuello. De pie, a un par de metros frente a él, Saydi pulsaba los botones de un mando a distancia con expresión confusa. Entonces me di cuenta de que Maeve había desactivado el collar.

Tardé una fracción de segundo en asimilar el resto de la habitación. A lo largo de la pared del fondo, seis Edocits se apiñaban temerosos. Ya habían atado a otros cuatro a una mesa y les administraban algún tipo de goteo por vía intravenosa. En la esquina opuesta, Strasa estaba sentado en una silla, con aspecto desolado, mientras el hombre humano con cicatrices le quitaba las últimas hojas caídas.

Todas las cabezas se volvieron hacia mí, con la misma expresión de asombro. El tiempo pareció detenerse por un instante, y entonces todo sucedió a la vez.

—¡Tú! —susurró Strasa, con una mezcla de sorpresa, incredulidad y esperanza en el rostro.

Levanté mi bláster hacia Saydi. A la velocidad del rayo, se escondió detrás de una mesa de exploración para ponerse a cubierto. El varón humano tiró a Strasa de su silla para utilizarlo como escudo y presionó la punta de su bláster bajo la barbilla del chico.

—¡Todo el mundo fuera! —grité en Edocit a mis hermanos al tiempo que levantaba mi escudo de energía frente a mí.

Sin esperar a que se lo pidieran dos veces, salieron en estampida hacia la salida. Uno de ellos solo se detuvo el tiempo suficiente para tender una mano al varón del suelo que había sido torturado por negarse a subirse a una mesa. Lo puso en pie y corrieron tras los demás.

—¡Maldita sea! —le gritó a Saydi el hombre que sujetaba a Strasa, con la voz llena de pánico.

El tonto aún no se había dado cuenta de que los Nazhral ya no controlaban los collares. Las voces de mando de los Enforcers ordenando a los cautivos que se acercaran con las manos en alto llegaron hasta nosotros desde el pasillo.

—Ella ya no puede hacer nada. Ahora lo controlamos todo aquí —dijo Maeve con una voz feroz que me pareció increíblemente sexy.

El horror se apoderó de las facciones del hombre cuando por fin cayó en la cuenta de que no habría escapatoria.

—Sal de tu escondite, Saydi, ya no hay escapatoria para ti —siseé, antes de volver mi atención al humano—. Y tú, libera al chico de una vez.

—¡Y una mierda! —gritó el hombre—. Nos vas a soltar de una puta vez o le vuelo su bonita cabeza.

Miré a Strasa directamente a los ojos mientras me obligaba a ignorar su expresión aterrorizada. El arbolito intentaba ser valiente, pero temblaba de miedo. El odio ardía en mis entrañas. Pagarían caro haber traumatizado y torturado a un alma tan pura e inocente, solo porque codiciaban lo que él tenía, lo que él era.

—Te pondrás bien, hijo —dije en tono tranquilizador—. El humano se metió con la gente equivocada. Y ya es hora de que pague. Ya no pueden hacerte daño.

—¡CÁLLATE, maldito cabeza de flor!

Ignorándole, seguí hablando con Strasa, mientras Maeve rodeaba con cuidado la mesa de exploración vacía tras la que se había refugiado Saydi. La Nazhral estaba lo bastante desesperada como para estar preparando algún movimiento de última hora para salir de este aprieto.

—Strasa, el humano ha olvidado que toda rosa tiene sus espinas —le dije, con una mirada intensa, con la esperanza de que entendiera lo que quería decir.

Los ojos del arbolito se abrieron de par en par, entre asustados y comprensivos. Sacudió ligeramente la cabeza, mientras me miraba con expresión suplicante.

Sentí, más que oír, a unos cuantos Enforcers entrar en la habitación. Pero también los ignoré.

—No pasa nada, Strasa. Estarás bien —insistí, esperando que obedeciera.

—He dicho que cierres el pico o te vuelo la puta cabeza —gritó el humano.

Mientras hablaba, apretó brutalmente el cuello de Strasa, constriñendo visiblemente las vías respiratorias del muchacho, al tiempo que cambiaba la puntería de su bláster hacia mí. El arbolito estiró instintivamente el cuello y tiró con ambas manos del brazo del hombre... en vano. Había hecho exactamente lo contrario de lo que debía. Al estirar el cuello en lugar de inclinar la barbilla hacia abajo, había facilitado aún más que su captor lo estrangulara. En su angustia, dudaba que el humano supiera siquiera que estaba matando lentamente a su rehén.

—¡HAZLO! —grité, con los ojos fijos en los de Strasa.

Creyendo que estaba engañándole y desafiándole a que me disparara, el humano parpadeó y un aire de confusión mezclado con pánico se apoderó de su rostro. Sabía muy bien que nunca me tocaría con mi escudo de energía levantado ante mí. Tampoco podía verme hozar, gracias a que la mesa de exploración ocultaba mis piernas y pies.

Pero Strasa me libró de utilizar mi plan de reserva. Asfixiado, cerró los ojos incluso cuando los puntos rojos de los láseres de puntería del Enforcer empezaron a aparecer sobre la frente de su captor.

—¡Bajen las putas armas! ¡Le mataré! ¡Los mataré a todos! —añadió el humano, apuntando con su arma a los cuatro Edocit que seguían atados a las mesas—. Voy a...

Terminó la frase con un fuerte chillido cuando Strasa invocó por fin sus espinas. Las gruesas y afiladas agujas de cinco centímetros de largo brotaron por todo su cuerpo, incluida la cara, apuñalando al humano por todas partes que tocaban.

El hombre se apartó del muchacho, destrozando aún más su propia piel en el proceso. Con la sangre brotando por todas partes, volvió a gritar mientras retrocedía a trompicones.

—¡Strasa, a mí! —gritó Maeve, con una mano extendida hacia él y su bláster apuntando al humano.

En cuanto el arbolito empezó a correr hacia delante, Maeve y yo disparamos. Aunque le apuntamos al pecho, la cabeza del humano se echó hacia atrás y su cuerpo se agarrotó violentamente antes de desplomarse en el suelo.

En un breve instante de pánico, temí que Strasa se abalanzara sobre mi compañera con las espinas aún clavadas, pero las reabsorbió segundos antes de arrojarse a sus brazos.

—Te tengo, cariño. Te tengo —dijo Maeve, abrazándolo y acariciándole el pelo mientras se alejaba de la zona en la que Saydi seguía escondida—. Ahora estás a salvo.

Se me estrujó el corazón al verlo aferrarse desesperadamente a mi compañera, con el cuerpo sacudido por los sollozos, incluso cuando los capullos de su pelo florecían de gratitud. Un día, esto podría pasarle a nuestro hijo. Otra oleada de furia se apoderó de mí al pensarlo.

—Sal, Saydi —dijo un hombre Enforcer—. Se te ha acabado el tiempo. Tenemos este lugar cerrado. No hay escapatoria ni rescate para ti. Póntelo fácil y ríndete.

No lo conocía, pero sospechaba que podría ser Tedrik, el líder de la unidad de Maeve.

—No lo creo —dijo de repente Saydi desde detrás de su cubierta.

Apareció el resplandor de un escudo de energía y ella se puso lentamente en pie. Se me revolvió el estómago al reconocer la forma cilíndrica de la granada que llevaba en la mano. Su pulgar en forma de garra se cernía sobre el detonador. Si era el modelo que yo creía, tenía un radio de onda expansiva de cincuenta metros que arrasaría todo el invernadero y una corta distancia más allá.

—¿Suicidarte? ¿En serio? —preguntó Tedrik, con una voz que destilaba desprecio—. Bájala. Has perdido.

—Yo nunca pierdo. Incluso en la muerte, gano contra ustedes, santurrones *Grovas* —dijo Saydi, con la voz llena de odio —. Nadie enjaula a un Nazhral. Como dicen los humanos, nos vemos en el infierno. Y mis saludos a...

Al igual que las espinas de Strasa habían convertido el final de la última frase de la humana en un grito de agonía, mis lanzas interrumpieron a Saydi.

El grito surgió como el rugido agudo de un gato salvaje cuando tres púas delgadas como agujas salieron disparadas de mis raíces, atravesándole las piernas y los brazos, y una el estómago. Por el shock y el dolor insoportable, dejó caer la granada. Un Enforcer se apresuró a quitársela, sin darse cuenta de que Saydi estaba empalada y no podía moverse.

—¡No la mates! —Tedrik me gritó—. Retírate, cazador —añadió, con voz tensa.

Clavé los ojos en Saydi, que jadeaba de dolor, y dejé que una sonrisa malvada se dibujara en mis labios.

—No te preocupes, Enforcer. No la mataré —dije con voz amenazadoramente dulce—. Hay un Obosiano deseando darles a ella y a ese humano un paseo exclusivo por Molvi. Pero antes de entregársela a él, me gustaría darle a esa sabandija la revancha que se merece.

—Helio —gritó Maeve con voz preocupada, con Strasa aún en brazos.

—Nuestros jóvenes no son mercancía para que ustedes, monstruos, la usen y abusen de ella con fines de lucro. Cazaré y destruiré a cada uno de ustedes que se atreva a robar su inocencia, su libertad y su juventud por codicia. Ningún retoño debería vivir bajo el terror constante de ser arrebatado por gente como ustedes simplemente por ser lo que es. Esto no es más que una muestra de todo el dolor que has infligido y que te espera para el resto de tu miserable existencia.

Incluso mientras pronunciaba esas palabras, invoqué hongos en las puntas de las lanzas que sobresalían de su piel.

—¡Helio, retírate! —Tedrik gritó, el pánico se filtró en su

voz—. Tu papel está hecho. Salvaste al chico. Ahora es *nuestra* prisionera.

—¡No! ¡No! —Saydi gritó, con la voz entrecortada por el dolor.

Su chillido cuando los hongos estallaron y liberaron sus esporas fue la música más deliciosa para mis oídos. Dondequiera que las esporas la tocaban, el lustroso pelaje de la zona se desprendía, mientras llagas blancas burbujeaban sobre su piel.

—¡FEZIL! —gritó Tedrik antes de levantar su bláster hacia mí.

—¡Tedrik, no! —gritó Maeve, levantando la palma de la mano en un gesto de arresto hacia su jefe de equipo.

Pero yo ya había acabado. Un Enforcer irrumpió en la sala justo cuando liberaba a Saydi de mis lanzas. Se detuvo en seco, con la boca abierta, antes de que su cabeza se inclinara hacia mí. Solo entonces me di cuenta de que era un Edocit. Eso me sorprendió. No me había dado cuenta de que ninguno de nosotros se había unido a los Enforcers.

—¿Un Guerrero de Chalda? —preguntó, mirándome sorprendido—. Creía que esas antiguas técnicas de combate se habían perdido.

—No lo están. Estoy entrenado en sus métodos —dije con naturalidad, antes de girarme hacia mi compañera y Strasa.

Maeve soltó al niño para que yo pudiera abrazarlo. Odiaba que siguiera temblando a pesar de sus visibles esfuerzos por recuperar el control. Entrelacé las lianas de mi pelo con el suyo, calmándolo a un nivel espiritual. Sus brazos me rodearon la espalda mientras su gratitud fluía hacia mí en oleadas a través de nuestra conexión.

—Fezil, ¿puedes ayudarla? —preguntó Tedrik, con voz molesta.

—Sí, se pondrá bien. Bueno, no estará bien, pero vivirá. Solo *realmente* odiará las próximas horas —dijo Fezil con desdén.

Mientras algunos de sus compañeros liberaban a los cuatro

Edocits que seguían atados a la mesa, otros dos se acercaron a Saydi. Fezil les hizo un gesto para que se alejaran.

—Que nadie la toque hasta que esas llagas se aclaren y empiecen a secarse. A menos que quieran probar algo de lo que ella tiene —dijo.

—¿No puedes pararlo? —preguntó Tedrik.

—Aunque pudiera, no lo haría —dijo Fezil, su rabia se hacía eco de la que yo sentía—. Pero no puedo. Así que no puedes abofetearme por insubordinación. Esas esporas no perdonan. Como dicen los humanos, el karma es una perra. Y este monstruo acaba de recibir una ración extra grande de él. Como se merece... Por ahora, iré a atender a sus víctimas. Me vendría bien la ayuda de un Guerrero de Chalda —añadió mirándome.

La deferencia con la que se dirigió a mí hizo que se me oscureciera la piel de la vergüenza. Nunca supe cómo manejar los cumplidos y la admiración. Solo era Helio intentando hacer lo correcto.

—Por favor, llámame Helio. Y, por supuesto, te ayudaré, aunque puede que necesite orientación —le dije.

—Entonces insisto en que me llames Fezil —replicó el macho, con sus ojos ámbar, del mismo color que su pelo, brillando de aprobación mientras me observaba tranquilizar a Strasa como un padre lo haría con su retoño o su joven retoño.

Solté suavemente al muchacho. Me miró con ojos brillantes, llenos de confianza. Con dos dedos, le enjugué las lágrimas que aún mojaban su rostro, aunque ya no lloraba.

—Ahora voy a ayudar a nuestros hermanos —dije con una sonrisa tranquilizadora—. En cuanto acabemos aquí, Maeve y yo los llevaremos a todos a casa.

—¡Mis padres! ¡Idova! —dijo Strasa con expresión cabizbaja.

—Nos ayudaron a buscarte —respondí—. Estarán extasiados de saber que estás a salvo. Tu joven es encantadora y te tiene mucho cariño.

—Ella lo es todo. Es mi alma gemela —replicó Strasa con una convicción inquebrantable que me calentó el corazón.

—Entonces enviémosles un mensaje para que sepan que volverás pronto a casa mientras Helio ayuda a Fezil —dijo Maeve con una sonrisa maternal, derritiendo aún más mi corazón.

Fezil—que resultó ser médico jefe de los Enforcers—evaluó rápidamente el estado de los cuatro varones de la mesa. Podría haber llorado de alivio cuando nos informó de que el goteo no contenía nada que pudiera modificar su ADN. Simplemente había sido un primer paso para limpiar su sistema y prepararlo para asimilar mejor el tratamiento que Saydi había planeado para ellos.

Salimos de la sala y nos dirigimos hacia las zonas donde los otros Edocit casi se habían fusionado con los arbustos que cubrían las paredes. Para mi sorpresa, encontramos al Obosiano en una intensa conversación con Tedrik y una mujer que reconocí inmediatamente como Kaida. Por supuesto, debería haber adivinado que ella estaría aquí como miembro del equipo de mi esposa.

—Nos dirigiremos allí inmediatamente —dijo Tedrik en tono de mando—. Kaida, estás a cargo aquí. Asegura todos los datos de la investigación y saca a los cautivos de aquí.

—Entendido —respondió Kaida.

Vimos a Tedrik y a la mayoría de los Enforcers salir con el Obosiano mientras nos acercábamos a Kaida. Ella abrazó brevemente a mi compañera antes de sonreírme cálidamente.

—¿Qué está pasando? —preguntó Maeve.

—Según Kronos, el Obosiano, hay un par de cientos de esclavos en los bajos fondos del complejo principal. Algunos de ellos trabajan en el laboratorio clandestino de drogas, mientras que los demás esclavos solo están retenidos allí hasta la próxima subasta —explicó Kaida.

—Que me jodan —susurró Maeve.

—Saydi intentaba pedirles ayuda cuando estaba escondida en esa habitación, pero ya habíamos bloqueado todas las señales salientes —dijo Kaida con suficiencia.

Maeve frunció el ceño, al igual que yo.

—¿No acabas de enviar un mensaje a los padres de Strasa? —pregunté.

—Lo hice —dijo Maeve, mirando interrogativamente a Kaida.

—Bloqueamos todas las frecuencias *menos* la de los Enforcers. Sigues siendo un Enforcer *y* nuestro contacto principal aquí —dijo Kaida burlonamente—. Aunque técnicamente estés en un año sabático, estoy segura de que a Alec no le importará que le ayudes a tratar todos esos archivos para nosotros mientras nos ocupamos de esta pobre gente.

—Intenta detenerme —dijo Maeve en un tono similar.

Me besó y luego se dirigió a los laboratorios, donde había entrado uno de los dos Enforcers humanos que se habían quedado, probablemente el Alec al que se refería Kaida.

—Vamos a subir a los cautivos a nuestros transbordadores. Fezil, avísanos si necesitas ayuda con los demás —añadió Kaida con expresión compungida.

—Lo haremos —respondió Fezil con una sonrisa amistosa antes de encabezar la marcha hacia aquella espantosa habitación.

Me invadió una ira familiar al encontrar a mis hermanos en semejante estado. Fezil se puso inmediatamente a explorarlos.

—Por favor, dime que pueden desarraigarse —pedí con voz tensa.

—No estoy seguro —respondió Fezil, con aire abatido—. Se han adentrado muchísimo para escapar de esta pesadilla. Podemos intentar sacarlos, pero tengo que asegurarme de que la vinculación con ellos no nos infectará.

Le hice un gesto brusco con la cabeza y esperé inquieto mientras realizaba una serie de pruebas. Después de lo que me pareció una eternidad, por fin se volvió hacia mí con una expresión ligeramente positiva.

—Estas raíces no son sus *veris*. Son parásitos que se han agarrado a ellas —me explicó Fezil—. Tendremos que cortarlas. Pero antes, tenemos que devolverles el alma.

—¿Un anillo? —le pregunté.

Asintió con la cabeza.

Salimos para reunir a los demás Edocit, pero nos quedamos helados en cuanto salimos del edificio. Un enorme vórtice negro se arremolinaba en el cielo del que emergían naves Enforcers; la mayoría se dirigía directamente al complejo Fase I, mientras que los transbordadores más pequeños se posaban en la plataforma de aterrizaje del invernadero.

Tardé un momento en fijarme en el gigantesco Dragón negro y dorado que volaba cerca del portal.

Cedros.

Por lo que yo sabía, no se había unido a los Enforcers.

—¿Han terminado? —preguntó Kaida, sorprendida al vernos a Fezil y a mí, interrumpiendo mis cavilaciones.

Explicamos rápidamente la situación y, como yo esperaba, todos los Edocit accedieron a formar un círculo con nosotros. Después de que advirtiera de la posibilidad de que surgiera otro Sayeef, Kaida requisó una de las naves de la tropa que se dirigía al complejo para que vinieran a protegernos a nosotros en su lugar.

Caminamos una corta distancia dentro del bosque y formamos un círculo cogiéndonos de la mano. Nos enraizamos simultáneamente, los *veris* de nuestros antebrazos se entrelazaron sobre nuestras manos y los de nuestros tobillos se hundieron profundamente en el suelo para conectarse entre sí, como las raíces de un árbol gigante. Con una sola voz, llamamos a nuestros hermanos errantes a través de la tierra, a través de los árboles, a través de cada planta y brizna de hierba, instándoles a regresar.

En Zailia, una llamada tan poderosa habría hecho que cada árbol sacudiera sus hojas con tal fuerza que sonaría como un trueno. Aquí, sonaba como el zumbido distante de las alas de mil alibelias. Pero no importaba. Una a una, las almas perdidas de nuestros hermanos respondieron tímidamente a nuestra llamada, reforzando su presencia a medida que volvían lentamente a sus raíces.

Una vez reintegrados sus cuerpos, Fezil los sedó fuertemente antes de cortar las raíces parasitarias que los encadenaban. Tendrían que pasar las próximas semanas, incluso varios meses, en cápsulas de curación. Ni siquiera podrían hacerlo en sus propias casas, sino en cápsulas aisladas para evitar el riesgo de contaminar sus tierras.

Aun así, saber que no perderían su conexión con la tierra era una gran victoria. Cortar permanentemente ese vínculo era similar a la muerte para nosotros. Solo rogué al Creador que las cápsulas curativas pudieran revertir la mayor parte, si no todo, de lo que se les había hecho. Era poco probable, pero al menos estaban libres y recuperarían algo de calidad de vida.

—¿Listos para volver a casa? —preguntó Maeve después de que hubiéramos cargado al último Edocit inconsciente en la nave médica especial que habían traído los Enforcers.

—Definitivamente —dije.

—Bien —respondió ella—. Viajaremos en primera clase.

Alcé una ceja.

—¿Ah, sí?

—Mmhmm —dijo con suficiencia—. Kaida nos llevará en avión hasta nuestra nave en el claro. Y luego Cedros, tu amigo favorito, nos llevará de vuelta a Zailia. Estaremos en casa en diez minutos.

Casi se me salen los ojos de las órbitas.

—¿De verdad puede cruzar distancias tan grandes?

—Ninguna distancia es demasiado lejana para un Señor de las Sombras —respondió Maeve con una sonrisa—. Vámonos.

Volamos a bordo del transbordador pilotado por Kaida, con Cedros sobrevolando en su forma de batalla. Medía al menos tres metros de altura de esa forma, su cuerpo era de un color sombrío oscuro y sus rasgos aún más dracónicos que en su forma dorada normal.

—¿Se unió a los Enforcers? —pregunté mientras nos acercábamos a la ubicación de nuestra nave.

Maeve resopló.

—Todos lo deseamos. Se limita a llevar a su mujer del trabajo a casa todas las noches. Que nos lleve en taxi solo significa que la va a recuperar antes.

Me reí entre dientes y negué con la cabeza.

—Apruebo el tipo de amigos con los que sales.

Se echó a reír y me besó mientras el transbordador iniciaba el descenso. Momentos después, subimos a bordo con Strasa a cuestas. En cuanto despegamos, Cedros abrió otro enorme portal. Entramos y me quedé boquiabierto cuando nos encontramos sobre la aldea de Strasa. Kaida salió del portal detrás de nosotros e inmediatamente viró hacia la ciudad, a la sombra de Cedros.

Los aldeanos salieron corriendo de sus viviendas, todos boquiabiertos ante el espectáculo de aquel gigantesco vórtice en el cielo del que habían surgido dos naves y un Dragón. La gente hablaría de ello durante años. Cuando comenzamos a descender, reconocí a Idova y a sus padres junto a la madre y el padre de Strasa.

Apenas habíamos aterrizado, Strasa abrió la puerta del transbordador y salió velozmente.

—¡Strasa! —gritó su madre.

El chico corrió hacia su familia, que también corrió hacia él. Como un maremoto, los capullos de las enredaderas del pelo de todos los aldeanos florecieron. Se me hizo un nudo en la garganta cuando Niphne chocó tan violentamente con su hijo que casi le hace perder el equilibrio. Consiguió mantenerse en pie y se agarraron el uno al otro como si se estuvieran ahogando. Su padre se unió a ellos, abrazándolos mientras reían y lloraban.

Maeve me cogió la mano. La cogí y la miré de reojo. Con los ojos rebosantes de lágrimas de alegría y una sonrisa temblorosa en los labios, mi compañera miraba a la familia reunida. Mi corazón se derritió y la atraje hacia mí.

—Hemos traído a nuestro chico a casa. Gracias por todo. No podría haberlo hecho sin ti —dije, con la voz cargada de emoción.

Se volvió para mirarme, con la mirada llena de afecto.

—Lo hicimos juntos. Yo tampoco podría haberlo hecho sin ti.

Bajé la cabeza y nuestros labios se encontraron en el beso más tierno. El repentino silbido de las hojas de los árboles nos interrumpió. Levanté la vista y vi a Idova y Strasa caminando el uno hacia el otro. Su hermoso y joven rostro estaba empapado en lágrimas. Él extendió una mano hacia ella. Ella la cogió y le acarició el pelo con la otra. Aunque estábamos demasiado lejos para oír lo que le decía, sospeché que le estaba asegurando que sus hojas caídas volverían a crecer.

Idova deslizó una mano por detrás de la nuca de Strasa y bajó su rostro hacia el de ella. Pensé que iban a besarse, pero se limitaron a apoyarse la frente. Las lianas de sus cabellos se entrelazaron, al igual que los *veris* de sus antebrazos, uniendo sus manos.

—Realmente son almas gemelas, ¿no? —susurró Maeve.

—Lo son —confirmé, sintiéndome bendecido por ser testigo de un amor tan puro e inocente—. Igual que nosotros —añadí, apartando la mirada del encantador retablo para mirar a mi compañera.

—Como nosotros —repitió ella antes de que volviéramos a besarnos.

CAPÍTULO 18
MAEVE

En los días siguientes a nuestro regreso, hicimos de todo menos reanudar nuestra luna de miel. Mi marido y yo nos convertimos en una especie de sensación de la noche a la mañana. Esperábamos las visitas de agradecimiento de los padres de Strasa y su futura familia política. Que unos padres al azar nos presentaran a sus retoños con la esperanza de que formáramos un vínculo que nos motivara a buscarlos como habíamos buscado a Strasa me desconcertó. Pero la gente que quería ver y tocar a los amigos de un Dragón que viaja por las dimensiones me había dejado sin palabras.

Aunque técnicamente me encontraba en un año sabático, Tedrik me había obligado a escribir un informe completo de los acontecimientos y de la investigación que habíamos llevado a cabo para localizar a Saydi. Al abrir un portal para traer a los Enforcers justo al comienzo de la incursión, les habíamos bloqueado sus propios sistemas antes de que pudieran borrar nada. No habíamos encontrado ningún nombre obvio que pudiéramos señalar como cómplice. Sin embargo, el tesoro de datos recuperados proporcionaba innumerables pistas fáciles de seguir hasta algunos peces gordos.

Caían muchas cabezas y la OPU quería asegurarse de que nadie se librara por tecnicismos. Sus abogados se esforzaban por argumentar que había sido una redada ilegal. Pero teniendo en cuenta que liberamos a más de cuatrocientos esclavos de varias especies, confiscamos miles de millones de créditos en drogas y sustancias ilegales y frustramos un complot para introducir una nueva droga devastadoramente adictiva, muchos planetas aliados estaban más que contentos de hacer la vista gorda si nos saltábamos las leyes.

Sin embargo, nosotros no lo habíamos hecho.

Más allá del hecho de que Kronos nos había dado motivos legales para la incursión invocando la Cláusula 286, esta no había sido una incursión de los Enforcer. Había sido una misión de cazarrecompensas. Los cazarrecompensas se regían por muchas menos normas que las fuerzas del orden. Los Enforcers y la OPU lo repetían a todo el que quisiera escuchar. Aunque, en efecto, había sido la misión de Helio, hicieron un gran alarde de recompensarle por ello.

Había una cantidad ridícula de recompensas pendientes por la cabeza de Saydi y cuantiosas recompensas por su captura. Las pistas sobre redadas de drogas de la magnitud de la que realizamos en Shimli también fueron generosamente recompensadas. Como yo seguía siendo oficialmente una Enforcer, no tenía derecho a ningún reconocimiento, ya que lo consideraban parte de mi trabajo. Por lo tanto, Helio recibió la totalidad del reconocimiento, incluido el monetario. Las sumas que se le concedieron rozaban lo obsceno. Podría jubilarse hoy y seguir viviendo lujosamente el resto de sus días.

O mejor dicho, podría jubilarse de por vida.

En cuanto recibió el dinero, Helio lo repartió a partes iguales, enviando la mitad a mi cuenta personal. No se lo había pedido ni esperaba que lo hiciera. La riqueza nunca había sido importante para mí. Pero decía mucho de él que insistiera en que aceptara la mitad y que se asegurara de recordar a todo el mundo que solo había triunfado porque yo le había ayudado. Me encantaba su humildad, su generosidad, su amabilidad y su desinterés.

Incluso antes de saber que recibiríamos una recompensa tan alucinante, habíamos rechazado cualquier compensación económica de los padres de Strasa. Pero ese dinero nos cambió las reglas del juego. No solo nos permitió adquirir el mejor equipo disponible en la galaxia, sino que también nos dio el poder de centrarnos en misiones emocionales en lugar de en misiones corporativas para pagar las facturas.

Una parte de mí sospechaba que la excesiva generosidad de la OPU había sido con ese mismo propósito. Ya no dudaba de que Tedrik estuviera utilizando nuestro periodo de prueba como un ensayo.

En los tres meses transcurridos desde mi boda con Helio, habíamos tenido bastantes interacciones con los Enforcers. No había habido otra gran redada en la que hubiéramos trabajado codo con codo, pero habíamos podido avisarles de cosas turbias con las que nos habíamos topado y que merecían una investigación más a fondo.

Pero hoy tenía cosas mejores que hacer que preocuparme por el trabajo. Las alibelias empezarían a salir de sus crisálidas en cualquier momento. Helio había exagerado tanto ese acontecimiento que me había entusiasmado mucho. A su vez, yo había despertado la misma curiosidad en Kaida.

Nuestras familias habían permanecido muy unidas, a pesar de la gran distancia. Gracias a Cedros, nos turnábamos para visitarnos cada dos fines de semana. Una vez que ellos atracaban aquí, al siguiente, íbamos a visitarlos a Dramnach.

La incomodidad inicial entre Cedros y Helio era pasado. Eran todo un espectáculo para la vista, caminando uno al lado del otro por las calles de Veloya, mientras esperábamos la eclosión de las crisálidas. Mantenían una animada conversación mientras vigilaban de cerca a los pequeños diablillos de Cedros y Kaida. Sus primogénitos gemelos no eran tan malos, pero su hija era la travesura personificada. Con la densa multitud que se agolpaba en la capital de Zailia para presenciar el primer vuelo de las nuevas alibelias, sería demasiado fácil separarse.

Kaida y yo seguimos a poca distancia detrás de nuestros maridos, con mi brazo enganchado alrededor del suyo. A diferencia de lo que ocurría en Dramnach, ella no necesitaba permanecer al alcance de Cedros para que este pudiera soportar estar rodeado de otras personas. Los Edocits no tenían la capacidad de cambiar de fase para viajar a través de las dimensiones como los Derakeens. Por lo tanto, su presencia no causaba el malestar físico que Cedros sentía cerca de los suyos, y que solo la presencia de Kaida podía amortiguar.

Siempre me ha reconfortado ver cómo disfrutaba mezclándose libremente con los demás y abriéndose más. Era como el hermano mayor que nunca tuve.

—Entonces... ¿cuándo piensas unirte a ese Dríade tuyo? Mis mocosos necesitan unos cuantos primos con los que jugar —dijo Kaida burlonamente.

Resoplé.

—El fuego y la madera no parecen una buena mezcla. Tus hijos encenderán a los míos como una hoguera.

Kaida soltó una carcajada.

—No. Casi nunca usan fuego verdadero. Casi siempre escupen llamas de sombra, que no queman igual.

—¿Y se supone que eso debe tranquilizarme? —pregunté, mirándola de reojo.

—Ya han estado muchas veces en tu casa y todavía no la han quemado —se rio Kaida—. En fin, estás desviando el tema. ¿Cuándo van a hacer las cosas oficiales?

Le puse mala cara.

—Eres peor que mi madre. Según las normas de la AP, Helio y yo aún tenemos dos meses y medio para decidirnos, aunque sus reglas no se apliquen a nosotros. Y creo recordar que tú esperaste hasta el quinto mes para decidirte.

Kaida hizo un gesto desdeñoso con la mano.

—Nuestras situaciones eran completamente diferentes. A mí me habían obligado más o menos a esa unión. Le *pediste* a Kayog que te buscara un marido atractivo. ¿Aún no estás segura? —preguntó, esta vez con auténtica curiosidad.

Sacudí la cabeza y respondí sin vacilar.

—No, *sé* que es él. Estoy locamente enamorada de él. Claro, todavía nos estamos conociendo y tenemos nuestros desacuerdos y diferencias de opinión ocasionales, pero definitivamente es el indicado.

—Entonces, ¿por qué no te unes a él? Tengo entendido que los unirá aún más, además de proporcionarte mejoras muy útiles.

Me mordí el labio inferior mientras intentaba expresar mis sentimientos.

—Bueno, en primer lugar, él no me ha ofrecido ni pedido que nos unamos. Es algo que nos ronda la cabeza.

—¿Por qué no *se lo* pides? Quizá esté esperando a que le *des* una señal de que estás abierta a la idea o preparada para ello —desafió Kaida—. Por la forma en que te mira, ese macho está perdidamente enamorado.

—Eso es lo que pienso yo también. Pero, ¿y si aún no lo está? —pregunté—. ¿Y si dice que no está listo?

—¡Entonces lo dirá! Una cosa que he aprendido desde que me casé con un Derakeen es que gastamos demasiada energía especulando sobre lo que piensan los demás y esperando que adivinen lo que queremos —dijo Kaida con convicción—. Di lo que piensas. La comunicación abierta es una bendición. Así siempre sabrás todo sin rodeos.

Arrugué la cara.

—Lo sé. Pero el rechazo apesta.

—No soy una Temern, pero apostaría mi teta izquierda a que Helio estará en las nubes y más que ansioso por aceptar —respondió Kaida con una sonrisa alentadora.

Suspiré.

—Tienes razón. En el fondo, estoy segura de que aceptará encantado. Quiero estrechar lazos con él, pero si te soy sincera, me da un poco de miedo —confesé con expresión avergonzada.

Kaida abrió los ojos, sorprendida.

—¿Por qué?

Se me calentó la cara de vergüenza.

—Son las mutaciones y la extraña gestación del bebé —dije, sintiéndome avergonzada por haberlo pensado siquiera—. He leído sobre ello. No seré la primera mujer que se une a un Edocit. Pero me asusta saber que ya no seré humana, si eso tiene sentido.

Para mi alivio, en lugar de mostrar la decepción que temía, Kaida sonrió, su rostro se fundió en un aire de pura simpatía.

—No hay nada de qué avergonzarse. Es un cambio enorme. *Deberías* preocuparte. Si no, serías una completa irresponsable. *Tenía* miedo de los cambios que me provocaría la unión con Cedros. Pero es lo mejor que me ha pasado nunca.

Kaida dejó de caminar para colocarse justo delante de mí. Ajena a la multitud que se acercaba cada vez más a los límites de la ciudad, tomó mis dos manos entre las suyas.

—Nada te impedirá seguir siendo humana. Sí, estarás mejorada. Te saldrán lianas de los antebrazos en una versión Dríade de Spiderman —dijo Kaida, haciéndome resoplar—. Y tu feto saldrá de tu vientre a dos patas para terminar de madurar dentro de un árbol. Vale, eso es raro para nosotros los humanos, pero también es una gran bendición. Te lo dice una mujer que tuvo que sacar a tres bebés enormes con alas y cuernos. Me sorprende que aún pueda caminar. ¿Los dolores de espalda, los sofocos, los antojos extraños, las patadas en la vejiga a todas horas, sobre todo cuando por fin encuentras una postura lo bastante cómoda para quedarte dormida? Te ahorrarás todo eso.

—Ya, pero eso forma parte de la experiencia de la maternidad —argumenté débilmente.

Kaida agitó una mano desdeñosa.

—La maternidad es criar y alimentar a tu hijo. Estar presente en los momentos felices, enjugar las lágrimas, besar sus cachetitos, limpiar los culitos hechos caca, alimentar las bocas hambrientas, controlar las rabietas y todo lo demás que conlleva. El tiempo que lleves a un hijo en el vientre o el hecho de que tú u otra persona lo haya empujado a salir no te convierte en madre. Lo que importa es el amor incondicional que les das mientras los crías para convertirlos en los futuros adultos que serán.

Mi corazón se derritió de amor por mi amiga.

—Si estás intentando que me sienta estúpida por mis miedos irracionales, lo estás haciendo muy bien —le dije lanzándole una mirada torva.

Kaida me sonrió con una sonrisa devoradora de mierda.

—No intento que te sientas estúpida, pero sí que te quedes embarazada. Sin embargo, me alegra saber que mi trabajo aquí ha terminado. Ahora únete a tu hombre y consigue un bollo en tu horno. Mi hijo pequeño querrá jugar con alguien de su edad.

La miré interrogante.

Sonrió, esta vez casi con timidez, mientras soltaba una de mis manos para acariciar su vientre plano.

—Sí, tendré un cuarto hijo, otro niño, en camino.

—¡Dios mío! ¡Felicidades! Cielos, ¡no paras de parir! —exclamé riendo antes de abrazarla.

—Si Cedros se saliera con la suya, tendríamos un equipo de fútbol completo —dijo Kaida con un suspiro de sufrimiento.

La solté, aún riendo, y abrí la boca para replicar. Pero los jadeos generales de la multitud me interrumpieron. Por toda la ciudad, las crisálidas luminosas que colgaban de los árboles empezaron a abrirse cuando emergieron las primeras alibelias, que alzaron el vuelo de inmediato. Me había equivocado al suponer que al principio tendrían que dejar secar un poco las alas.

Brillaban como pequeñas llamas voladoras a la luz mortecina del cielo nocturno. Los niños chillaban de alegría, blandiendo largos palos con bocanadas de miel especiada en las puntas. Las hambrientas alibelias se abalanzaron sobre las golosinas, y hasta cuatro de ellas comieron simultáneamente del mismo bocado. Los palos parecían varitas mágicas lanzando un hechizo de luz.

Hipnotizada, observé cómo florecían los capullos de cada cabello Edocits. Para mi sorpresa, muchas de las alibelias pasaron de comer los capullos a alimentarse del néctar de los cabellos Edocits. Al menos dos docenas de ellas revoloteaban frente a las flores blancas de Helio. Kaida y yo nos acercamos a él con la misma expresión de asombro dibujada en el rostro de Cedros.

—Se están uniendo a mí —dijo Helio con alegría—. En los próximos días, se unirán a nuestra tierra —me estrechó entre sus brazos, y el cálido resplandor de las pequeñas hadas dragón que se alimentaban de las flores de su pelo se sintió como una suave caricia en mi rostro—. Y un día, espero que pronto, también se unirán a ti.

El corazón me dio un vuelco. La forma en que me miraba no dejaba lugar a dudas. Kaida tenía razón. Tenía que decirle que estaba preparada, en lugar de dar vueltas al asunto sin saber cuál era la postura del otro.

—Más pronto que tarde, espero —le susurré.

La sorpresa se apoderó de sus facciones, seguida de la incertidumbre. Sus ojos se cruzaron con los míos, interrogantes. Sonreí para confirmar que no me había malinterpretado. La forma en que su rostro se fundió en un aire de pura adoración hizo que un enjambre de mariposas volara por mi estómago. Se me puso la piel de gallina cuando se inclinó para besarme.

Antes de que nuestros labios pudieran tocarse, la voz de la hija de Kaida se elevó en un grito estridente en la distancia.

—¡Theka! —gritó Kaida, con la preocupación grabada en el rostro.

Cedros emprendió inmediatamente la huida, mientras Kaida,

Helio y yo echábamos a correr en dirección al grito. La culpa me corroía. Un solo momento de distracción había expuesto potencialmente a los niños al peligro. ¿Pero qué peligro? Esta ciudad era segura. Mi mente imaginó de inmediato a algún otro monstruo como Saydi intentando secuestrar a un niño Derakeen. Con su mundo en constante cambio entre dimensiones, nadie podía volar voluntariamente a Dramnach. Conocer a un Derakeen en persona era prácticamente imposible, lo que convertiría a su hija en un valioso premio.

Más adelante, sus hermanos mayores—los gemelos Kairzan y Kinshu—volaban en el aire y le hacían gestos a su hermana para que subiera. Eso alivió parte de mi pánico. Cuando la multitud se separó ante nosotros, por fin vi a la niña. Al igual que su padre y sus hermanos, estaba cubierta de escamas doradas, con una larga cola y oscuras alas de Dragón. Por ahora, Theka solo poseía cuatro cuernos dorados, pero si algún día se convertía en una Señora de las Sombras, como su padre era un Señor de las Sombras, obtendría un par de cuernos de sombra y una cresta de sombra que le permitiría viajar por la galaxia en cuestión de segundos.

Para mi total confusión, estaba haciendo gestos de rabia a la vegetación.

—¡Theka! ¡Ven aquí! —ordenó Cedros a su hija con voz severa.

Ella giró su cara de cuatro años hacia su padre con expresión malhumorada.

—¡Intentan hacer daño a las lilibelas! —exclamó Theka con su voz de bebé indignada mientras señalaba con un dedo enfadado la vegetación del bosque que rodeaba la ciudad.

Aliviada por encontrarla ilesa, no podía decidir si estaba más desconcertada por su extraña acusación o divertida por la forma en que había masacrado la palabra alibelia. Entonces casi me sobresalto cuando un grueso apéndice salió disparado del centro de una planta gigantesca, que recordaba vagamente a una flor de loto. Se dirigió hacia la mano de Theka, pareció pegarse a su piel y la arrastró hacia la planta.

Theka chilló mientras avanzaba a trompicones. Sus padres gritaron su nombre y Cedros acudió en su ayuda. Un chillido aún más agudo ahogó sus voces cuando Theka abrió la boca y escupió un enorme flujo de llamas púrpuras hacia la planta. En lugar de marchitarse por el calor, los pétalos de la planta se hincharon en lo que supuse que eran ampollas. Si no la hubiera visto antes, habría pensado que se trataba de una coliflor gigante.

Se me cayó el estómago y casi se me salieron los ojos de las órbitas cuando el puñado de plantas similares de distintos tamaños que había cerca se levantó de repente sobre dos patas casi de pájaro y se alejó a toda velocidad de la niña. Asustada, Theka asó un par de plantas más antes de que su padre la rodeara por la cintura y volara hacia atrás con ella.

¡Arzigs! Los malditos arzigs se arrastraban por el bosque que rodeaba la ciudad.

—Tranquila, no pasa nada. Está bien —nos dijo Helio en tono tranquilizador a Kaida y a mí.

Casi me asusté cuando los niños Edocit corrieron hacia la linde del bosque, con sus padres sonriendo mientras los seguían.

—¡¿Qué coño están haciendo?! —exclamé—. ¡¿Los niños...?!

—Estarán bien —interrumpió Helio con voz tranquilizadora mientras Cedros aterrizaba a nuestro lado, con su hija aún metida en brazos, y los gemelos lo hacían junto a su padre—. Los arzigs suelen merodear por la ciudad durante la temporada de eclosión para alimentarse de las alibelias. Ese arzig en concreto se volvió codicioso. Theka es demasiado grande para esas plantas. A las más grandes les costaría tragarse a un recién nacido, así que olvídate de un niño de su tamaño. Ninguno de los niños aquí está en peligro. Podrían liberarse fácilmente con unas bofetadas o patadas a los arzigs.

—Eso me sigue pareciendo excesivamente peligroso —murmuré.

Helio sonrió.

—No lo es. Pero además de salvar a las alibelias, esta señorita acaba de proporcionar a todos un delicioso manjar.

—¿Qué? —exclamó Kaida, en cuyo rostro se reflejaba la misma incredulidad que yo sentía.

Para mi consternación, los niños estaban arrancando grandes trozos de lo que yo había supuesto que eran ronchas en el arzig. Desde donde yo estaba, parecían tener una textura de pastel esponjoso. Los niños volvieron con sus padres, mientras masticaban alegremente su "golosina" con gemidos de felicidad. Un puñado de adultos recogieron las plantas "asadas" y las llevaron al interior de la plaza para deleite de todos.

—¡Miren! —exclamó Theka—. ¡He salvado a las lilibelas! Las plantas grandes intentaban atraparlas así —continuó, moviendo su lengua reptiliana de un lado a otro.

Esta vez no pude evitar reírme, tanto por la cara adorablemente ridícula que ponía como por la forma en que seguía masacrando la palabra alibelia.

—Se supone que no debes usar tus llamas de sombra en público, y menos cerca de personas que no sean Derakeen —dijo Cedros con severidad—. Podrías haber herido a alguien. Ellos no tienen escamas como nosotros para protegerlos.

La expresión malhumorada volvió con fuerza al rostro de la niña.

—Tenía que salvar a los dragones bebé.

—No son dragones —argumentó Cedros.

—¡Sí que lo son! ¡Son hadas dragón! Yo las salvé. Yo también soy una protectora. No solo tú. Y no le hice daño a nadie. Solo a las plantas malas. ¿Ves? ¡Todos los Dodocit están felices! ¡Se las están comiendo! El tío Alio dijo que hice golosinas para todos. ¡Yo también quiero!

A mitad de su discurso santurrón, tuve que taparme la boca

con la mano para ocultar mis ganas irrefrenables de reír. Los padres de Theka la miraban como si fuera un caso perdido, y Helio se mordía el interior de las mejillas para no meter la pata.

—¡Yo también! —exclamó Kairzan antes de correr hacia una de las plantas asadas, seguido de cerca por su gemelo.

Al ver a sus hermanos mayores alejarse, Theka luchó por soltarse del agarre de su padre. Él la soltó, con cara de diversión y desánimo a la vez.

Miré a Kaida de reojo.

—¿Qué decías de que las llamas de las sombras no queman las plantas?

Me lanzó una mirada torva y juguetona y me dio un codazo. Yo me reí.

CAPÍTULO 19
MAEVE

Volvimos a casa un par de horas más tarde, con los niños agotados, pero felices. Despedirse de Kaida siempre era agridulce. Echaba de menos pasar tiempo con ella en el trabajo todos los días. Con su nuevo embarazo, pronto le darían un trabajo de oficina, ya que no podían ponerla en la línea de fuego en su estado. Cuando cogiera la baja por maternidad, podría traerla aquí más a menudo.

Nos despedimos con un último abrazo, y mi corazón se derritió al ver a Helio besar la frente escamosa de Theka, que dormía en brazos de su padre, mientras los gemelos asentían y bostezaban apoyados en sus piernas. Sus caritas dracónicas eran más que adorables. Helio se puso a mi lado y me rodeó la cintura con el brazo mientras Cedros abría un portal a su mundo natal. Nos despedimos de ellos con la mano mientras atravesaban el gigantesco vórtice, que se desplomó con un sonido de succión tras ellos.

Me giré para mirar a Helio, que me miraba con un mundo de ternura. Me derretí contra él y le agarré las manos por detrás del cuello. Me rodeó con los brazos, atrayéndome contra su cuerpo firme.

—Gracias por esta noche mágica —susurré, mientras mis dedos jugueteaban con las lianas de su pelo—. Ha sido tan encantadora como prometiste.

Me sonrió.

—Me alegro de que disfrutaras de la eclosión. Es un momento mágico. Pero son los pequeños los que lo hacen aún más especial.

—Sobre todo la pequeña Theka, que hizo freír sombríamente a esas plantas andantes —dije con un escalofrío.

Me había abstenido de probar la planta. Kaida había sido más valiente que yo. Al parecer, sabía a palomitas de jengibre. De momento, me fiaría de su palabra.

Helio soltó una risita, sus brazos me rodearon con fuerza mientras su rostro adoptaba una expresión melancólica.

—Quisiera unos gemelos como los tiene ella para que mis hojas se marchiten y mis enredaderas se sequen del estrés por esperar en qué nuevos líos se meterán.

Resoplé.

—No sabía que fueras masoquista.

—A veces —dijo con voz ronroneante y mirada ardiente.

—Bueno, te casaste conmigo. Eso sin duda te convierte en un adicto al castigo —repliqué burlonamente.

En lugar de reírse y responder con una ocurrencia, Helio adoptó una expresión seria. Me acarició la mejilla, y su palma siguió subiendo para apartarme un mechón rebelde de la cara.

—Si ser tu marido es un castigo, rezo para que el Creador nunca perdone mis faltas, para que esto sea eterno. Me he enamorado locamente de ti, Maeve —dijo, casi en un susurro.

El estómago me dio un par de volteretas y una oleada de emociones me oprimió la garganta. Tragué saliva con fuerza y se me aceleró el pulso al apretarme más contra él.

—Me alegra oírlo —respondí en voz baja—. Como yo también me he enamorado locamente de ti, he pensado quedarme contigo para siempre.

Justo a tiempo, las flores blancas de su pelo florecieron. Sonreí y rocé con un dedo uno de los pétalos.

—Tampoco está de más que huelas realmente bien cuando floreces así —añadí burlonamente, aunque mi voz estaba cargada de emoción.

—Para ti. Solo para ti, mi compañera. ¿Te unirás a mí?

—Creí que nunca lo preguntarías —dije con una risa nerviosa—. Sí, Helio. Quiero unirme a ti, a tu tierra y a tu mundo. Quiero que seamos uno para siempre.

—Mi amor —dijo Helio, con los ojos llenos de adoración y una pizca de seriedad—. Entiendes que no habrá vuelta atrás, ¿verdad? El vínculo no puede deshacerse.

Sonreí.

—Lo sé. Los cambios que voy a sufrir me asustan un poco, pero quiero esto. Nos quiero a nosotros. Otros lo han hecho antes, y estuvo bien. Kayog no nos habría emparejado si no estuviéramos hechos el uno para el otro. Confío en ti y en la tierra para cuidar bien de mí.

—Sí, te prometo que lo haremos —respondió con fervor antes de reclamar mis labios.

Tras unos cuantos besos y caricias, Helio arrancó una hoja de las lianas de su pelo y me la acercó a los labios. No lo dudé y acepté su regalo. Enseguida empecé a masticar y él me cogió en brazos, llevándome como a una novia al interior de la casa.

No me llevó a nuestro dormitorio, sino a la sala de curación. Se me revolvió el estómago con una mezcla de miedo y expectación. Una vez que nos uniéramos, caería en una especie de coma inducido por los fluidos de unión que me inyectaría con sus colmillos. Mientras mi cuerpo lo asimilaba y se transformaba, la tierra también me ataría a través de las lianas de la sala de curación.

Por ahora no quería pensar en eso. Lo único que importaba eran los labios de mi marido que aún me besaban y el calor de su cuerpo musculoso rodeándome. Helio me acostó en el centro de la habitación cubierta de hierba corta. Nos desnudamos mutuamente con caricias lentas y tiernas, intercaladas con besos profundos y lánguidos.

Por mucho que me gustara la pasión desenfrenada que inevitablemente se desataba cada vez que intimábamos, estos cariñosos preliminares me habían gustado mucho. Yo solía ir directamente a por el oro, pero Helio me había enseñado las virtudes de los preliminares.

Ni siquiera era para mí, sino para él. Mi marido era el amante más generoso, siempre me daba orgasmos múltiples antes de ceder a su propia liberación. Para mí, los preliminares consistían en darle placer. Su respuesta a mis caricias me hacía sentir como una diosa del sexo. La forma en que miraba cuando lo acariciaba, sonaba cuando se la chupaba y se estremecía bajo mis caricias me excitaba más allá de las palabras.

En cuanto se quitó la camiseta, mis labios se aferraron a su pezón. Me encantaba su sabor dulce y picante, la extraña textura de su piel, casi como madera pulida, y sin embargo flexible y maleable. Como era mi costumbre, le mordisqueé sus yevins—los tatuajes en relieve que tenía en el pecho. Sí, me gustaba morder. Al principio, temí hacerle daño, ya que los yevins—que aún me parecían tatuajes de escarificación—eran un poco más duras que el resto de su piel. Pero los escalofríos y gemidos de necesidad de Helio me habían tranquilizado en ese sentido durante los últimos tres meses. Incluso ahora, al morderle las espirales de yevins del pecho, respiraba entrecortadamente y emitía un suspiro estruendoso.

Le lamí el vientre y, al mismo tiempo, le bajé los pantalones. Para mi deleite, Helio nunca me negó el placer de explorar su cuerpo a mi antojo o de tomar la iniciativa durante un rato. Muchos machos necesitaban estar totalmente al mando en el dormitorio. Aunque a muchas hembras les gustaba eso, a mí me gustaba tener el control de vez en cuando sin tener que suplicar o luchar por ello.

Helio era sin duda dominante, pero no un maniático del control. El hecho de que siempre me hiciera sentir igual en todo desempeñó un papel muy importante en que me enamorara tan rápido y tan fuerte de él.

Le lamí y acaricié el ombligo mientras bajaba, haciéndole reír. Los Edocits tenían ombligos relativamente pequeños, ya que su gestación en el vientre de su madre era muy breve, y su *veris* y las lianas de su pelo hacían las veces de cordón umbilical una vez que se instalaban dentro del nudo de su Myma. A pesar de su pequeño tamaño, el simpático botoncito que servía de ombligo a Helio era muy sensible. Podía hacerle cosquillas con solo pasarle un dedo por encima un par de veces.

Pero habría otros momentos para hacerle cosquillas a mi marido.

Por ahora, mi premio me llamaba. Helio se quitó los pantalones al mismo tiempo que yo me arrodillaba ante él. Me alegró enormemente que ya no se retorciera cada vez que le miraba la polla. Mi compañero se había mostrado tan irracionalmente cohibido cuando nos conocimos. Aún me asombraba que pudiera imaginar que yo lo encontraría deficiente o que no me excitaría con alguna de sus partes.

Claro que los Edocits tenían algunas diferencias anatómicas significativas con los humanos, y sus pechos harían enarcar las cejas a muchos forasteros. Pero su especie en general era jodidamente hermosa. Y mi marido sin duda ocupaba un lugar destacado... al menos en lo que a mí respecta. Helio era perfecto. Estaba tan acostumbrada a que las mujeres lucharan con su imagen corporal que nunca lo esperé de un hombre sexy y en forma.

Sin embargo, me había dado cuenta de que sus inseguridades no se debían a una falta de confianza en sí mismo, sino a que le preocupaba que nuestras diferencias pudieran desanimarme. No todo el mundo respondía bien a las cosas que se alejaban demasiado de lo que consideraban la norma.

Sonreí internamente cuando empecé a acariciarle la polla, y

las crestas que cubrían la mitad superior de su vástago, justo debajo de la cabeza, me hacían cosquillas en la palma. Y era esa cabeza—su bulbo—lo que más le preocupaba. Si fuera sincera, tendría que admitir que la idea de que la punta de un pene se abriera literalmente como una flor para que un largo estambre pudiera salir y abrirse camino a través de mi cuello uterino y dentro de mi útero para dejar caer sus nadadores en su interior, me había revuelto inicialmente la cabeza. No me habría echado a correr, pero en retrospectiva, agradecí que se me hubiera revelado poco a poco.

Lamí su bulbo un par de veces, con el sabor picante del vino caliente explotando en mis papilas gustativas. Ligeramente más pálido que el color marrón dorado de su pene, su bulbo parecía un tulipán cerrado. Seguí acariciando las costuras unos instantes más sin dejar de acariciarle la polla. Cuando por fin me llevé la cabeza a la boca, Helio siseó de aquella forma tan sexy que resonaba sistemáticamente entre mis muslos.

Sentí un hormigueo en la lengua, al igual que en la piel. Parte de ello era atribuible a la hoja de plumón que me había comido, que me estaba poniendo las terminaciones nerviosas extra sensibles. Otra parte procedía del lubricante natural contenido principalmente en su bulbo, pero que se filtraba alrededor de la costura. Y la última parte provenía de sus feromonas. Mientras que las glándulas sudoríparas de los humanos activos hacían huir a la gente, la versión de los Edocits tenía el efecto contrario. Secretaban el aroma más tentador, que también actuaba como afrodisíaco. Y ahora mismo, mi marido estaba haciendo un buen uso del suyo.

Pronto me tendría tan caliente y excitada que lo empujaría al suelo, me empalaría en su polla y lo cabalgaría hasta que se cayera. Pero quería hacer que se derrumbara para mí al menos una vez antes de perder el control.

Aceleré el movimiento de mi mano sobre su pene, apretando

las crestas bajo su bulbo en cada movimiento ascendente. Moviéndome más rápido ante él, rocé su cabeza con los dientes, deleitándome con los gemidos guturales que brotaban de él. La mano de Helio se aferró a mi pelo y empezó a balancearse hacia delante y hacia atrás con embestidas superficiales. Esta clara señal de que se acercaba al límite me envalentonó.

Deslicé la otra mano entre sus muslos, apreté y acaricié sus testículos, mi lengua trabajó su bulbo con un remolino antes de llevármelo de nuevo hasta el fondo de la garganta. Por fin, sentí que las costuras empezaban a abrirse como una flor, revelando mi premio. El sabor a clavo y canela era aún más intenso, y mis pezones se endurecían dolorosamente por la necesidad. A Helio no se le salieron los estambres—alcanzaría el clímax al instante si lo tocaba. Con la punta de la lengua, alcancé su pequeña antera —la cabeza de su estambre—reluciente de lubricante.

Helio gritó y me apretó el pelo con el puño, provocándome un fuerte pinchazo que resonó una vez más en mi región íntima. El sordo palpitar de mis entrañas se disparó y solté sus testículos para frotarme el clítoris. Pasé la lengua de un lado a otro por el sensible capullo de su bulbo abierto y Helio gruñó, con espasmos intermitentes en su cuerpo.

Esperaba que me sacara de encima en cualquier momento. Mi marido siempre se había negado a liberar su semilla en otro lugar que no fuera entre mis muslos. Pero esta vez no. La urgencia con que gruñó mi nombre fue el único aviso que recibí. Por instinto, lo metí profundamente en mi boca medio segundo antes de que gritara su liberación.

La fuerza con la que su semilla salió disparada dentro de mi boca casi me ahoga, pero no me dejé vencer tan fácilmente. Seguí moviéndome delante de él, tragando cada gota. Sujetándome el pelo con ambas manos, Helio se mecía dentro y fuera de mi boca, con gemidos casi dolorosos que salían constantemente de él. A juzgar por la forma en que se contraían sus músculos abdominales y se le hinchaban los bíceps, mi marido estaba haciendo acopio de toda su fuerza de voluntad para no volverse loco y follarme la cara hasta dejarme inconsciente.

Cuando se corrió, los efectos combinados de su hoja, el lubricante, las feromonas y ahora su semilla me tenían al borde de la combustión. Mi piel ardía, mi clítoris estaba tan hinchado y dolorido que parecía que mi corazón latía a toda velocidad a través de él. Mis paredes internas se contraían tan impacientes por ser llenadas que intentaba empujar a Helio sobre su espalda para poder cabalgarlo como si mi vida dependiera de ello. Pero mi hombre tenía sus propios planes.

Me puse de pie y me dio un beso abrasador. Se me escapó un gemido desesperado cuando mis pezones, demasiado sensibles, presionaron contra su pecho. Sin interrumpir el beso, su lengua saqueaba mi boca, Helio me levantó. Pecho contra pecho, le rodeé el cuello con los brazos y la cintura con las piernas. Sentir su pene entre nosotros, ya endureciéndose de nuevo, me hizo gemir. Hambrienta de mayor fricción, froté mi pelvis contra la suya.

Con ambas manos apoyadas en mis nalgas, Helio apretó su polla contra mí. Le mordí el cuello para acallar el doloroso grito de necesidad insaciable que me subía por la garganta. En respuesta, lanzó un gruñido que avivó aún más el fuego que ardía en mi interior. Estaba tan caliente y excitada que ni siquiera me había dado cuenta de que mi compañero me había acercado a la pared.

Más que cualquier otra zona de nuestra vivienda, esa sección mostraba claramente que la casa se había formado a partir de un árbol vivo. Aún se veían las raíces originales y los vestigios de un tronco. Helio me tumbó entre las raíces cubiertas de musgo esponjoso. Separé las piernas y abrí los brazos, haciéndole señas. Se acomodó sobre mí y me besó apasionadamente mientras me follaba en seco. Cada movimiento de su polla contra mi clítoris me producía chispas eléctricas por todo el cuerpo. Con un grito ahogado, hundí las uñas en la carne de su culo y levanté la pelvis para encontrarme con la suya, dejando muy claro mi mensaje.

Para mi consternación, mi compañero no me dio lo que necesitaba desesperadamente. En lugar de eso, besó mi cuerpo.

—¡No! —exclamé, angustiada e incrédula a la vez.

Levanté la mano para tirar de él hacia mí, pero una serie de lianas de la pared y el suelo me ataban las muñecas y los tobillos. Mis intentos de liberarme solo consiguieron que más lianas se unieran a la refriega, encadenándome de hecho. Por mucho que me gustara el bondage de vez en cuando, si Helio no me follaba hasta la semana que viene ahora mismo, me convertiría en cenizas.

Tirando todo mi orgullo al viento, le supliqué y supliqué que me cogiera. Helio me hizo callar con un beso.

—Pronto, mi amor, te lo prometo. Aún no estás preparada —susurró, con voz casi de disculpa.

¿Qué coño significaba eso de "aún no estás preparada"? Estaba tan mojada que pronto necesitaría una presa para no inundar toda la habitación. Sin embargo, mis protestas apenas inteligibles murieron en un grito atónito cuando Helio hundió de repente sus colmillos en mi cuello.

La forma más pura de éxtasis líquido fluyó a través de mí. Una luz cegadora estalló ante mis ojos mientras un orgasmo brutal me arrasaba. Fue una sensación de lo más extraña. Aunque había conseguido la liberación que tanto ansiaba, mi cuerpo se sentía defraudado por lo que realmente necesitaba. Mientras seguía volando en las alas de la felicidad, las manos y la boca de Helio estaban sobre mí, besándome, mordiéndome, acariciándome, chupándome...

Nunca tuve la oportunidad de bajar del todo de mi subidón. En el momento en que los labios de Helio se posaron por fin en mi pequeño nódulo hinchado, volví a explotar como un cohete.

Sus dedos deslizándose dentro de mí mientras seguía chupándome el clítoris me hicieron gritar a pleno pulmón, con la cabeza rodando de un lado a otro por un placer casi insoportable.

Cuando mi marido se colocó encima de mí, ya había tenido más orgasmos de los que podía contar. Pero cuando por fin se metió dentro de mí, me dio por fin lo que tanto había deseado. Solo entonces me di cuenta de que las puntas de las lianas que me encadenaban se habían hundido bajo mi piel.

No me había dolido entonces, ni me dolía ahora. Pero no podía concentrarme en ello. Mi universo se había reducido a la polla de Helio golpeándome, su bulbo abriéndose y cerrándose dentro de mí, enviando relámpagos a través de cada una de mis terminaciones nerviosas cada vez que rozaba mi punto dulce, el tacto abrasador de su piel contra la mía y su peso inmovilizándome en la tierra que me reclamaba.

Me ahogaba en un mar infinito de placer mientras mi marido me arrancaba un orgasmo tras otro. Entre medias, volvía a morderme, inyectándome más de sus fluidos de unión. En algunas ocasiones, sentí vagamente su estambre hundiéndose en lo más profundo de mí mientras rugía su liberación. Sin embargo, no se detuvo.

Para cuando cedió, yo estaba destrozada, completamente destruida, mi mente fracturada por este exceso de dicha.

Sentía un hormigueo en todo el cuerpo y me sentía ligera, como si mi alma estuviera a punto de emprender el vuelo y dejar atrás mi cuerpo. Me pesaban los ojos y me esforzaba por mirar la cara de Helio. Todavía tumbado sobre mí, me miraba con infinita adoración.

—Te amo, Maeve. Ahora nos pertenecemos el uno al otro para siempre. Duerme, belleza mía. La próxima vez que despiertes, seremos uno.

Quería responderle, decirle que yo también le amaba. Pero me sentía a la vez demasiado pesada y demasiado ligera. Mientras él seguía susurrándome palabras de devoción, me quedé mirando su hermoso rostro que me sonreía hasta que finalmente perdí la batalla.

tras él seguía susurrándome palabras de devoción, me quedé mirando su hermoso rostro que me sonreía hasta que finalmente perdí la batalla.

CAPÍTULO 20
HELIO

Arrodillado sobre la hierba de la sala de curación, contemplo con cariño a mi compañera mientras le paso un paño húmedo por el cuerpo desnudo. El sonido de mi comunicador me sobresaltó. Lo miré y puse los ojos en blanco, molesto. Tedrik pedía una vez más hablar con Maeve, a pesar de que le había dicho repetidamente que no estaría disponible durante unos días. Desoyéndole, volví a centrarme en mi mujer.

Habían pasado cuatro días desde que nos unimos. Pasarían al menos dos o tres días más antes de que se completara la mayor parte de su mutación. En ese momento, saldría por fin de su estado semicomatoso.

Incluso a mitad del proceso, mi Maeve se veía impresionante. Había sido impresionante en su apariencia humana original, pero no podía negar que me encantaban los rasgos Edocit ahora visibles en ella. *Mis* rasgos Edocit...

El orgullo posesivo llenó mi corazón mientras trazaba los yevins en su pecho. Entendí por qué al principio había creído que eran tatuajes de escarificación cuando vio los míos. Los patrones arremolinados la marcaban como perteneciente a mi línea familiar, con nuevos motivos que mostraban su identidad única. También le habían aparecido algunos en la frente.

Sin embargo, por mucho que me gustaran sus yevins, eran los delicados *veris* que se hinchaban alrededor de sus muñecas y tobillos, así como el par de enredaderas que llevaba en el pelo, los que me tenían el corazón a reventar. Las lianas de la casa ya no tenían que clavarse en su piel para establecer una conexión. Ahora se entrelazaban con los finos zarcillos de su *veris* que sobresalían tímidamente bajo su piel.

Aunque todavía tenue, el vínculo de Maeve con la tierra y conmigo ya se había hecho mucho más fuerte de lo que imaginé que sería, o incluso podría ser. La casa había cambiado y seguiría haciéndolo a medida que su ADN formara parte de ella. Incluso la hierba, las plantas y los árboles—tanto en la sala de curación como en mi jardín exterior—ya no parecían los mismos. Se sentían más ricos, más llenos, sus colores más vivos y su perfume más irresistible. Se sentían como nosotros.

Un enjambre de alibelias voló al interior de la habitación a través de una ventana abierta, y cada una de ellas encontró un lugar para posarse encima de mi compañera. Aunque no poseían ningún *veris* para establecer una conexión directa, seguían estableciendo vínculos con mi Maeve a través de la luz de su cola, que arrastraban sobre ella como si intentaran dibujar patrones de luz sobre su piel.

Se me cortó la respiración cuando floreció un pequeño capullo de su enredadera. ¿Habría sentido las caricias de las alibelias? Incapaz de resistirme, coloqué una mano sobre la suya y extrudí mi *veris* para conectar con la suya. Las enredaderas de la casa retrocedieron un poco para dejarme espacio. No era mucho, pero en este caso tenían prioridad sobre mí. En unas semanas, el *veris* de Maeve crecería lo suficiente como para que esto dejara de ser un problema.

Aun así, me bastaba con sentir algunas de sus emociones fluyendo a través de mí. ¡Creador! Mi compañera era tan hermosa por dentro como por fuera. Pura alegría, asombro y amor se apoderaron de mí, oleada tras oleada. No tenía ni idea de lo que estaba causando emociones tan poderosas en mi mujer. ¿Era su conexión con la tierra? ¿Sueños? ¿Una mezcla de otras cosas?

Sin comunicación consciente, no podía ver lo que pensaba. E incluso entonces, Maeve tendría que *elegir* compartir sus pensamientos conmigo. No podía simplemente saquearlos sin su consentimiento. Sin embargo, podía hacerme una idea de cómo se sentía y me deleitaba descaradamente con las maravillosas emociones que se arremolinaban en su interior.

Eso mitigaba parte de la terrible nostalgia que me corroía desde que ella cerró los ojos tras nuestra unión. La echaba de menos. Para alguien que había sido un feliz solitario toda mi vida, se podría pensar que llevaría mejor unos días solo. Echaba de menos su risa, sus burlas descaradas, la forma en que pasaba de acurrucarse conmigo a mandonearme.

Sobre todo, echaba de menos que me abrazara como si yo fuera el mayor tesoro que jamás hubiera contemplado, como si temiera que yo fuera una ilusión que, de lo contrario, podría desvanecerse.

La amo tanto...

Levanté la cabeza para mirar la puerta de la sala de curación. No había nadie detrás, pero el ambiente de la casa había cambiado. Sabiendo que me descuidaría mientras cuidaba de mi compañera, mis padres se habían pasado un par de veces para traerme comida. Pero la casa se regocijaba cuando venían. Pero no era como en esos momentos. Se acercaba un extraño.

Pasé una rápida orden a la casa antes de desconectar mi *veris* de la de Maeve. Más lianas se arrastraron hacia mi compañera, cubriendo su pudor mientras me dirigía a la entrada. Como normalmente volaba con el esquife aparcado en el jardín, o montaba a Laros por la puerta trasera, rara vez utilizaba la puerta principal de mi casa. Como no vivía en una aldea como Strasa e

Idova, no había vecinos cercanos que pudieran pasarse por allí. Quienquiera que fuera, estaba perdido o buscaba algo.

Cuando abrí la puerta, me quedé boquiabierta al ver a Tedrik solo en mi porche. Ni siquiera tenía un speeder o una transbordador personal.

—Saludos, Helio. ¿Puedo pasar? —preguntó de forma educada, aunque no forzadamente jovial.

Entorné los ojos hacia él, preocupado porque la tierra seguía tensa.

—¿Qué haces aquí? —pregunté, ignorando su petición.

—Vengo a ver cómo está Maeve, por supuesto —respondió, como si eso fuera evidente.

Mi rostro se endureció y mi voz adquirió un tono gélido.

—Te he dicho repetidamente que no está disponible.

También dejó de lado cualquier atisbo de amabilidad, y el duro oficial superior de los Enforcer salió a relucir.

—Así es —concedió en tono duro—. Desde hace cuatro días. Maeve siempre devuelve sus mensajes en cuestión de minutos. En el peor de los casos, en un par de horas. ¿Cómo puede estar "no disponible" durante cuatro días seguidos? ¿Qué le pasa? ¿Dónde está?

—No pasa nada, como tú pareces insinuar —repliqué, tratando de contener mi enfado—. Maeve no está disponible. Es todo lo que necesitas saber. Se pondrá en contacto contigo en unos días.

—No iré a ninguna parte sin verla —siseó Tedrik, dando un paso amenazador hacia delante.

Aunque aturdido por esta inesperada muestra de agresividad, me mantuve firme. De todos modos, no era una amenaza para mí. Inmediatamente, unas esferas blancas se hincharon en las ramas de los arbustos que bordeaban el camino hacia el porche delantero. Tedrik palideció, reconociendo los hongos que había utilizado para castigar a Saydi durante la incursión. Una sonrisa casi malvada se dibujó en mis labios mientras le lanzaba una mirada burlona, retándole a que volviera a amenazar.

Yo no había ordenado esto a las plantas. Se limitaban a protegerme de una amenaza percibida.

—Un equipo dentro de los Enforcers es como una familia —dijo Tedrik de repente, su tono se suavizó, casi adoptando un tono suplicante—. En cada misión, nuestra supervivencia depende de que podamos confiar en que nos cubrimos las espaldas unos a otros. Como jefe de equipo, es mi deber asegurarme de que mi tripulación está bien, estén donde estén. ¿No podrías al menos asegurarme que ella está bien?

—Ya te he dicho que está bien, solo que no está disponible —respondí, obligándome a adoptar un tono menos beligerante.

—¿Por qué tanto secretismo? —preguntó con cara de desconcierto—. Si hubiéramos invertido los papeles y estuvieras preocupado por alguien importante para ti, ¿te bastaría con este tipo de respuesta?

Me estremecí. La inquietante similitud con la pregunta que le hice a Maeve cuando no quiso contarme lo que había descubierto mientras rastreaba a Saydi me tocó la fibra sensible. En realidad, no intentaba ser reservada. Sin embargo, mi compañera estaba en un estado vulnerable. El proceso de unión era sagrado para nosotros. Y su constante intromisión casi parecía una violación, si no una amenaza.

—Está en proceso de unión, ¿no? —preguntó con voz suave.

Mi espina dorsal se puso rígida de inmediato y le lancé una mirada de advertencia, con mis instintos protectores surgiendo con fuerza.

Levantó las palmas en un gesto apaciguador.

—No estoy aquí para interferir en el proceso. Sabía que solo era cuestión de tiempo. Maeve está loca por ti. Solo quiero verla.

—Sí, se está vinculando con la tierra —siseé—. Ya tienes tu respuesta. No hay necesidad de que veas nada. Ahora, vete, por favor —añadí, señalando a lo lejos, detrás de él.

Para mi disgusto, se mantuvo firme, adoptando esa expresión razonable que los padres adoptan con un mocoso que tiene una rabieta. Me dieron ganas de darle un puñetazo en la garganta.

—Dime una cosa, Helio. Si Maeve estuviera consciente ahora mismo o pudiera hablar por sí misma, ¿querría que entrara o que me fuera?

Eso golpeó otro nervio. Mi compañera quería a ese desgraciado y a todo su equipo como si fueran de la familia... tal y como él había dicho. Ella le habría dado la bienvenida en un abrir y cerrar de ojos.

—Si honestamente crees que ella querría que me fuera, entonces haré exactamente eso, sin otra discusión —continuó, restregándomelo aún más.

Le enseñé los colmillos y las ganas de darle una patada me ardían en las entrañas. A pesar de mi ira, me sabía derrotado. Hasta la tierra lo sintió al reabsorberse los hongos de los arbustos. Aunque mantenía una expresión neutra, no me perdí el brillo de triunfo en los ojos de Tedrik ni la forma sutil en que sus hombros se relajaron mientras la tierra se retiraba.

—Tienes cinco minutos —dije entre dientes antes de girar sobre mis talones.

Me siguió al interior en silencio. Mi cabeza sabía que nunca pondría en peligro a Maeve. Pero cuando se trataba de la seguridad de mi alma gemela, el pensamiento racional se iba de vacaciones.

—Gracias —dijo Tedrik de repente con voz suave, cuando abrí la puerta de la sala de curación.

—No me lo agradezcas a mí. Dale las gracias a ella. Solo hago lo que ella querría —respondí en tono malhumorado.

—No. Gracias a *ti* por ser tan protector con ella —respondió.

Me quedé boquiabierto, sin palabras. Me dedicó una sonrisa indulgente y me empujó para entrar en la habitación.

La mirada de asombro mezclada con ternura fraternal que se posó en sus facciones al ver a Maeve me hizo sentir estúpido al instante por haber sido tan difícil. Tenía un aspecto mágico con las alibelias aún deslizándose sobre ella. Alzaron el vuelo cuando Tedrik vino a arrodillarse junto a Maeve, pero no con miedo. Bailaban alrededor, con sus luces de cola parpadeando como diminutas estrellas en la tenue iluminación de la habitación.

Dando vueltas alrededor de Maeve, yo también me acomodé a su lado, con las piernas cruzadas debajo de mí. Se me hizo un nudo en la garganta cuando Tedrik tomó suavemente una liana de su pelo entre dos dedos, dejando que se deslizara por su mano en una suave caricia. Los celos posesivos instintivos que esperaba no aparecieron. Su mirada y su comportamiento eran demasiado fraternales, casi paternales para eso.

—No aceptaré su dimisión —dijo Tedrik, con los ojos aún clavados en el rostro de Maeve—. Sé que es lo primero que hará cuando despierte.

—No puedo hablar de sus intenciones —dije con cuidado, a pesar de saber a ciencia cierta que tenía razón—. Lo único que puedo decir es que ama a su equipo.

Resopló, dirigiendo finalmente su mirada hacia mí.

—Respuesta diplomática. Viniendo de ti, es un poco sorprendente dadas las circunstancias.

Levanté las cejas.

—¿Sorprendente viniendo de mí? ¿Cómo? —pregunté, realmente sorprendido.

—Ya conoces su decisión. No hay duda de que ha hablado de sus planes contigo. Viendo cómo te empeñabas en dejarme fuera, habría esperado que me dijeras las cosas como son.

Esta vez me tocó a mí resoplar.

—Si esa es la respuesta que esperabas, o no conoces a mi compañera tan bien como yo creía, o me conoces aún menos de lo que suponía —respondí burlonamente.

—¿Cómo es eso? —se hizo eco, en lo que de repente me di cuenta de que era un juego que conducía a la verdadera razón de su visita.

—Sean cuales sean mis sentimientos personales, y por muy protector que me sienta con mi compañera, nadie toma decisiones por ella. Como dicen los humanos, y a pesar de que esta expresión tenga sentido, pero Maeve me patearía el culo al infinito y más allá si alguna vez hiciera ese tipo de declaraciones en su nombre sin su permiso expreso —respondí con naturalidad.

Tedrik se rio mientras asentía lentamente.

—Sí que conoces bien a tu mujer.

—Sí —dije con suficiencia.

Sonrió con nostalgia antes de lanzarme una mirada de evaluación.

—Supongo que te sentirás aliviado cuando ella dimita. Debe de haber supuesto una gran presión para tu relación que ella tuviera que ocultarte secretos.

Me encogí de hombros, esquivando su trampa de intentar que admitiera que, en efecto, iba a dimitir.

—Decida lo que decida Maeve, la apoyaré. Los secretos siempre son desagradables, pero sobre todo si nacen del engaño. Maeve hizo un juramento. Aprendimos a sortear esas restricciones. Puedo manejar ese tipo de secretos. Es mi compañera la que más sufre por ello. Odia estar haciéndome lo que ella sufrió de niña.

—Lo que confirma que va a dimitir —insistió.

Resoplé.

—Basta, Tedrik. La confirmación, si la hay, vendrá de Maeve, y solo de Maeve. Te estás centrando en algo equivocado si supones que su aversión a los secretos sería su motivación para acabar dimitiendo. A diferencia de Cedros, no puedo invocar portales con un gesto de mi mano para traerla a casa cada noche. No tenemos tanto derecho como para esperar que sea su chófer. Y una relación a distancia mientras ella está en misiones con los Enforcers no es exactamente el tipo de matrimonio que queremos.

—Podrías unirte a nosotros —replicó Tedrik.

La rapidez con la que lo había dicho confirmaba que había estado esperando una oportunidad para hacerlo. Sonreí y ladeé la cabeza mientras lo observaba.

—Tienes un pasado impecable. Dominas una antigua forma de combate que se creía perdida desde hace tiempo. Como han demostrado los últimos meses, sabes guardar un secreto y no intentas aprovecharte o abusar de tu acceso privilegiado a herramientas e información sensibles —dijo Tedrik en tono de conversación, como si se limitara a leer los titulares de un boletín cualquiera—. Al igual que nosotros, te dedicas a la justicia y a proteger a los inocentes. Está claro que formarías un gran equipo con Maeve. No solo ella mantendría su acceso a nuestra mejor tecnología, sino que tú también lo harías. *Y* ella ya no tendría que guardarte ningún secreto. Todos saldríamos ganando.

Negué con la cabeza ante su descarado argumento de venta.

—Sabes, mataría por echar un vistazo al archivo que tu organización ha reunido sobre mí. Apuesto a que te has saltado todos los límites de la legalidad a lo grande. Probablemente lo sabes todo, hasta el color de mi ropa interior.

—Nunca te pones nada —contestó.

Me eché a reír y él sonrió. Un silencio cómodo, pero pensativo, se instaló entre nosotros durante unos instantes antes de que la mirada de Tedrik se clavara en mí, seria y pesada.

—Una vez más, no hablaré en nombre de Maeve. Echará de menos tu tecnología, pero nos has hecho asquerosamente ricos con la captura de Saydi. Podemos permitirnos comprar equipos que casi rivalizan con los tuyos, o incluso los superan, directamente a los Xurgens —dije en tono objetivo—. En cuanto a mí, soy un espíritu libre. Los Enforcers tienen demasiadas reglas, y las misiones que priorizan no son las que yo haría. La gente inocente como Strasa necesita gente como yo, que se centre en los casos que nadie más se molesta en atender o que no considera lo bastante importantes. A Maeve y a mí nos encanta haber podido elegir ese tipo de casos.

—Hecho —dijo Tedrik en tono firme.

Yo parpadeé.

—¿Perdona?

—Únete a nosotros, y los dos podrán elegir las misiones que quieran hacer, incluso las que los Enforcers considerarían demasiado pequeñas para nosotros —respondió Tedrik.

Me quedé mirándolo, con los nervios a flor de piel mientras intentaba encontrarle sentido a sus palabras.

—Creía que eso no era posible. Según tengo entendido, tienen "colaboraciones" con agentes libres e informadores. Pero esos individuos no son miembros reales de los Enforcers.

—Entonces, ¿han hablado de ello? —preguntó Tedrik, aunque era más bien una afirmación.

Sonreí sin comprometerme.

Me devolvió la sonrisa con una expresión burlona que dejaba claro que no le engañaba.

—¿Tienes idea de cuántas organizaciones intergalácticas pasaron años intentando poner sus manos sobre Saydi? —preguntó, el repentino cambio de tema me dio un latigazo—. Maeve tiene una forma única de pensar y de abordar los rompecabezas. Hace asociaciones que poca gente consigue. Y parece que tú también. He leído su informe sobre cómo localizaste a Saydi. Sin tu contribución reduciéndolo a la región de Hagiel, ese desgraciado habría escapado de nuevo. Maeve te admira.

Se me erizó la piel de placer. Me costaba comprender que pudiera impresionar a alguien tan increíble. El rostro de Tedrik se suavizó al ver mi vergüenza.

—No puedo dar acceso a nuestras herramientas a nadie ajeno a los Enforcers. Ya he llevado las cosas al límite al permitir que Maeve las usara durante su "año sabático". Pero más allá de que necesitemos el talento de Maeve para descifrar lo que nadie más puede, los necesitamos a los dos para que sigan haciendo lo que han estado haciendo. Hay innumerables casos, como el desastre que encontraste en Shimli, que sospechamos, pero no tenemos la capacidad de investigar. Como cazarrecompensas, puedes ir a donde quieras y hacer casi lo que te plazca sin acosar a los Enforcers ni a la OPU.

Me dio un vuelco el corazón.

—¿Así que *seríamos* agentes libres?

—En la práctica, y por lo que sabe toda la galaxia, sí. Lo serían. Pero serán agentes secretos.

Preferí ignorar la arrogancia con la que dijo *serán* agentes secretos en lugar de *serían*.

—Maeve dejó a sus padres porque no quería ser agente secreto —contraataqué.

Él negó con la cabeza.

—No, odiaba tener que mentir constantemente y vivir en la sombra. No mentirá y vivirá abiertamente como cazarrecompensas. Solo nos mantendrá informados de lo que encuentre y nos hará algunas tareas extra en su ordenador. Llámalo un trabajo extra.

—Piensas en todo, ¿verdad? —pregunté, sin saber si todo aquello me impresionaba más que me perturbaba.

—Es mi trabajo —dijo Tedrik con naturalidad. Se volvió para mirar a Maeve y le acarició suavemente el dorso de la mano —. Cuida bien de nuestra chica, y asegúrate de convencerla en cuanto despierte. Espero verlos a los dos en mi despacho para firmar sus nuevos contratos después de la boda Edocit.

Con eso, se levantó y simplemente se fue.

CAPÍTULO 21
MAEVE

En una luminosa mañana de sábado, me desperté del sueño más increíble. Había viajado por toda Zailia, primero por su suelo, luego por la hierba, las flores y los árboles. Luego, Sera, el harstag, había extendido su *veris* hacia el árbol que yo había estado visitando, atrayéndome hacia ella antes de llevarme en el más salvaje de los paseos. Cuando por fin se detuvo a beber un sorbo de agua en el río, una impresionante criatura marina—en parte foca, en parte pez betta—me invitó a subir a bordo para realizar el viaje submarino más impresionante. Unos cuantos mamíferos marinos más me acogieron antes de que uno anfibio me devolviera a la orilla, donde un pájaro me llevó a volar por el cielo de Zailia.

No sabría decir cuánto había imaginado y cuánto había sido real. Pero la mayor parte me pareció demasiado vívida para haber sido una alucinación. Si mi transformación me causó algún dolor, lo superé soñando. Me desperté con Helio cuidándome y un enjambre de alibelias abrazándome. Un puñado me acariciaba la piel con sus ligeras colas. El suave calor desencadenó al instante una poderosa sensación de familiaridad. Lo habían hecho mientras yo estaba inconsciente... o al menos parcialmente inconsciente.

Helio se inclinó sobre mí con expresión preocupada.

—¡Maeve, estás despierta! ¿Cómo te sientes, mi amor?

Mil millones de respuestas se agolpaban en mi lengua. Quería contarle el maravilloso "sueño" que había tenido, cómo el aire olía increíblemente puro, cómo el mundo parecía diferente, y cómo incluso el suelo debajo de mí se sentía vivo contra mi piel. Quería decirle lo feliz que estaba de verle y de volver a oír su voz, y cómo ansiaba que me abrazara y me besara.

Nada de eso salió. En lugar de eso, solté tres palabras.

—¡Dame de comer!

La sorpresa en su cara reflejó mi propia incredulidad de que esas hubieran sido mis primeras palabras tras la metamorfosis. Helio soltó una carcajada antes de cogerme en brazos.

—Como ordenes, mi compañera —dijo cariñosamente, antes de acariciarme el cuello.

Me hizo cosquillas, y mi risita quedó ahogada por el potente gruñido de mi estómago. Eso hizo reír aún más a Helio. Había supuesto que lo primero que haría al despertarme sería dirigirme al baño para comprobar mi nuevo aspecto, pero estaba más que hambrienta.

Descubrir que llevaba doce días inconsciente explicaba sin duda mi hambre rabiosa.

—¿Doce días? ¿Cómo no me he desplomado? ¿Me alimentaste con algún gotero? —pregunté entre dos bocados de la comida que Helio apilaba sin cesar delante de mí.

—No. Tomaste suficientes nutrientes y agua de la tierra, el sol y las luces de las alibelias —explicó Helio.

—Espera, ¿ahora puedo sobrevivir del sol y del agua como una planta? —pregunté atónita.

Helio asintió con una sonrisa de suficiencia.

—Sí, mi amor. Como sangre pura, puedo sobrevivir casi tres

meses solo con sol y agua. Casi el doble si puedo enraizar con tierra rica. Pero ahora deberías poder durar entre tres semanas y un mes. Con el tiempo, podrías llegar a los dos meses.

—¡Santo cielo! —susurré, antes de meterme otra cucharada enorme en la boca.

Helio me levantó de la silla y me sentó en su regazo. Me abrazó, me acarició la nuca y me besó los hombros mientras comía.

—Te he echado mucho de menos —susurró, con voz apenas audible detrás de mí.

Se me derritió el corazón y me volví para mirar a mi marido por encima del hombro. Para mi sorpresa, un potente hormigueo se manifestó en mi cuero cabelludo, seguido de una sensación de tirón. Atónita, dejé de masticar al ver una liana muy fina, casi endeble, en mi pelo que se extendía hacia uno de los de Helio. Se enroscaban la una en la otra, como se enroscarían dos cables.

Un tsunami de emociones se abalanzó sobre mí—las emociones de Helio. No podía definir ni aislar cada una, solo sentir su efecto combinado. Y el resultado fue una abrumadora vorágine de amor, adoración, asombro y alegría infinita que me arrasó.

Las lágrimas inundaron mis ojos, nublándome la vista mientras él me sonreía.

—Te amo, Maeve. Somos uno, ahora y siempre.

La semana siguiente a mi despertar, practiqué la invocación de mi *veris*. Estaba volviendo loco a mi pobre marido con mi inquietud. Si había una enredadera o algo que pareciera remotamente que tenía *veris*, estaba encima intentando conectarme. Y si no podía encontrar nada, él era mi plan alternativo. Por mucho que se hiciera el mártir y dijera que necesitaba un descanso, a

Helio le encantaba. Aquella conexión física y espiritual hacía imposible que alguien mintiera sobre sus sentimientos, y no es que lo intentara.

Naturalmente, tuvo que advertirme de que no conectara con plantas o criaturas enfermas. Aunque eran pocos, teniendo en cuenta lo mucho que los Edocits protegían la salud de su tierra, inevitablemente ocurría una o dos veces. O, mejor dicho, recibía un castigo por mi afán. Pero, ¿podía culparme alguien? Estaba redescubriendo el mundo en el que había vivido durante unos meses, pero esta vez sintiéndolo y viéndolo a través de sus propios ojos.

Y hoy finalizaríamos nuestra unión.

Me giré de un lado a otro, admirándome en el espejo. El vestido blanquecino que llevaba tenía un corpiño corto bordado y una falda a capas que llegaba hasta medio muslo por delante y hasta las pantorrillas por detrás. La tela, parcialmente transparente, era una seda vegetal tejida por la familia de Idova con plantas de los jardines familiares de Strasa. Me lo había diseñado para que pareciera una hembra de su tribu. Mostraba en todo su esplendor el precioso *veris* que ahora adornaba mis hombros, bajaba por los costados de los brazos hasta las muñecas y por los lados de las pantorrillas hasta los tobillos.

Descalza, sin maquillaje y con el pelo recogido en un intrincado moño, mis únicos adornos eran el puñado de enredaderas que me caían del moño y que habían florecido con voluntad propia por la alegría que sentía.

—Es la hora —dijo mi madre con voz dulce.

Se me revolvió el estómago y asentí con la cabeza, nerviosa.

—Estás preciosa, cariño. Tu padre y yo nos alegramos mucho por ti —continuó antes de besarme suavemente en la frente.

—Gracias, mamá —dije, con la garganta ahogada por la emoción.

Salimos de la habitación y mi padre nos estaba esperando. Él también me abrazó, el orgullo y el amor de sus ojos me hicieron sentir de nuevo la niña de papá. De pie a cada lado, levantaron las palmas de las manos y yo coloqué una sobre la suya. Caminando delante de nosotros, Idova empezó a agitar un instrumento que me recordaba vagamente a una pandereta.

Con las manos aún apoyadas en las de mis padres, dejé que me guiaran al jardín. Los amigos Edocit, Kaida y su familia, algunos de mis colegas Enforcers y los parientes de Helio formaban dos medios círculos a nuestra izquierda y derecha, frente al Árbol Madre. Helio estaba a los pies de Myma, flanqueado por sus padres. Solo llevaba unos pantalones cortos bordados de color hueso, del mismo tejido lujoso que mi vestido. Al igual que yo, iba descalzo.

En cuanto Idova empezó a tocar aquel instrumento—que, francamente, sonaba más como un redoble de platillos—los Edocitas de fuera habían empezado a cantar un himno evocador en su lengua. Según las costumbres de los Edocit, un miembro de la familia presidía la ceremonia. En nuestro caso, el ilustre tío de Helio, Bron Kflen, haría los honores.

Mis padres y yo nos detuvimos ante la puerta, esperando nuestra señal. De pie en el centro del jardín, el Maestro Cazador Bron me dedicó una afectuosa sonrisa antes de volverse hacia mi marido. A pesar de su edad, Bron tenía muy buen aspecto y parecía apenas mayor que yo. Me resultaba divertido saber que, gracias a mi unión con Helio, yo también mantendría un aspecto increíblemente joven durante décadas, hasta bien entrados los noventa años.

—Oddai, Thilgra, presenten a su descendencia —dijo Bron con voz atronadora a los padres de Helio.

Mi compañero colocó las manos sobre las palmas de sus padres y ellos lo condujeron hacia el centro del jardín. Mientras caminaban, Bron se volvió hacia nosotros.

—Rowan, Inés, presenten a su descendencia —dijo a mis padres, que procedieron a conducirme también al centro.

En la cultura Edocit, ambos padres entregaban a su hijo.

—Helio, Maeve, sus padres los han traído aquí, bajo la luz del Creador y la mirada benevolente de su Myma para echar las raíces de su vida juntos —dijo Bron—. Helio, ¿deseas unir eternamente tu vida, tu hogar y tu tierra a esta hembra humana, Maria Maeve Riley?

—Sí, quiero —dijo, con los ojos clavados en los míos y la voz llena de emoción.

—Maria Maeve Riley, ¿deseas unir tu vida a este varón Edocit, Helio Breisa, y convertirte en uno con su hogar y su tierra?

—Sí —dije, con la voz temblorosa por la emoción.

—Padres, entreguen mutuamente a su descendencia —ordenó Bron.

Se me hizo un nudo en la garganta cuando nuestros padres, de pie a nuestra derecha, juntaron las manos que sostenían. Luego nuestras madres, situadas a nuestra izquierda, hicieron lo mismo. El *veris* de Helio se extendió para envolverme las manos y las muñecas, y yo le correspondí, sus zarcillos se entrelazaron y formaron aquella conexión espiritual a la que me había vuelto tan adicta. Su amor fluyó dentro de mí como un maremoto, recorriendo mis venas y cada célula de mi cuerpo.

—Padres, unan a sus hijos y bendigan su unión —dijo Bron.

Nuestras madres colocaron una mano sobre la nuestra en su lado, mientras nuestros padres hacían lo mismo en el otro. Como mis padres no tenían *veris*, Oddai y Thilgra utilizaron los suyos para unir todas nuestras manos. A diferencia de Helio y de mí, ellos no se entrelazaron con nosotros.

—Amigos y familiares, ustedes son el anillo que volverá a unir a estas almas si alguna vez pierden el rumbo. Que este anillo sea fuerte e inquebrantable en su determinación.

En cuanto pronunció esas palabras, nuestros invitados

cerraron los dos medios anillos a cada lado nuestro, formando dos círculos perfectos. El más pequeño, el más cercano a nosotros, estaba formado por nuestros amigos no Edocits, incluidos Kaida, Cedros y sus hijos, todos ellos uniendo sus manos. Los Edocits formaban el círculo más grande, con las manos unidas por sus *veris*. Segundos después, los sentí enraizar, su amor y bendición se sintieron como una oleada masiva de energía y poder, como un conducto que mejoraba mi conexión con la tierra. Simultáneamente, las hojas de los árboles que nos rodeaban empezaron a agitarse y a silbar, mientras una bandada de alibelias comenzaba a bailar a nuestro alrededor.

—Maeve y Helio, reciban esta bendición de aquellos que los llevan en el corazón. Que esto fortalezca para siempre el vínculo inquebrantable entre sus corazones, su tierra y todas las plantas y criaturas que la habitan. Que sea la base sobre la que los mantengan firmes en las pruebas y tribulaciones de la vida. Que sus raíces crezcan cada vez más fuertes con cada día que pasa, y se alcen impávidas e indoblegables, como un árbol ancestral.

Colocó suavemente sus manos en nuestros cuellos y acercó nuestros rostros para que pudiéramos apoyar nuestras frentes en las del otro. Como si tuvieran voluntad propia, las lianas de nuestros cabellos se conectaron, estrechando aún más nuestro vínculo espiritual.

—Al igual que las estaciones, que el amor que se tienen el uno al otro se renueve constantemente. Tanto si arde con la pasión del verano, como si se enfría bajo la suave brisa del otoño o descansa en la quietud del invierno, que siempre vuelva a florecer con el deshielo de la primavera. Con una sola voz, los bendecimos.

En respuesta a esta última frase, las voces de nuestros invitados Edocit se alzaron de nuevo, y mi piel se puso de gallina ante la inquietante melodía.

—Que su amor sea tan fuerte e inquebrantable como la madera mirdiana, tan vibrante como las flores silvestres y tan eterno como la tierra misma. Que su unión sea bendecida y florezca para siempre.

Apenas oí las últimas palabras. Suavemente mecida por el canto de las voces y el silbido de las hojas, me entregué al espíritu de Helio que fluía a través de mí y a la llamada de la tierra que me reclamaba.

EPÍLOGO
HELIO

Por enésima vez, eché un vistazo a Maeve, acurrucada en el sofá frente a mi escritorio, con su ordenador portátil en el regazo. Tenía el pelo revuelto y murmuraba entre dientes mientras intentaba resolver un problema. A pesar de haber diseñado el escritorio perfecto para ella, hecho de madera de nuvea, mi compañera se dejaba caer sistemáticamente en el mismo sitio del sofá.

No entendía cómo podía estar tan concentrada en su trabajo cuando yo me sentía hecho polvo. Maeve estaba embarazada de ocho semanas. Llevaba tres días esperando que saliera nuestro pequeño retoño. Como humana, debería ser ella la que se volviera loca, la que llamara al sanador cada dos por tres o la que se pasara por nuestra sala de curación para asegurarse de que todo seguía bien.

Pero no, no mi compañera. Para ella, todo seguía igual.

Volví a centrar mi atención en la pantalla y las palabras se desdibujaron ante mis ojos. ¿Por qué tardaba tanto? De acuerdo, no había un número concreto de días. Algunos brotes, demasiado ansiosos por sentir los rayos del sol en la piel, salían a principios de la séptima semana. Otros se demoraban hasta la novena semana, y en el peor de los casos tardaban hasta diez u once semanas.

Más te vale no tardar once semanas...

Me volvería loco, y Maeve probablemente me estrangularía de agravio. Miré una vez más en dirección a mi compañera solo para ver una almohada decorativa que se acercaba con fuerza y rapidez hacia mí. No logré esquivarla y me golpeó directamente en la cara.

—¡Oye! ¿Por qué hiciste eso? —exclamé.

—Estoy intentando averiguar cómo localizar a un imbécil importante y me estás impidiendo concentrarme —replicó Maeve, mirándome con enojo.

—¡¿QUÉ?! ¡No he dicho ni una palabra! —dije, indignado.

—No, pero estás aquí sentado poniéndote enfermo de preocupación sin motivo. Si te asustas, la casa se altera. Y la casa alterada me desconcentra —me explicó en un tono que implicaba claramente que yo era un tonto por no darme cuenta.

Y sí, me sentí tonto.

Hice una mueca de impotencia.

—Lo siento. No puedo evitarlo. ¿Cómo demonios eres tan... "Zen" como tú lo llamas? ¿Cómo puedes estar tan tranquila?

Maeve se encogió de hombros.

—Estoy tranquila porque la alternativa no tiene sentido. Has estado hecho un desastre los últimos días. Apenas comes. Estás agotado porque no puedes dormir. Y no has hecho nada en la tarea que Tedrik te dio. ¿Qué has conseguido con eso? Nada. Suerte para ti que no es un caso urgente.

La fulminé con la mirada, incapaz de rebatir una sola de sus afirmaciones. Por supuesto, tenía razón. Maeve casi siempre tenía razón.

Se arrancó una hoja de una enredadera que llevaba en el pelo y me la agitó. Con sus hormonas a toda marcha durante el embarazo, las hojas de Maeve eran casi tan potentes como las de nuestros jóvenes.

—En lugar de estresarte sin parar, ¿qué tal si te preparas un té con esto y le das un momento de paz a la pobre casa? La harás envejecer antes de tiempo con tanto alboroto —dijo Maeve como si hablara con un niño especialmente problemático.

Volví a hacer una mueca, enfadado conmigo mismo, con mi compañera y con aquel desgraciado retoño que no salía. Maeve me lanzó una mirada de "¡Vamos, muévete!" mientras agitaba de nuevo la hoja. Con un gruñido de enfado, me levanté de la silla, rodeé el escritorio y fui a coger la hoja.

Antes de que pudiera quitársela, Maeve apartó la mano y se dio dos golpecitos con la hoja en los labios. A pesar de mi irritación, no pude evitar una sonrisa. Me incliné y la besé suavemente.

—Buen chico —dijo Maeve burlonamente cuando me enderecé, y luego me dio la hoja.

Yo gruñí sin compromiso. Nada más darme la vuelta para marcharme, Maeve me dio una palmada en el trasero que me hizo gritar. Había puesto algo de energía en ello, el escozor reflejaba el fuerte sonido de palmada que había hecho.

—¿Pero qué...?

—Eso es por no tomar la iniciativa de manejar tu estrés adecuadamente —dijo con naturalidad, y con su mirada ya de vuelta en su pantalla.

Miré fijamente a Maeve, pero sus dedos ya volaban sobre el teclado. Al salir, murmuré en voz baja, lo que solo hizo que ella se riera.

Mientras preparaba el té, mi enfado conmigo mismo aumentó. Maeve no tenía por qué decírmelo. *Yo* era el Edocit de sangre pura. Debería ser *yo* quien *le* recordara todas las formas maravillosas en que podíamos alcanzar la paz interior, ya fuera masticando nuestras propias hojas, haciendo té con ellas, conectando con la tierra en la sala de curación o buscando consuelo directamente de Myma. Pero Myma también estaba impaciente por recibir nuestro pequeño retoño.

Ya sabíamos que era un niño. Al conectar con Maeve, había podido tener una débil sensación de sus emociones. Pero como ese contacto tenía que pasar a través de mi compañera, que no era una Edocit de sangre pura, el vínculo no era tan fuerte. Una vez dentro del nudo de maduración de Myma, podríamos conectar directamente con nuestro hijo.

Todo mi ser vibraba de impaciencia. Si he de ser sincero, la ardiente necesidad de ver por fin a mi hijo y tocar directamente su alma alimentaba sobre todo mi inquietud. Lanzando un suspiro, vertí el agua hirviendo sobre la hoja, dejándola reposar un momento mientras intentaba imaginarme cómo sería. ¿Se parecería a mí o a su madre? ¿Sería la mezcla perfecta de los dos? Eso me gustaría.

Me llevo la taza a los labios y soplo para enfriarla un poco antes de beber un sorbo. Una sonrisa melancólica se dibujó en mis labios cuando empecé a imaginarme de nuevo todas las actividades que haríamos juntos y todas las cosas que le enseñaría. Cuando me dirigía de nuevo al despacho, un violento escalofrío me recorrió y resonó por toda la casa.

¡Ya viene nuestro hijo!

La taza se me resbaló de las manos y cayó al suelo. Apenas noté el ardor del té caliente que me salpicaba el pie. Corrí hacia el despacho y vi que Maeve abría la puerta de un tirón y salía a toda prisa. Me miró con los ojos desorbitados, reflejando en su rostro el estrés que había sentido durante días.

—Ahora sería el momento adecuado para que cundiera el pánico —dijo, realmente a punto de hacerlo.

Acorté la distancia que nos separaba, la tomé en brazos y salí corriendo de la casa. Al pasar por delante de la cocina, di las gracias en silencio al Creador por no haber hecho añicos la taza.

Pisar un cristal y acabar desangrándome no entraba en mis planes en aquel momento.

Salí furioso al jardín y encontré a Myma extendiendo sus gruesas raíces para crear un camino más cerca de ella, una parte de las cuales se elevaba hasta convertirse en un banco bajo para que Maeve se recostara. Sus ramas estaban iluminadas por las más de cien alibelias que se habían unido a mi tierra.

Senté con cuidado a Maeve en el banco. Colocó las piernas a cada lado de la ancha raíz que se curvaba formando una rampa que subía por el tronco de Myma. A pesar del desastre que había sido últimamente, una extraña sensación de paz me había invadido durante mi carrera hasta aquí. Mi compañera era ahora la que intentaba luchar contra su creciente pánico. Necesitaba que yo fuera fuerte y la tranquilizara.

Susurrándole palabras tranquilizadoras de aliento, levanté la falda del vestido corto de Maeve y le quité la ropa interior, luego le rodeé los hombros con un brazo.

—Ya viene —dijo Maeve, con el cuerpo tenso y la voz llena de preocupación.

—Relájate, mi amor. Respira. Cuando necesite tu ayuda, lo sabrás. Él te lo dirá. Todo va bien. Siente la calma en el aire, la paz eufórica de la tierra. Nuestro pequeño no está en peligro.

—Cierto. Cierto —dijo Maeve, respirando entrecortadamente.

Tomé su mano entre las mías y le besé la frente. Los segundos pasaban sin que ocurriera nada. Su estómago se estremeció de repente, una, dos veces, y luego jadeó.

—¡Ahora! —dije, sintiendo más de lo que sentía un tirón indefinible.

A juzgar por la reacción de Maeve, ella también lo había sentido y empezó a empujar. Momentos después, abrí la boca para decirle que parara, pero ya lo había hecho. Mi corazón se llenó de amor y orgullo por mi mujer. Temía que, al ser humana, no hubiera sido capaz de percibir plenamente las necesidades de nuestro hijo durante el parto.

Al tercer empujón, salió su cabecita. A diferencia de los bebés humanos, no hubo sangre ni vísceras, no se rompió la fuente, solo un poco de savia que le hizo parecer cubierto de aceite. Sus pequeñas manos salieron en segundo lugar, y empezó a tirar hacia adelante mientras se movía libre. Y así nació nuestro pequeño Oziel.

Con la garganta dolorosamente contraída, contemplé maravillado a nuestro hermoso retoño. En posición fetal, ni siquiera cabía en la palma de mi mano. Esta era la razón por la que nuestras hembras no pasaban por el largo y tortuoso parto que muchas otras especies hacían.

Por la forma en que la mano de Maeve se apretó alrededor de la mía, pude sentir su ardiente deseo de alcanzar a nuestro hijo. Pero este era su viaje a conquistar. Besé su sien y mi brazo alrededor de sus hombros la acercó aún más.

Al principio gateó, mientras se familiarizaba con sus diminutas piernas y brazos. No fue hasta que las alibelias empezaron a revolotear frente a él que se impulsó sobre piernas temblorosas. En esta primera fase de desarrollo, sus ojos aún no se habían abierto. Una fina capa de piel—que con el tiempo se convertiría en párpados— los cubría. Aunque no era exactamente ciego, no podía ver formas claras. Pero el cálido resplandor de las colas de las alibelias le sirvió de guía mientras subía la rampa hacia el nudo de Myma.

—Es tan hermoso —dijo Maeve con voz entrecortada.

—Es perfecto —respondí con fervor.

Y lo era. A pesar de sus rasgos todavía esbozados y de la ausencia de cabello, su cuerpecito era perfecto. De su calva cabeza colgaban ya dos rollizas lianas, y bajo la piel semitranslúcida de sus brazos y piernas se arremolinaban sanos *veris*.

Mientras continuaba su viaje hacia arriba, Myma desplazó algunas lianas y pequeñas ramas de su tronco creando peldaños para nuestro retoño, y creando una pequeña red de lianas detrás de él que lo atraparían en caso de que resbalara. En el último tramo, las alibelias se turnaron para acariciarle la columna vertebral con sus luces traseras, dándole el impulso de energía que necesitaba para cruzar la línea de meta.

Lágrimas de alegría rodaban libremente por las mejillas de Maeve cuando nuestro pequeño Oziel entró por fin en el hueco del maduro nudo de Myma. Agotado, nuestro hijo casi se desplomó en el interior, y las lianas de su pelo y los *veris* de sus brazos y piernas se extruyeron inmediatamente para conectarse con las lianas que recubrían las paredes interiores del nudo. Una espesa savia comenzó a formarse delante de la abertura del nudo, creando una cúpula protectora que protegería a Oziel de los elementos y de cualquier posible daño, al tiempo que nos permitiría verle.

En cuanto terminé, coloqué la mano de Maeve sobre los remolinos de la madera que enmarcaban los bordes del nudo y luego posé la mía junto a la suya. Las enredaderas que asomaban por la corteza se expandieron, buscando una conexión. Extendí mi *veris*, Maeve me imitó.

—¡Dios mío! —exclamó Maeve—. ¡Es él! ¡Puedo sentirle!

Asentí con la cabeza, sonriéndole. Como en respuesta a su comentario, los pequeños capullos de las enredaderas que rodeaban el nudo florecieron.

—Es feliz. Se siente cálido y seguro. Y es feliz —dijo Maeve, medio riendo, medio llorando—. Ahora va a soñar, ¿verdad? Va a entrar en un hermoso sueño, como yo.

—Sí, soñará y se vinculará con el mundo que lo mantendrá a salvo —dije, con el corazón a reventar.

—Te amo tanto.

—Yo también te amo, Maeve.

La besé, expresando con ello todo mi amor y devoción por ella. Rompimos el beso para contemplar una vez más a nuestro perfecto hijito, Maeve apoyada contra mí y mi mejilla descansando sobre su cabeza.

Mientras seguíamos vertiendo nuestro amor en Oziel a través de nuestro vínculo, las alibelias bailaban y las hojas de los árboles silbaban su bienvenida al nuevo miembro de nuestra tierra.

FIN

HELIO

IDOVA

HARSTAG

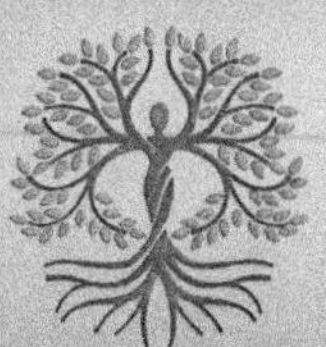

ALIBELLE

SKIFF

ARZIG

MYMA

Rogue

LA NIEBLA

El Mistwalker

La Pesadilla

VALOS DE SONHADRA

La Ciudad de Hielo

La Prisión de Hielo

CUENTOS OSCUROS

La Maldición de Barba Azul

El Jorobado

OTROS

Un Alien Para Navidad

Despertar Alienígena

El Hombre de Acero

ACERCA DE REGINE

La autora de best-sellers de acuerdo a USA Today, Regine Abel, es una adicta a la fantasía, lo paranormal y la ciencia ficción. Todo lo que tenga un poco de magia, un toque inusual y mucho romance la hará saltar de alegría. Le encanta crear guerreros alienígenas y heroínas sin pelos en la lengua que se desenvuelven en nuevos mundos fantásticos mientras se embarcan en aventuras llenas de acción, misterio y giros inesperados.

Pero antes de dedicarse a la escritura a tiempo completo, Regine se había entregado a sus otras pasiones: ¡la música y los videojuegos! Tras una década trabajando como ingeniera de sonido en el doblaje de películas y en conciertos en directo, Regine se convirtió en diseñadora profesional de juegos y directora creativa, una carrera que la ha llevado desde su casa en Canadá hasta los Estados Unidos y varios países de Europa y Asia.

Facebook
https://www.facebook.com/regine.abel.author/

Sitio Web

https://regineabel.com

Gruppe de lectores Regine's Rebels
https://www.facebook.com/groups/ReginesRebels/

Boletín informativo
http://smarturl.it/RA_Newsletter

Goodreads
http://smarturl.it/RA_Goodreads

BookBub
https://www.bookbub.com/profile/regine-abel

Amazon
http://smarturl.it/AuthorAMS